恋するフランス文学

小倉孝誠

慶應義塾大学出版会

まえがき

誰が、どのような根拠にもとづいて言い始めたのか知らないが、フランスはしばしば「恋愛大国」と呼ばれる。日本人がそう思っているだけでなく、他の国民にもそうしたイメージが根強いようである。少なくとも日本人と較べると、現実生活のなかで恋愛のしめる位置がかなり大きい（らしい）。男も女も、老いも若きも、愛に悩み、恋に苦しんで、しかしそれでも恋愛することをやめようとしない。永遠の愛を求めてさまよう、あるいは理想の愛を探して放浪する国民なのかもしれない。そしてフランス人は恋愛上手で、愛を語ることに長けていると思われている。

フランスでは、市民の恋愛意識や性行動を統計資料にもとづいて分析した報告書が出版されていて、現代フランス人の恋愛をめぐる現実と理想をかなり詳しく知ることができる。しかし事柄の性質上、統計調査やアンケートだけで一国民の恋愛事情の真相がすべて明らかになるわけではない。フランスが恋愛大国と見なされる背景には、映画や、とりわけ文学の影響が大きいように思われる。そして恋愛映画はしばしば、有名な文学作品がもとになっている。実際、中世の吟遊詩人から現代のマルグリット・デュラスまで、フランスの作家たちは倦むことなく多様な愛のかたちについて問いかけてきた。恋愛心理小説はフランス文学の長い伝統である。

愛を語るには言葉が必要であり、語られた言葉、書きつづられた言葉はまた新たな愛のかたちを生みだす。「恋について語られるのを耳にしなかったならば、けっして恋などしなかっただろうと思われる人々がいる」と、十七世紀フランスの作家ラ・ロシュフコーは『箴言集』（一六七八）のなかで指摘した。恋愛は本能的な衝動ではなく、文化的に学ばれ、反復され、刷新されていく行為なのだ、とこの炯眼な作家は言いたいのである。そして恋愛の習得において、文学は決定的に重要な役割を果たしてきたと言ってよい。フランス人はあらゆることについて言語化しようとする国民だ、とりわけ恋愛については。愛は語らなければならない、恋は口にしなければならない。

本書は、おもに近代フランスの作家たちが書きつづった言葉に寄り添いながら、愛のさまざまなかたちを読み解こうとする試みである。近代フランス文学においては、どのような人間が、誰を相手に恋愛したのか。どのような状況で恋に落ち、愛の快楽と痛みをあじわったのか。そうした恋愛は、同時代の社会・文化状況とどのような関係があるのか。以上のような問いにたいする答えの要素を見出したい。

愛という感情そのものはずっと昔から存在し、それにともなう不安や、嫉妬や、歓びもまた普遍的なものである。しかし人々が愛をどのように自覚し、生きていくかは、時代と社会によっておおきく規定される。われわれの日常生活は宗教、倫理、価値観、政治システム、経済構造、家庭生活、結婚制度などによって枠組みをはめられているが、恋愛もまた例外ではない。感情にもそれなりの歴史があり、文化があるということだ。

恋愛は自由といわれるが、ひとは完全な自由のなかで恋をするわけではないし、時代の価値体系からまったく独立していることもできない。愛は文化的、社会的にかたちづくられる表象であり、時代と社会によって変化する。一定の時代と社会が形成する表象システムのなかで、人々は愛を生き、愛を語ってきたのだった。

本書で問題になるのは、おもに十七世紀から二十世紀初頭にかけての文学、とりわけ小説ジャンルである。すべてが許されているかのような現代から見れば、それはさまざまな制約と臆断に縛られている時代だった。ひとが自由に恋愛できた時代ではない。宗教、家族制度、法、医学などが、人々の恋愛と性生活にまで容喙してきたのである。そうしたさまざまな外部の言説も考慮しながら、文学がいかに愛の物語を紡いだかを考察してみよう。

本書は、二〇一一年に刊行した拙著『愛の情景――出会いから別れまでを読み解く』の続篇にあたる。前著では、古今東西の文学作品を対象にして、出会いから始まって再会、告白、誘惑、嫉妬、別離など、愛がたどるさまざまなステップを愛の「情景」として描いてみた。そして、その情景をかたちづくるレトリックを明らかにしようとした。

それに対して本書は、おもに近代フランス文学に依拠しながら、特定の状況に置かれた男女の愛のありかたを跡づけようとする試みである。愛の物語に共通して出てくる情景ではなく、登場人物の状況がもたらす多様な愛のかたちに焦点を据える。特定の状況とは、職業や、社会的地位や、家庭状況や、性別や、親族関係を指す。お針子《グリゼット》と学生、ボヘミアン、高級娼婦、人妻と青年、男どうし、あるいは女どうし、親と子、兄弟姉妹……。こうした状況や立場にある者たちのあいだで展開する愛と欲望には、時代を超えて通底する要素もあるが、逆に歴史的に限定されている要素も少なくない。歴史的に限定されるというのは、その状況が同時代の社会や文化の布置と密接につながっているからだ。

つまり恋愛は文化的な営みであり、したがって文学に表現された恋愛を理解するために、その背景となる文化と心性の枠組みについても叙述することになるだろう。

第6章を除いた他の章では、男女の異性愛が問題となる。そしてこと恋愛に関するかぎり、男と女では考え方がかなり違う。作家が男か女か、読者が男か女かで、愛の物語の書き方や受けとめ方は同じではない。現代のわれわれからすれば、恋愛の表象はジェンダー的な偏差から自由ではありえないということである。

現在では恋愛大国と思われているフランスだが、自由な恋、解放された愛、快楽をもとめる愛というのは、歴史的に見れば新しい現象にすぎない。本書で問題となる十七世紀から二十世紀初頭の時代、人々は現代のわれわれには想像しがたいような、さまざまな規範とタブーのなかで生きていた。とりわけ女性にとって、愛をつらぬくためには多くの困難と障害があり、だからこそ文学にはそうした障害と困難に立ち向かい、ときには挫折する女性たちが登場するのである。フランス文学には、幸福な結末で閉じられる愛の物語はほとんどない。本書のいくつかの章では、女性の側に焦点をあわせて愛の物語を読み解いていく。

愛のかたちを描くのに七つの舞台を選び、各章ごとに、主役となる人物に強く照明を当て、多くを語らせるようにした。登場してくるのは、学生とお針子（第1章）、ボヘミアン（第2章）、高級娼婦《クルチザンヌ》（第3章）、ロレット（第4章）、人妻と青年（第5章）、男女の同性愛者（第6章）、そして近親者（第7章）という順序である。同性愛と近親相姦は長いあいだ禁忌の対象だったから、それを扱った最後の二章は、それ以前の章に較べてコーパスとして限定されるが、文学に描かれた愛のかたちとしては等閑視できない。愛はしばしば、社会や道徳の掟を無視しようとする。逸脱した愛こそ、愛の物語としてふさわしいのかもしれない。

それでは、愛の舞台の幕をあけることにしよう。

恋するフランス文学　目次

第1章　カルチエ・ラタンの恋

最近、日本の若者はあまり恋愛に関心をいだかず、したがってあまり恋をしなくなったと言われる。恋愛のほかにも、世の中には楽しいこと、興味深いことがたくさんあるという言葉も耳にする。もちろん恋愛が人生のすべてではないし、人生には恋愛以外にも重要なことはたくさん存在するのだから、日本の若者の恋愛への情熱が低下していることをことさら嘆く必要はないだろう。

とはいえ恋愛が、若者に他者とのつき合い方を教え、他者としての異性を意識させ、それをつうじて人間関係のジェンダー性を認識させるひとつの契機となることは、昔も今も変わらない。相手がいてはじめて成立する恋愛関係は、複雑でめんどうな現象だが、その複雑さとめんどうさを引き受ける勇気がなければ、そもそも恋愛などできないだろう。恋愛は、とりわけ若者たちを成長させる。人間存在への多様な問いかけを展開する文学が、人生のとば口にいる若者たちの恋に大きな位置を付与してきたのは偶然ではない。

フロベールの一通の手紙

一八四一年十一月、若きギュスターヴ・フロベールは故郷の町ルーアンを離れ、法律を勉強するためパリに居を構える。まもなく二十歳になろうとしていた。もともと文学肌の青年であるフロベールは格別法学に関心があったわけではないのだが、当時のフランスのブルジョワ階級の慣習として、法律を修めることを両親から期待され、要請されたのである。ルーアンにも大学はあったが、法学部は設置されていなかったので、もっとも近い都市であるパリの法学部に登録したのだった（ちなみに彼よりほぼ二十年前に、青年バルザックが地方都市トゥールからやはり法学勉強のため首都に出てきている）。かならずしも勤勉な学生ではなく、試験に落第して家族を心配させたりもしたが、中等学校時代からの仲間と再会し、新たな友人たちと親交を結び、好きな文学の道で習作に励んだりした。

青年フロベールが一八四三年二月十日、友人エルネスト・シュヴァリエに宛てた手紙のなかにみずからの生活を語った一節が読まれる。パリで学生生活を送ることは素晴らしいと述べつつ、他方では、学生と異なる同世代の青年層が存在し、まったく違った生活スタイルを享受していることをいくらか苦々しげに指摘してみせる。

セーヌ河の向こう側には、自家用馬車を乗り回し、一年に三万フラン使える若者たちがいるのに、学生は徒歩だし、せいぜい辻馬車に乗れるだけだ。辻馬車だと、今日のような雪の日は足以外は全身ずぶ濡れになってしまう。向こうの若者たちは毎晩オペラ座や、イタリア座や、夜会に足を運び、美女たちと微笑みを交わす。その美女たちたるや、われわれ学生が脂じみたフロックコート、三年前にあつらえた燕尾服、小ぎれいなゲートルを纏って姿を見せようものなら、守衛をつかってわれわれを門前払いすることだろう。われわれの晴れ着は彼らにとっては普段着にすぎないんだ。彼らは「ロシエ・ド・カンカル」や「カフェ・ド・パリ」で夕食をとる常連だが、陽気な学生のほうはバリロの店でたった三十五スーの食事で腹を満たすというわけさ。彼らは侯爵夫人や高級娼婦とベッドを共にできるが、おふざけ者の学生は手の赤切れた店の売り子と恋をするか、時々娼家に行って女を買うぐらいだ。哀れな学生だって、彼らと同じように欲望はあるからね。でも僕もそうだが、高くつくからそれほど頻繁に娼家に足を運ぶわけじゃない。それに仕立屋、靴屋、家主、本屋、学校、門番、カフェ、レストランの支払いはあるし、やがてまたブーツや、フロックコートや、本や、煙草を買わなきゃならないし、授業料や家賃も納める。あとは何も残らず、気苦労ばかりだ。まあそれでも、パリで法学を修めるのはとても楽しいことさ。

フロベールはここで、七月王政下のパリで暮らす青年層をふたつのカテゴリーに截然と分けている。その差異は地理的、経済的、社会的に示される。一方は「セーヌ河の向こう側」、つまりセーヌ右岸の商業・娯楽施設が集中する地区に居を構え、他方は、セーヌ左岸の学生街に住む。一方は裕福で自家用馬車を所有し、他方は質素で、乗るのは辻馬車ぐらい。一方はパリの有名レストランで豪華な食事をし、オペラや劇場に足繁く通う暇に恵まれているが、他方はつつましい食事で餓えをしのぎ、屋根裏部屋で勉学にいそしむことを余儀なくされる。両者のコントラストは恋愛と性生活にまで及ぶ。「彼ら」は上流階級の貴婦人や高級娼婦を相手にできるが、「われわれ」はせいぜい店の売り子を口説くぐらいで、ときには売春宿で性欲を鎮めるだけだ。

親しい友人に宛てた二十一歳の若者が書いた手紙だけに、原文にはかなり露骨な表現が散見されるし、現実をことさら誇張しているという側面も否定できない。「彼ら」と「われわれ」の境界線はまったく乗り越えがたいものではなく、実際には両者のあいだに浸透性があったことも付言しておこう。また、このふたつのどちらにも属さないグループとして、駆け出しの画家や音楽家や作家、売れないジャーナリストなどからなる「ボヘミアン」の存在も無視できない。さらに数から言えば、労働者や職人の子どもたち、つまり上流階級や大学とはまったく無縁の青年たちが多数を占めていたことを忘れてはならない。いずれにしてもここで若きフロベールは、同世代の若者たちがけっして一様な集団ではなく、社会的に多様な様相を呈していたことを明らかにしている。

「彼ら」は「黄金の若者たち la Jeunesse dorée」と呼ばれた裕福で恵まれた道楽者たちの集団であり、「われわれ」はパリ南部のカルチエ・ラタンに住んでいた「学校の若者たち la Jeunesse des Ecoles」と通称された集団である。どちらも貴族（革命後に落ちぶれた貴族を含めて）とブルジョワジーの出身者がおもな構成要素であり、その意味で出自に階級的な断絶はない。両者の垣根が越えがたく、まったく交流のないふたつの世界が敵対関係のなかで並存しているかのようにフロベールが語っているのは、少し事実を歪曲していることになる。

「学校の若者」がいつか「黄金の若者」に変貌する可能性は拓かれていた。実際、たとえばバルザックの『ゴリオ爺さん』(一八三五)の作中人物ラスチニャックのように、カルチエ・ラタンのうらぶれた下宿で暮らしながら法律の勉強をした青年が、やがて裕福なブルジョワ女性を愛人にしたり、貴族の邸宅への出入りを許されるようになったりしたのだ。あるいは同じくバルザック作『あら皮』(一八三一)の主人公ラファエルにしても、没落した地方貴族の息子で、父親の死後は学生街の粗末な下宿屋で清貧に甘んじながら、見知らぬ伯父の遺産が転がりこむことによって、フォブール・サン＝ジェルマン地区に贅沢な邸宅を構えるにいたる。バルザック的世界では、そうした社会上昇の力学が物語に固有のダイナミズムを付与する。

政治的、イデオロギー的に言うと、「学校の若者たち」は社会主義や共和主義への親近性が強く、権力に対する異議申し立てや革命の担い手として立ち現れることが多い。普段はかならずしも勤勉でなく、舞踏会やカフェに入り浸りながらも、社会正義の意識は高く、政治行動に出ることを厭わない。ユゴーの『レ・ミゼラブル』(一八六二)に描かれた一八三二年の共和派の叛乱、フロベール作『感情教育』(一八六九)で語られている二月革命の挿話では、いずれもそうした若者たちが歴史を突き動かす主体となる。歴史家ミシュレはずばり『学生』(一八四七、死後出版)と題された著作のなかで、そのような青年たちへの期待を熱く語っていた。

学生、「学校の若者」。現代であれば、二十歳前後の若者の多くは学生であり、学生の身分を享受するというのはかならずしも恵まれた特権ではない。高等教育の大衆化によって大学の門戸が広くなった現代では、学生という集団が文学表象のレベルで特殊な地位をあたえられることはないのだ。しかし十九世紀前半のフランスでは、まったく事情が異なる。したがって文学や社会における学生の表象もまた、固有の位相をまとっていた。その位相を析出させることが本章の意図のひとつなのだが、そのために、当時の学生の実態を見ることから始めよう。

大学と学生の実態

まず指摘すべきは、十九世紀になっておそらくはじめて、大学で勉強し卒業証書を手にすることが、その後の社会的、経済的上昇を保証しないまでも、少なくともそのためのきわめて有利なパスポートになったという事実だ。絶対王政時代の厳格な身分制度を否定したフランス革命と、その後のナポレオン帝政は、出自に関係なくみずからの能力によって個人が自己実現できる途を準備した。教育制度の改革に熱心に取り組んだナポレオンが理工科大学校を創設し、全国の大学区を再編したのはその表れにほかならない。

もっとも、大学がいきなり大衆化したわけではない。すでに中等教育のレベルでかなり厳しい選抜が課されていた。フランスでは当時も現在も、バカロレアを取得しなければ大学には進学できない。ジャン゠クロード・カロン著『ロマン主義世代――パリの学生とカルチエ・ラタン（一八一四―一八五一）』（一九九一）によれば、一八一五年から四八年にかけての時期、文系のバカロレアの合格者はフランス全土で一年に二〇〇〇から三五〇〇人、その三分の一はパリ、志願者の合格率は年によって増減はあるものの平均して六割ほどだった。理系のバカロレアはもっと厳しく、同じ時期の合格率は五割、合格者総数が八八八一人で、年平均すればわずかに二六〇人ほどにすぎない。そのうち半数を占めるパリは頭抜けて多く、その後にモンペリエとカーンが続く。

こうして大学に進学した者の数は、パリでいったいどれほどだったのだろうか。

公教育省の史料には遺漏が多く、網羅的な統計はないのだが、残された史料と同時代の他の文献を照合すると、次のような数字が得られる。一八一四年の学生総数は二二八五人、うち法学部と医学部の学生が二一六〇人。一八二八年の学生総数は七四四六人、うち法学部と医学部の学生が四九一四人。一八三四年には、このふたつの学部だけで七〇〇〇人。その後一八四〇年代の学生総数は、四五〇〇から五五〇〇人の間で推移している。一八三四年にひとつの頂点が来ているのは、制度改革にともなって医学部に登録する学生が一時的に急増したためである。しかも当時、「女子学生」は存在しない。高等教育は女性を排除し、男性だけに開かれた制度だった。パリの人口は十九世紀初頭におよそ五十万人、十九世紀半ばには百万人を超えていた。学生数の比率は世紀前半をつうじて全人口の一パーセントに満たない。

それでも首都は地方都市に較べて圧倒的に学生が多く、しかも法学部と医学部の学生が多数をしめていた（そのかなりは地方出身者）。他にカトリック神学部、文学部、理学部、薬学部もあったが、いずれも学生数は二、三百人を超えない。こうして十九世紀前半、ロマン主義時代のパリの学生といえば、法学部や医学部の学生によって代表されることは、統計的にも裏付けられるのだ。先に触れたバルザックやフロベールが地方都市からパリに上り、法学部に籍を置いたというのは、したがっていささかも例外的なケースではなく、むしろ地方のブルジョワ出身の子弟としていかにも似つかわしい進路だったのである。後述するように、文学作品やジャーナリズム的著作に登場する学生が常に法学生か医学生であるというのも、けっして偶然ではない。

とりわけ法学部は、大学のなかの大学という感じで、他の学部が比肩しえないほどの社会的威信を誇っていた。フランス革命とナポレオン帝政を経ることによって法と制度を再編し、法の概念が人々の精神と社会の風俗のなかに深く根づきつつあった当時のフランスにおいて、法学を修めるというのは、単に法体系や法の仕組みを習得するだけでなく、政治や社会のメカニズムそのものを学ぶことであった。そしてそれをつうじて、政界や官界、さらにはジャーナリズムや文壇でも確固たる地位を築くために必要で、有利なステップと考えられたのである。

日本と比較するならば、その状況はあたかも、立身出世への野心がひとつの風潮として瀰漫《びまん》していた明治期のそれに近いだろう。トゥルーズ、ポワチエ、ストラスブールなど地方都市の法学部に較べて、パリ大学法学部は講座数が多く、パリでしか学べない分野もあったことから、地方出身のブルジョワ青年層が首都にやって来た。十九世紀前半をとおしてパリの法科学生数は毎年二〇〇〇から三二〇〇人であり、フランス全土の法科学生数の半分から三分の二に当たっていた。パリ大学法学部の優越性は、まさしく圧倒的だったということである。

十九世紀は医学と医者の世紀でもあった。ミシェル・フーコーも指摘したように、この時代に臨床医学はめざましい進歩を遂げ、フランスの医学界はビシャ、ピネル、ラエネク、ブルセーなど錚々たる医学者を輩出した。十九世紀前半のフランスで医学部が設置されていたのはパリ、モンペリエ、ストラスブールの三都市だけで、一八二二年の学生総数は一九三八人、うちパリの学生が半数以上を占めていた。パリの医学生だけに限っていえば、一八三五年に二六五四人に達したのがピークで、平均

七月王政期に人気の高かった風刺画家ガヴァルニ（1804–66）が描いたパリの学生（1840 年）

すれば毎年一五〇〇人前後である。法学部と比較すればだいぶ少ないが、それでも二番目の位置にある。

この時代、学生数はきわめてかぎられていた。学生であるということはすでに特権的な身分であると言えたし、実際その多くはブルジョワ階級の出身だった。そのなかで首都パリが支配的な立場を維持した。すべての学部を合わせたパリの学生数はフランス全土の学生総数のほぼ三分の二を占め、実際に卒業証書を取得した者の数にいたってはそれ以上の割合に上る。図書館などの施設に恵まれていること、すべての学部をそろえ、パリでしか開設されていない講座があったこと、教授陣の名声、そして質の高い研究などが、首都に多くの若者を引きつけることにつながった。将来の弁護士、政治家、医師をめざしてパリ大学に登録した地方出身の青年たちは、こうしてパリの学生文化の担い手となる。フランス革命以後、フランスでは政治的、経済的に中央集権化が強まったのだが、高等教育の分野も例外ではなかったということだ。隣国のイギリス、ドイツ、イタリアと較べれば、フランスの大学の一極集中は歴然としていた。

しばしば地方出身で、カルチエ・ラタンに部屋を借り、普段はつつましい生活を送り、法学部か医学部に登録して将来は弁護士や医者をめざす――当時の史料から描き出される学生の肖像とはそのようなものである。そしてロマン主義文学が表象する学生の社会的プロフィールも、それから大きく隔たっていない。

しかし、統計的なデータでは捕捉できない側面がある。彼らの感情生活である。

グリゼットの肖像

セーヌ左岸のカルチエ・ラタンに棲息する学生たちの、恋とアヴァンチュールの相手になったのが、グリゼット grisette と呼ばれた女性たちである。

グリゼットとは「お針子」と訳されたりするが、庶民階級の家庭に生まれ、自宅あるいは小規模な作業場での縫製や、小売り関係の仕事にたずさわっていた若い女性たちを指す。冒頭に引用したフロベールの手紙に「店の売り子」とあったのがそれに当たる。もともとは粗末な素材で織られた灰色 gris の衣服を意味するが、転じてそれを身につけていた女性を指し示すようになったのである。学生とグリゼットと言えば、ロマン主義時代のパリの社会と文化を語るに際して無視しがたいカップルであり、文学的言説のなかで繰り返し論じられたテーマだった。

グリゼットに関しては、十八世紀末パリの網羅的な俯瞰図とも言うべきメルシエの『タブロー・ド・パリ』(一七八一―八八)で、すでに一章割かれている。その冒頭で、著者は次のような特徴づけをおこなっている。

生れにも財産にも恵まれていないので、暮しをたてるためにはどうしても働かざるをえず、手仕事だけを生活の支えとしている若い娘たちは、お針子と呼ばれている。婦人帽仕上げ、裁縫、下着作りなどの仕事をする女たちのことで、この階級〔下層民〕の中ではもっとも大きな部分を占めている。これら下層民の娘たちは、その仕事により生活の資を得なければならず、十八歳にもなると、貧しい両親から別れて、自分だけの部屋を借りて、そこで気ままに暮している。いくらか裕福なブルジョワ家庭の娘には縁のない特権である。

みずから働いて生計を立てること、親元を離れての一人暮らしで、そのぶんブルジョワの娘にはない自由を謳歌できること――メルシエは早くもグリゼットの本質をしっかり把握している。そして貧しさと若さゆえに貞操が危機に晒され、男の囲い者になる例が多いことにも気づいていた。彼女たちの慎ましい収入にたいしてさえ国家が課税し、その結果、貧困を抜け出せないグリゼットたちの未婚状態を恒常化させているのは、立法上の重大な欠陥であるとメルシエは慨嘆する。彼が言うように、自由なお針子がそうでないブルジョワ娘よりも幸福かどうか、にわかに首肯しがたいところだが、グリゼットの存在を社会・経済的に位置づけてみせたのは、作家の炯眼である。

しかし歴史的な観点からすれば、グリゼットが大きな脚光を浴びて、一定の社会的な機能を果たしたのは十九世紀前半のことだ。

この時代、「生理学」というジャンルが一世を風靡する。医学用語ではなく、多様な社会階層の習俗と、さまざまな職業につく人々の姿を叙述したジャーナリスティックな言説を指している。同時期に体系化されつつあった博物学や植物学の分類法に倣って、諸々の人間類型とその風俗を、歴史的な分析とユーモアあふれる逸話をまじえながら記述していくというスタイルをとる。同時代の有名人たちを寄稿者として迎え、ガヴァルニ、グランヴィル、ドーミエらの版画がページを飾り、ときには十巻以上にもわたる浩瀚《こうかん》な著作物となった。『パリあるいは百一の書』(全十五巻、一八三一―三四)、『フランス人の自画像』(全九巻、一八四〇―四二)、『パリの悪魔』(全二巻、一八四五―四六)、そしてエドモン・テクシエ『タブロー・ド・パリ』(全二巻、一八五二―五三)などがその代表作になっている。

この「生理学」ジャンルではグリゼットが不可欠の項目であり、そこでは彼女たちの属性と風俗が具体的に叙述される。

まず年齢。もっとも初期のシリーズ『パリあるいは百一の書』で「パリのグリゼット」を執筆したエルネスト・デプレによれば、グリゼットの年齢には限定がある。「彼女には定まった年齢がある。十六歳未満ではありえないし、三十歳以上でもありえない。十六歳未満はまだ小娘だし、三十を過ぎれば普通の女である。グリゼットという名称は、このふたつの年齢の間にある場合にのみ適用される」。ルイ・ユアールはそのもっとも体系的な『グリゼットの生理学』(一八四一)のなかで、やはり十六歳から三十歳までとしている。要するに、グリゼットは若い女性でなければならない。

ユアールと、『フランス人の自画像』第一巻に「グリゼット」の項目を寄稿したジュール・ジャナンは、グリゼットをきわめてパリ的な現象とみなす。ボルドーやストラスブールにも同じような仕事にたずさわり、その地方固有の美しさを備えた娘たちはいるが、「若く、陽気で、みずみずしく、ほっそりして、繊細で、粋な」娘は首都にしか見られない。それは外国の都市やフランスの地方都市ではなく、パリという都市空間においてのみ咲き誇る美しい花にほかならない。住むのはおもにパレ＝ロワイヤル界隈（繊維関係の業者が多かった）か、家賃の安いカルチエ・ラタンである。

他方で、グリゼットはまっとうな労働者である。結婚するまで両親の膝下に留まる、あるいは留まらざるをえない貴族やブルジョワの娘と異なり、彼女は経済的に自立した女性なのだ。小売店に勤める者もいるが、おもに繊維、縫製関係の仕事に就いて、自宅あるいは小規模の作業場で働く。自宅の場合は、請負仕事をもらうということである。大きな繊維工場で単純な機械労働に従事することはない。

針仕事で何かを製造するというのは熟練と経験を必要とする仕事なので、当時の女性労働者にとっては名誉ある職業だった。仕事は丁寧で、質が良く、彼女たちが作った衣服や、手袋や、レースや、アクセサリーは、パリの上流階級の女性たちを飾ったのである。そして上流階級の女性たちと接するおかげで、他の女工たちと較べてグリゼットは上品で（ジャナンは繊細で粋、と形容した）、言葉遣いが洗練されていたという。

しかしながら、給料はけっして高くなかった。一日の報酬は四十スーほど、年間所得にして約五五〇フラン（日本円で約五十五万）にすぎない。家族と同居している場合はそれで問題ないが、グリゼットは多くの場合一人暮らしだったから（孤児、捨て子のケースも多い）、この収入ではかなり厳しい。先に触れたデプレは、パリで若い女性がひとりで暮らす時の生活費を計算したうえで、不足分は年上の「旦那」に援助してもらうことになるだろうと仄めかす。そういう例もあったろうが、誤解してはならないのは、グリゼットは常習的にそのような行動に出たわけでなく、生活費の基本はみずからの労働で稼いでいたのだから、彼女を娼婦の一類型とみなすのは不適切である。グリゼットと売春のあいだには、明確な境界線を設けるべきなのだ。

ジャナンによれば、グリゼットは早起きで、清潔好きで、屋根裏部屋のバルコニーには鉢植えを置いて栽培し、貧しいが身だしなみには注意を払う。働き者で、怠惰という悪徳とは無縁な娘たちである。

このように見てくると、「生理学」の言説では、少なくとも七月王政期の前半においてグリゼットはきわめてポジティブな相貌を付与されていたことが分かる。文学作品のなかにその対応物を探すとなれば、ウジェーヌ・シュー作『パリの秘密』(一八四二—四三)に登場するリゴレットであろう。

七月王政期のパリ下層社会を描いたこの新聞小説のなかで、リゴレットはもっとも魅力的な作中人物のひとりである。セーヌ右岸の場末タンプル地区に位置する建物の一室に住むこのグリゼット(シュー自身、彼女を形容するためにこの言葉を使用してい

屋根裏部屋に住む恋人を訪ねてきたグリゼット
(ガヴァルニ作、1840 年)

る）は、自宅で縫い物の請負仕事をして生活の糧を得ている。作品の主人公ロドルフに告白するところによれば、母子家庭に生まれ、母親の都合で一時期は孤児院に入れられ、やがて母親が死ぬと子どものいない親切な隣人夫婦に引き取られた。育ての親がコレラ（一八三二年にパリを襲ったコレラ）で亡くなり天涯孤独の身になると、浮浪者として数年間監獄で暮らした（当時、「浮浪」は軽犯罪だったから）。家族の欠落、孤独、社会からの疎外を経験したリゴレットの少女時代は、いかにも大衆的な新聞小説の構図にふさわしい。

彼女の肖像は次のように描かれている。

リゴレットは十八歳になるやならず、中背というよりむしろ小柄だが、スタイルがよく、上半身が優雅に反りかえっていて、胸と腰はそそるように丸みをおびていた。それが彼女の敏捷で目立たない歩き方によく合っていたので、申し分ないほどだった。もう少し背が高ければ、それだけで彼女の上品な雰囲気が失われていただろう。〔中略〕彼女は歩いているというより、敷石に軽く触れているだけのように見えた。敷石の表面をすばやく滑っていたのだ。

コルセットを着ける必要もないほどほっそりと魅惑的なウェスト、白いうなじ、波打つようにしなやかな物腰。庶民に生まれ、パリの場末で育ち、みずからの額に汗して生活するリゴレットの身体には、民衆性を想起させるようなものがない。それは、たとえばバルザックが描いた上流階級の無為で優雅な女性の身体に類似している。当時の文学において、作中人物の身体は階級性を強く刻みこまれる表層であったことを考慮するならば、彼女の身体はきわめて例外的なのである。

それだけではない。リゴレットは隣人の不幸に熱い涙を流し、困窮している仲間には乏しい家計のなかから金銭的な援助をし、いつも陽気で清潔、飼っている小鳥たちとともに歌を口ずさむ。パリの街路の娘である彼女は、田舎の静けさよりも首都の喧騒を好み、多くのグリゼットと違って、郊外の田園地帯を散策するよりもパリのなかを歩き回ることを愛する。絵のモデルを務めたり、庶民のダンスパーティに出かけたりすることはあるが、身持ちは良くて金持ちの誘惑に屈することもない。そして最後は、ブルジョワ青年フランソワ・ジェルマンと結婚するという、グリゼットとしては稀な運命を勝ちとる。

リゴレットはみずからの出身階級を否定しないが、結果的に階級的な上昇を遂げる。やさしく、善良な性格で、堅実で、健気で、美しい彼女は、たしかに幸福になるべきあらゆる資質に恵まれていると言えよう。その相貌がいくらか理想化されているのは、社会主義思想に共鳴し、民衆の社会的復権を志向した作家シューの意図が投影されているからである。

学生とグリゼット

十九世紀前半のパリで学生と言えばグリゼットとの恋、グリゼットと言えば学生との恋がたちまち話題に上るほど、両者の繋がりは強い。

学生にとってグリゼットだけがアヴァンチュールの相手ではないし、グリゼットにとって学生は潜在的な恋人（ないしは愛人）のひとりにすぎない。それにもかかわらず、二人の恋物語が作家やジャーナリストたちよって郷愁の念とともに語られたのは、未熟であるがゆえに純粋で打算のない愛を生き、未来を考えられなかったがゆえに現在を濃密に生きようとした若い男女の、詩情と悲哀に満ちたロマンスだからである。学生とグリゼットの出会いと別れは、ロマン主義的な愛の風土を鮮やかに彩る。

実際、学生とグリゼットは容易に知り合う運命にあった。どちらも多くはカルチエ・ラタンに住み、しかも部屋代の安い上層階や屋根裏部屋を借りる。隣人どうしだったり、窓越しに姿の見える状況にあったりしたのだ。勉強や仕事が展開する空間も近い。どちらにとっても週末の気晴らしといえば、パリ郊外のピクニックや、プラドやグランド・ショミエールなどのダンスホールで催される大衆的な舞踏会や、芝居である。生活と娯楽の空間が同じであり、年齢的にも同世代である彼らが出会うことには何の不思議もない。しかもすでに指摘したように、当時は女子学生が存在しないのだから、男たちが大学で女性と遭遇する機会はなかった。

生理学の言説では、例外なく学生とグリゼットの交流が話題になる。『フランス人の自画像』では、第一巻の冒頭で「グリゼット」の章と「法学部の学生」の章が前後して配列されているくらいで、両者の近親性が際立つ。そこでは、二人の関係が「愛と倹約と労働にもとづく率直な共同体」と規定されている。平日はお互いに仕事や講義や勉強で忙しいが、日曜日ともなれば、モンモランシーやサン＝クルーの田舎でピクニックに興じ、冬は劇場やダンスホールに足繁く通う。また週末には、部屋に友人たちを招いてダンスや歌で楽しむのが好きで、それが時には夜を徹してのどんちゃん騒ぎに変貌することがあるので、門番からは白眼視される。同棲してしまうと、男は女を恋人というより召使いのように扱うことが多く、女のほうも男に尽くそうとする。しかし、二人の関係が永続化することは稀だし、学生とグリゼットが結婚することはそれ以上に稀である。

この束の間の関係を断つのが夏休みだけであれば、そして女が一時的な夫に泣きながら別れを告げて、彼が休み中は手紙を出すと約束してくれるのなら、彼女は幸せなほうだ！　しかし恩知らずな学生のほうはしばしば同棲に倦み、自由を取り戻そうと考える。そして女に喧嘩を売り、浮気性だとなじり、あらかじめ揉め事を何度も起こしたうえで決定的な別離に至る。彼の後釜になるのは友人のひとりだ。そして不幸な娘のほうは手形のように、あるいは質屋の質札のように人の手から手へと渡り、最後は老いて色香が失せ、やがて頽廃の最終段階にまで落ちていく。

パリ郊外でくつろぐ学生とグリゼット（ガヴァルニ作、1840 年）

グリゼットは学生との恋を夢見る。同じ階級の労働者や職人は教養に乏しく、しばしば酒飲みで暴力を振るうから、ロマンチックで文学的な恋愛を望む彼女は、洗練されたブルジョワの学生と付き合うのだ、と生理学の著者たちは言う。そして棄てられればまた別の男との出会いを求めるが、恋の相手には操を立てようとする。結婚しなくても、いや結婚できなくとも、彼女が相手に求めるのは真実の愛とやさしい心遣いであり、学生はその欲求をある程度まで満足させてくれる。

グリゼットは、金銭やもので誘惑しようとする男たちには激しい嫌悪を隠さない。「若いグリゼットは恋をしている時、けっして打算に引きずられることはない。彼女はみずから相手に身を任せるのであって、けっして自分を売ることはない」とルイ・ユアールは断言し、「グリゼットは相手に大切にされたいと思っているだけだ」とテクシエは述べる。裕福な男の囲い者となれば、グリゼットはもはやその名に値せず、「ロレット」へと堕落していく（ロレットについては第4章で詳述する）。

このような若い男女の関係はたしかに道徳的には称賛されえないし、社会的にも顰蹙《ひんしゅく》を買った。未婚の女性の妊娠や出産、望まぬ子の殺害（嬰児殺害は女性に多い犯罪だった）、絶望、自殺など、一見お気軽な恋愛が破局した後には悲劇が待ちかまえていたからである。だが他方で、こうした関係が必然的に導き出され、暗黙のうちに許容されるに至ったのには、それなりの社会背景が浮かび上がってくる。地方から首都にやって来る学生は十九世紀をつうじて増え続け、彼らは一人暮らしの自由を満喫し、大都市が提供するさまざまな楽しみと可能性を享受しようとする。しかし、その自由と可能性は孤独や寂しさと表裏の関係にあった。

彼らは愛と官能の悦びを求める。その相手はどこにいるのだろうか。当時の大学は男たちの世界であって、女子学生は存在しない。親と同居していてメイドがいれば、そのメイドがしばしば性の手ほどきをしてくれたが、屋根裏部屋にひとり住む学生にはそれも不可能である。娼婦相手に情欲を満足させることはできようが、生活費の乏しい学生にはそれも頻繁にできることではない。

状況をさらに複雑にしたのは、同じブルジョワ階級に属する娘たちとの交際がきわめて限られていたという事実だ。未婚のブルジョワ女性にあっては、何よりも純潔と処女性が重視され、家族や親戚以外の男性と出歩く自由さえ極度に制限されていた。学生からすれば、同じ階級に属する未婚の女性は遠くから眺める対象であり、舞踏会や夜会など儀礼的な空間でしか接触できない。たとえ相愛の相手がいても、結婚前に性交渉をもつことなど論外だった。

こうした状況で、グリゼットは理想的な恋の相手であり、快楽の提供者と言えるだろう。仕事を持ち、生活費をみずから稼ぐ彼女は経済的な負担にならないし、身の回りの世話をしてくれる。青年にとっては愛とセクシュアリティーの通過儀礼をおこなってくれる相手である。恋人であり、娼婦であり、同時に母親。卒業して弁護士や、ジャーナリストや、医者などになり、社会生活のなかに組み込まれていく前の過渡期にあって、グリゼットはいわば重宝な女性だったということになろう。

束の間の同棲は道徳家や慈善団体の眉を顰《ひそ》めさせたが、ブルジョワジーがそこに重大な危険を看取していたようには見えない。グリゼットは学生の感情教育と性教育を引き受けてくれるようなものであり、青年にとっては大人になるための通過儀礼と位置づけることさえ可能だった。しかもグリゼットは、たとえ望んでも学生と結婚することはできず（学生は最終的にブルジョワの娘と結婚する）、いずれは別離の時が来るから、親から見れば、息子が愚かしい身分違いの結婚に迷いこむこともない。民衆の血が自分たちの家系に侵入してくる脅威は避けられるのだから、ブルジョワ的な家庭秩序と、それに依拠する社会秩序は保護されるというわけである。学生とグリゼットの恋という、このうえなくロマン主義的で、牧歌的で、甘い恋愛の構図の背後には、いささか散文的で酷薄な現実が横たわっていた。

グリゼットの恋の文学的表象

学生とグリゼットの恋模様を論じる際の障害のひとつは、男の側からの証言しか残されていないことだ。生理学の著者は男性だし、これから触れる文学作品の作者もすべて男性である。恋愛に関するかぎり、男と女ではしばしば感じ方が違うから、本来であれば両者の主張を等しく斟酌《しんしゃく》しなければ真実は摑めない。

ところがグリゼットはきちんとした教育を受けていないから、ほとんど字が書けず、したがって自分の体験を語った証言を残していない。学生にとってはお手軽で、後腐れのない恋愛の相手にすぎず、最後は男に棄てられ、惨めな境遇に陥ってしまうというのは、実際にそのような例があったにしても、多分に男たちの視線と論理が生み出した神話という面が強い。グリゼットにとっては学生だけがアヴァンチュールの相手ではなかったし、彼女たちは自分なりにたくましく生きていたに違いないのだ。

そのことを念頭に置くと、同時代の文学で描かれるグリゼットの表象の多様性がよく理解できる。そこでは共通項が読みとれると同時に、彼女たちの肖像がさまざまに変化づけられている。

ユゴー作『レ・ミゼラブル』が出版されたのは一八六二年だが、ファンティーヌがグリゼットとしてパリで暮らすのは王政復古期の一八一七年のことだ。地方に生まれた孤児で、そもそも誰が親だったのかも定かでない彼女は、しばらく農家で雑役についた後、パリにやって来る。真面目で、無垢で、生きるため懸命に働く彼女は、仲間のグリゼットたちのように陽気でもないし、軽佻浮薄でもない。その彼女が愛した相手は学生のトロミエス。カルチエ・ラタンでの生活が長い彼にとって、ファンティーヌとの恋は他の女たちとの付き合いと同じ程度のものだったが、彼女にとっては違っていた。「ファンティーヌの恋は初恋であり、唯一の恋であり、一途な恋だった」と作家は書き記す。やがて彼女は妊娠するが、トロミエスのほうは彼女を棄てて故郷に帰ってしまう。生まれたコゼットの養育費を稼ぐため彼女が工場で働き、そこを解雇されてからは娼婦にまで落ちて、最後に結核で死ぬことは周知のとおりである。

哀れな末路だが、彼女は子どもへの愛によって霊的に救済される。母となった女性はもはやグリゼットたりえないが、ファンティーヌの行動は母性ゆえに免罪され、悲劇的な状況のなかで威厳をおびる。生理学においても、ユゴーの小説においても、王政復古期のグリゼットには何かしら崇高な気配がただよう。

ミュッセのふたつの短編小説『フレデリックとベルヌレット』(一八三八)と『ミミ・パンソン』(一八四六)は、七月王政期のグリゼットの姿をあざやかに映し出す。後者は先にあげた『パリの悪魔』に収められた作品で、生理学との精神的な類縁性が明らかである。どちらもカルチエ・ラタンを舞台にした、学生とグリゼットのあいだで繰り広げられる物語である。

『フレデリックとベルヌレット』は、このテーマをめぐるロマン主義的な神話の要素をすべて包含している。主人公は地方（ブザンソン）から上京して法律を学ぶ学生である。ラ・アルプ通りに住み、初めはまじめに講義を聴き、放蕩に耽らず、試験では良い成績を収めて、故郷の両親を喜ばせていた。三年後、あとは論文さえ仕上げれば弁護士の資格を取得するまでになった。そのような時、向かいの建物の同じ階に住む若い女性と目があう。こうして通り越しの言葉を伴わない視線のやりとりから始まり、やがて街中や公園で逢瀬を重ねるようになる。当時ベルヌレットはある男と暮らしていたのだが、その男と別れてフレデリックとの愛に生きたいと願う。さまざまな波乱や紆余曲折を経て、二人は一時期いっしょに暮らし、幸福な月日を過ごす。

しかし女に裏切られていたと思ったフレデリックは傷心を抱えたまま、父親のつてでスイスに外交官の職を得て赴任し、そこでイギリス人女性ファニーと出会って結婚する。その直後に届いたベルヌレットの手紙のなかでは、彼女がフレデリックの父に頼まれて別れる決心をしたこと、悲しみのあまりみずからの命を絶つこと、そして唯一の楽しい日々をあたえてくれた恋人への感謝の言葉が述べられていた。

女が男の父親に説得されて恋を諦めるというのは、後年のデュマ・フィス作『椿姫』（一八四八）における、マルグリットとアルマンの関係を想起させる状況設定である。学生たちのボヘミアン的な振舞い、遺産で裕福になった学生の放恣な生活、パリ郊外サン＝クルーでの散策、グランド・ショミエールやオペラ座の舞踏会、ヒロインの哀れな境遇（貧困、両親と兄からの虐待と搾取、十六歳で金持ちの老人の囲い者にされたこと）、そしてその寂しい死。『フレデリックとベルヌレット』には、学生とグリゼットの恋を特徴づける典型的な説話空間とエピソードがふんだんにちりばめられている。「グリゼットの横顔」という副題をもつ『ミミ・パンソン』の眼目は、学生とグリゼットの恋を語ることではなく、グリゼットの性格を際立たせることにある。

地方出身の医学生ウジェーヌは十九歳、両親の仕送りでつつましく暮らす真面目な学生である。グリゼットは「危険で、恩知らずで、堕落した特殊な女たちで、わずかばかりの快楽の見返りに、いたるところ悪と不幸をまき散らすために生まれた女たち」だと、彼は確信している。友人でやはり医学生のマルセルは、ウジェーヌがグリゼットにたいして抱いている先入観を払拭させようとして、ある晩、自分の部屋にミミ・パンソン（下着縫製工）を招き、言葉巧みにウジェーヌを同席させる。ミミは仲間たちとの陽気で楽しい日々や、ときたま学生たちを交えておこなう食事やピクニックについて屈託なく語る。

翌朝帰りがけに、ウジェーヌは道で衰弱しきった若い女とすれ違い、彼女から手紙をポストに投函してくれるよう頼まれる。病気か餓えか、女はほとんど歩くことさえままならない。同情と不安に駆られた彼は、思わず投函する前にその手紙を読むのだが、その書き手はミミの友人ルジェットで、困窮した彼女がかつての恋人のさる男爵に金の無心をする文面だった。彼は早速そのことをミミに知らせる。ミミは自分のドレスを質屋に入れて金を工面し、みずからは部屋の粗末なカーテンを衣服替わりに教会のミサに出かけて行くのだった。やがて男爵から金が届くと、二人のグリゼットは高級レストランで飲食に費やし、将来に備えるようすもない。その無分別さに呆れるウジェーヌに、マルセルは貧しく刹那的で、一時の快楽を享受するグリゼットたちへの寛容を説くのだった。

学生街の風俗を伝える『ミミ・パンソン』の挿絵

この作品では、グリゼット物語に通例の学生との恋は語られていない。ミミとルジェットが時には学生とのアヴァンチュールを楽しむことは示唆されているが、作品の主要な意図はグリゼットの性格と行動様式を描くことにある。下着の縫製で暮らしを立てているミミは貧しく、しばしば空腹だが、いつも屈託がなく、仲間にたいしては友情に篤く、自己犠牲を払ってまで窮状から救ってあげようとする。彼女たちの性情と行動に詳しいマルセルはウジェーヌに向かって、グリゼットを次のように擁護してみせる。

第一に、恥じらいと謙虚のためになくてはならない衣服を一日中作っているのだから、彼女たちは貞潔だ。第二に、お客にはていねいな言葉遣いで話すよう雇い主からかならず言われるから、正直者だ。第三に、彼女たちは常に下着や布地をあつかい、給金が減らないよう大事にするから、グリゼットはとても細やかで、清潔だ。第四に、彼女たちは果実酒を飲むくらいだから誠実だ。第五に、一日三十スー稼ぐのに苦労するぐらいだから、彼女たちは倹約家で、質素だ。うまいものを食べて散財することがあるとすれば、それは自分が稼いだ金じゃない。第六に、彼女たちの仕事は一般に死ぬほど退屈で、仕事が終われば水を得た魚のように跳びはねるから、とても陽気だ。

そのうえ、グリゼットは口数が少なくて煩わしくないし、小綺麗にするが衣服や靴のために過度の浪費などしない。恋に落ちれば情が濃く、相手に尽くすだけに、失恋するとセーヌ川に身投げしたり、高い建物の窓から飛び降りたりする。矛盾や、一貫性の欠如も含めて、ミュッセの短編はグリゼットをめぐる公約数的な要素の一覧表を作成したような感がある。若く、陽気で、屈託がなく、仲間には同情的、他方でその日暮らしから抜け出ることが難しく、将来設計を立てることができない。単なる小説的なポートレイトを超えて、ここでは社会学的な特徴づけが素描されているのだ。

一八四〇年代のパリを舞台とするフロベール作『感情教育』(一八六九)では、主人公フレデリックが学生であり、カルチエ・ラタンの青年たちと交流する。年代的には、ミュッセの作品の時代背景と重なり、まったくの脇役とはいえグリゼットの姿が描かれている。フレデリックの友人で、法律事務所の書記として働くデローリエは、一時期クレマンスという清純なグリゼットを恋人にするのだ。

デローリエはその快活さで、会ったその日からクレマンス・ダヴィウ嬢を誘惑してしまった。クレマンスは軍服に金糸の刺繡をほどこす女工で、とてもおとなしく、蘆のようにほっそりして、大きな青い目を絶えず驚いたように見開いていた。書記は彼女の人の良さにつけ込んで、自分は勲章をもらっているのだと信じこませた。そして二人きりになるとフロックコートに赤い略綬をつけ、人前では主人に遠慮して外すのだと言った。彼はクレマンスにいくらか素っ気なく接し、トルコの太守のように横柄に構え、冗談半分に「庶民の娘」と呼んだ。女はいつも小さなスミレ

「彼は法律を学んでいる」。紐に吊るしたストッキングが生活臭をただよわせる（ガヴァルニ作、1840 年）

の花束を持ってきた。

職業から言えば、クレマンスは典型的なグリゼットである。おとなしく、従順で、無邪気なまでの愛をデローリエに捧げている。いささか紋切り型の肖像だが、彼女は虚栄心の強い男の犠牲者と言えるだろう。ブルジョワ社会を憎悪し、社会主義への親近感を表明するデローリエは、侮蔑の念を込めてクレマンスを「庶民の娘」と呼ぶことの矛盾に気づいている気配がない。

地方の名家出身で、主人公と同様やはり法科の学生であるマルチノンにも若い恋人ができる。グリゼットはときに女中のような務めを果たす、と生理学の言説が強調していたように、学生街サン＝ジャック通りの下宿で法律の勉強に励む彼のかたわらでは、一人の女性が靴下を繕っている。いかにもこの時代に人気を博した版画家ポール・ガヴァルニ風の風俗点描である。実際ガヴァルニの石版画シリーズ『パリの学生たち』には、まさしく屋根裏部屋でグリゼットが、恋人である学生の靴下を繕う姿を描いた一枚が含まれる。題して「彼は法律を学んでいる」。

文学の世界でも、版画の世界でも、グリゼットは明瞭な輪郭をもったイメージとして定着していたのである。

永遠のグリゼット神話

社会現象としてのグリゼット、文学的な表象となるグリゼットの黄金時代は一八三〇―四〇年代である。十九世紀も半ば以降になると、シューやミュッセが描いたようなグリゼット像は、疑問視されるようになるが、そこには社会的な現実がはらむ厳しさが関わっていた。産業革命と都市化の進展にともなって、パリには貧しい労働者階級が形成されていくわけだが、都市の片隅で、みずからの労働による報酬で細々と暮らすグリゼットは、そうした労働者階級の過酷な現実に組みこまれていったからである。

職を失って生活手段が断たれれば、グリゼットはときにみずからの色香を売るしかなかった。七月王政期パリの売春にかんする最初の実地調査として有名な、行政官パラン＝デュシャトレの『十九世紀パリの売春』（一八三六）はすでに、売春婦のなかに、それまで縫い子や下着縫製工などグリゼットに馴染みの深い職業についていた女性が多かったこと（およそ五十パーセント）を指摘していた。カルチエ・ラタンで繰り広げられる甘い恋物語のヒロインとはまったく異なる、社会と経済の厳しいメカニズムに支配される女たちの姿がそこにあった。

ところが一八六〇年代に、ミュッセを愛読していたとはいえ、そうした変化を知らないはずのない若き作家が、かつてのロマン主義的な色彩に染めあげられたグリゼットの肖像を素描した。エミール・ゾラ（一八四〇—一九〇二）である。

一八六五年に発表した「屋根裏の恋」と題された短い作品（その後『パリ点描』、一八六五、に収録）において、ゾラはマルトという名のグリゼットを登場させている。年長の世代は「グリゼットはもはや消滅した」と宣言しているが、それは正しくないと語り手は反駁する。マルトは二十歳の美しい娘、縫い物仕事をして生計を立て、倹約し、屋根裏部屋に住みながらもひととおり家具は揃え、清潔に保っている。二か月前には真面目な青年と出会って恋仲となり、週末になればパリ郊外へとピクニックに出かける。部屋のなかでは屈託なく歌い、通りでは小鳥のように飛び跳ねる。陽気さと情熱が彼女の人生を特徴づける。

彼女の人生にはほんとうの情熱がもつ威厳があり、日々の労働がもつ道徳性がそなわっている。二十歳の美しいひばりよ、私たちのために歌ってほしい。かつて私たちの父のために歌ってくれたように、そしていつか私たちの息子のために歌ってくれるように。君は永遠だ。というのも君は若さそのもの、愛そのものなのだから。

その愛が幸福な結末を迎えるかどうかについて、ゾラの作品は一言も触れていないが、ここに見られるのはいかにも牧歌的な、ほとんど時代錯誤的なグリゼットの相貌である。そしてゾラは、一八六〇年代という時代にあって、これがほとんど場違いな表象であることを意識していただろう。第二帝政下のパリで貧しい生活をみずから経験し、都市の民衆と労働者の生態を観察し、後に『パリの胃袋』（一八七三）や『居酒屋』（一八七七）の作家となる彼が、当時グリゼットが置かれていた状況に無知だったとは思えないからだ。若きゾラはそれを承知のうえで、あえて時代遅れのグリゼットに最後のオマージュを捧げたのかもしれない。若さと愛、それがグリゼットの永遠の属性であり、存在理由だった。ゾラが創造したマルトは、ロマン主義的グリゼットの儚《はかな》い残像にほかならない。

第2章　ボヘミアンと女たち

「ボヘミアン」という言葉から、われわれ日本人はどのような人間を思い描くだろうか。『広辞苑』（第二版、一九六九）を参照すると、「俗世間のおきてを無視して放縦な生活をする人。芸術家などに見られる放浪者型」と定義されている。より現代に近い辞典では、たとえば「社会の規範にとらわれず、自由で放浪的な生活をする人」（『大辞泉』、一九九五）という定義があたえられている。一般大衆の意識においても、ボヘミアンという語が喚起するイメージは類似したもので、だからこそ、ボヘミアンすなわち気ままな放浪者という連想が働くはずだ。

四半世紀の時を隔てて刊行された二つの辞典に共通しているのは、ボヘミアンとは社会に流布している一般的な規範や法の外に身を置き、自由な生活を望む者というイメージである。自由と放浪への情熱、したがって不動性と定住を嫌う態度は、どちらの辞書においても強調されている。他方、両者の違いも見てとれる。『広辞苑』の規定がかなりはっきり否定的な含意をおびているのに対し、『大辞泉』のほうは明確に肯定的とは言えないにしても、より中立的である。二十世紀最後の三十年間に、わが国ではボヘミアンにたいする認識が変化したということかもしれない。そしてもうひとつ大きな相違点は、『広辞苑』において、ボヘミアンが芸術家という社会集団に結びつけられていることである。ボヘミアンは社会の規範を無視してはばからない、それはとりわけ芸術家にしばしば見られる生き方なのだ。

こうした認識に強く影響しているのは、おそらくプッチーニのオペラ『ラ・ボエーム』(初演は一八九六年)であろう。ラ・ボエームとは、集合名詞としてボヘミアンを指すフランス語である。後に詳述するように、このオペラは十九世紀半ばにフランスで発表されたある文学作品に依拠しており、そこでは貧しい画家、音楽家、作家などが登場する。自由と、放浪と、世間からの孤立、まさにそれが彼らの共有する既定方針にほかならなかった。

歴史的な観点に立てば、芸術家とボヘミアン的な生活様式の繋がりには理由がある。いったいボヘミアンとは何者なのか。彼らは何を望み、何を夢想し、そしてとりわけどのような恋をしたのか。この章では、十九世紀のパリ社会に焦点を当てながら、ボヘミアンをめぐるさまざまな神話と表象を解きほぐしてみよう。

ボヘミアンという社会現象

グリゼットの恋の相手になったのは、学生だけではない。学生集団とときには交錯し、重なりあいながら、ボヘミアンたちもまた、彼女たちの感情生活において無視しがたい位置をしめていた。彼らの居住地区や生活様式からいって、グリゼットとボヘミアンの恋もまた、カルチエ・ラタンの風俗誌を彩る情景のひとつである。

十八世紀末のフランス革命から、十九世紀初頭のナポレオン帝政時代を経て、フランス社会は根底から変わる。伝統的な王政と貴族の支配から、新たに政治・経済的な実権を掌握したブルジョワジーの時代へ——それが基本的な底流となって、社会と文化が活性化していった。それにともない、首都パリはあらゆる面でフランスの中心となり、その役割と重要性がおおきく高まる。革命以前であれば、政府と宮廷はパリの西ヴェルサイユに置かれていたのだから、パリが特別な位置を独占していたわけではない。

この時代に始まった産業革命（その象徴は蒸気機関と鉄道）によって雇用が創出され、都市が拡大すると、田舎から若い世代の男女が数多くパリに流入してきた。また一八三〇年代には、首相を務めたこともあるギゾーによる教育改革が功を奏して識字率が上がり、地方からも勉学や仕事のため青年たちが首都に移ってきた。そうした人々のなかには、文学や、芸術や、政治の世界で名を成そうと夢想する者も少なからずいた。

しかし文学にしろ、美術にしろ、音楽にしろ、あるいは政治にしろ、当時のフランスでは（そしておそらく現代の日本でも）、その道で成功するのはごく一部の人間であり、しかもその成功のためには本人の才能や努力だけではなく、しばしば長い時間と、幸運と、ときには偶然が必要だろう。努力が報われるとはかぎらないし、芽が出ないうちは、つつましい生活を強いられる。しかしながら、芸術の女神に仕える彼らは俗物的なブルジョワ社会の原理に敢然とはむかい、家庭、労働、富、安定といった価値を無視してはばからず、創造の名において絶えず自由と放浪を求める。こうして十九世紀のパリに、ボヘミアンたちの世界が形づくられることになった。

その実相をあざやかに伝えてくれるのが、批評家アルセーヌ・ウーセ（一八一五—九六）が晩年に執筆した『告白、半世紀の思い出　一八三〇—一八八〇年』（全六巻、一八八五—九一）である。そのなかの「ロマン主義時代のボヘミアン」と題された章は、パリに暮らす若い芸術家集団の心性と行動形態をめぐる貴重な証言にほかならない。

一八三〇年代、ルーヴル宮の近くに位置するドワイエネ通り、画家カミーユ・ロジエのアパルトマンを、彼と意気投合したウーセ、さらに作家のゴーティエ、ネルヴァルらが足繁く訪れ、やがて半ば同居するようになった。社会的出自も、資質も、作品ジャンルも異なる彼らに共通していたのは、清貧に甘んじ、安易に商業的な成功を求めず、みずからの芸術の理想を追求するという態度である。「その部屋は伝説になった。最初の文学的ボヘミアンたちが集う場だったからである」と、ウーセは誇らしげに語る。破天荒な試みもしたし、周囲の人々の眉を顰めさせるような愚かな行為もしでかした。しかし、ボヘミアンたちの結束は固かった。陽気で、率直な友情で結ばれた彼らのあいだでは、創作にかんするかぎり慣れあいの仲間意識は排除されていた。お互いの作品をときには厳しく批判しあいながら、切磋琢磨していたのである。

本当のところ、われわれは勤勉で、忍耐強く、決然としていた。文学面では、もっぱら気の向くままに書くという貴重な美徳に恵まれていた。貧しかったが、われわれの誰一人として、金のための仕事に時間を費やしたり、手を汚したりしようとは思わなかっただろう。才知ある人間ならいつでも金を得るためにものを書けるが、そんなふうにして強制労働に縛りつけられたら、おしまいである。〔中略〕当時の文学生活は、自己犠牲と貧困を強いられる生活だった。老境にいたって回想録の筆を執った作家が、みずからの青春時代をいくらか理想的な色合いに染めあげている、という側面は否定できないかもしれない。とはいえ、芸術家の独立性と創作の自由を重んじ、世俗的な成功にたいして恬淡な姿勢を示したことは確かである。人間的には友愛と献身によって支えられ、芸術的には高い理想を標榜していたウーセとその仲間たちは、社会的には反抗精神によって規定される。ウーセは、かつて共和派の反乱にひそかに加担したこともある政治青年だったし、バリケード戦の血と火薬のにおいを知っていた。社会への抗議は、文字どおり戦闘の比喩によって述べられている。

われわれボヘミアン集団においてもっとも特徴的だったのは、あらゆる先入観、あえて言えばあらゆる法にたいする公然たる反抗であった。まるで要塞のようにそのなかに閉じ籠もったわれわれは、そこから出てときどき小競り合いを仕掛け、あらゆるものを嘲笑っていた。われわれの生活は芸術への厳かな愛と、陽気で暢気な愛の悦びのなかで繰り広げられるべきだと思われた。精神と感情以外には、もはや何もなかったのである。

「陽気で暢気な愛の悦び」、そう、若きボヘミアンたちはもちろん恋に無頓着ではなかった。ネルヴァルはジェニー・コロンという旅回りのイギリス人女優と恋に落ちたし、ゴーティエもまたジュリアという美しい女優に愛を捧げた。彼らにとって愛する女性は詩神ミューズそのものであり、そのかぎりで恋と芸術は不可分だった。しかし、彼らの恋は不幸な結末を運命づけられていたし、愛の不幸こそが彼らの文学創造の原動力に転化していったような印象を受ける。しかもウーセの回想録を読むかぎり、ボヘミアンたちは恋をしても友情を捨てはしない。彼らは恋人をロジエのアパルトマンに連れて来ることはなかったし、ドワイエネ通りは、ジェンダー論的に言うならばまさにホモソーシャルな空間、男同士の絆を強め、確認する場だった。

じつは愛と芸術の関係は、十九世紀フランス文学において複雑な様相を呈するテーマであり、女性は詩神ミューズという役割にとどまらない。この点については、後に少し詳しく論じることにしたい。

バルザックの見解

ウーセの『告白』は、芸術家たちからなるボヘミアン集団の青春と理想を、郷愁をこめて蘇らせた。他方、文学作品におけるボヘミアンの表象に関して言えば、一八三〇―四〇年代にはかならずしも肯定的に表現されていない。まだ芸術家との繋がりが強調されるわけではなく、むしろ社会の底辺にうごめく怪しい集団、都市が分泌する不安にみちた異質物として捉えられている。当時のパリの労働者階級について使われた言葉を借用するならば、ボヘミアンとは「危険な階級」に帰属するものだった。デヌリーとグランジェの合作による戯曲『パリのボヘミアンたち』（一八四三）では、登場人物の一人が次のような口上を述べる。

私が「ボヘミアン」と呼ぶのは次のような人たちです。つまり、生きていることが問題そのものであり、その状況も財産も謎めいている者たち、定まった住居や、承認された住処を持たず、どこにも住んでいないのに、いたるところで姿を目にする者たちです！　きちんとした職業には就いていないのに、五十種類もの仕事に手をそめ、その大多数は朝起きたとき、その日の夜どこで夕飯を口にできるかも分からないような連中です。今日は金回りがいいかと思えば、明日は飢えに苦しみ、可能ならばまっとうに暮らそうという気はあるものの、それが無理なら違った暮らしをする連中のことです。

ここでのボヘミアンとは、住所不定で無職、不安定なその日暮らしを強いられ、貧困と飢えにさらされながら、胡乱な手段でどうにか生き延びていく底辺の人間たちである。これでは詐欺師やペテン師とほとんど区別がつかない。実際、この登場人物は、ボヘミアンとは他人に寄生する鳥であり、善意ある人々を欺こうと「網を張る文明の蜘蛛」のようなものだ、と続けている。このように社会から脱落した危険人物としてのボヘミアンというイメージは、当時の大衆小説や新聞、さらにはガヴァルニやドーミエの諷刺画によって、広く流布することになった。

こうした表象を根底から変えたのが『人間喜劇』の作家である。みずからも一八二〇年代のパリでボヘミアン的な生活を送ったバルザックは、『ボヘミアンの王』（一八三九―四五）と題された小説のなかで、ひとりの作中人物を介してボヘミアンを次のように定義している。物語の時代設定は一八四〇年前後である。

イタリア人大通りの正理論派《ドクトリネール》と呼ぶべきボヘミアンは、二十歳以上で三十歳未満の青年たちからなる。みなそれぞれの領域での天才であり、今はまだ無名だが、いずれ名を知られるようになり、そうなれば傑出した人間になるだろう青年たちだ。謝肉祭《カーニヴァル》のときには、一年のそれ以外の時期には窮屈を覚えていた精神の余剰物を、いくらか滑稽なことをしでかして発散するので、彼らの姿は目につく。

ボヘミアンの画家と、造花づくりに励むグリゼット（ガヴァルニ作、1840 年）

正理論派とは、フランソワ・ギゾーを中心に集結していた、自由主義的な哲学者たちを指す。ボヘミアンたちは若く、才能に恵まれた人々であり、今はまだ無名とはいえ、いずれ頭角を現わしてくるだろう。才能があるだけでなく、謝肉祭の時期に突飛な行動に出るという指摘から分かるように、彼らはまた世間的な規範からの逸脱によっても注目される。ボヘミアンたちのなかには有能な外交官や行政官や軍人、あるいは優れた作家や芸術家やジャーナリストの卵たちが潜んでいる。そのような彼らの潜在的な能力を活用しないのは、国家にとってなんと嘆かわしい損失だろうかと、まるでみずからの不遇な青年時代を想起したかのように、バルザックは憤慨せずにいられない。そして作家は、彼らの生態と信条を的確に記述してみせる。

ボヘミアンは何も持っていないから、手元にあるものだけで暮らす。「希望」が彼らの宗教であり、「自信」が彼らの法典であり、「慈善」が彼らの予算ということになっている。この青年たちはみな、彼らの不幸よりは偉大であり、金には恵まれないが、運命を超越している。

貧しさと不安定は、デヌリー／グランジェとバルザックが素描したボヘミアンの肖像に共通している。しかしバルザックは、そこから胡乱《うろん》な側面を削ぎ落とし、彼らに若さ（「二十歳以上で三十歳未満」）と秘められた才能を付加する。バルザック的なボヘミアンはしばしば地方出身で、家賃の安いカルチエ・ラタンに部屋を借り、ふだんは質素な生活、ときには衣食にも事欠くような貧しい生活に甘んじ、それでいながら（あるいはだからこそ）文学や芸術の世界での栄光を夢み、それを可能にするだけの才能を欠いていない。現在の清貧を恥じることなく、自分たちの未来の成功を信じる。そして芸術と自由を愛し、結婚や家庭生活に関心がなかったボヘミアンにとっても、学生にとってそうだったように、グリゼットは格好の恋とアヴァンチュールの相手だった。

ミュルジェール『ボヘミアンの生活情景』

バルザックは細部を捨象し、ひとつの社会現象としてボヘミアンの本質を規定したが、彼らの習俗を具体的に語ることはなかった。こうしたボヘミアンの生態をもっともよく伝えてくれる文学作品が、一八三〇年代のパリを舞台にして展開する、アンリ・ミュルジェール（一八二二―六一）の『ボヘミアンの生活情景』（一八五一）と、それにもとづくプッチーニのオペラ『ラ・ボエーム』にほかならない。

とはいえ、初演から一世紀以上経た現在でも、プッチーニのオペラは世界中でしばしば上演されるオペラの演目だが、原作であるミュルジェールの小説は、本国フランスでも今ではあまり読む人がいない。日本では戦前に一度翻訳されただけで、一般読者はもとよりフランス文学の専門家ですら、ほとんど手にすることのない作品である。ミュルジェールの小説は、彼の作品そのものとしてよりも、『ラ・ボエーム』の原作として生き延び、人々に記憶されてきたといっても過言ではない。

『ボヘミアンの生活情景』は、当初ある新聞に一八四五―四九年にかけて断続的に連載されたが、ほとんど注目されなかった。ところが一八四九年十一月、それが戯曲に翻案されてパリの劇場ヴァリエテ座で上演されると、一躍脚光を浴びるところとなり、二年後には小説が単行本として刊行された。現在われわれが一般に読めるのは、この一八五一年の小説版である。カルチエ・ラタンに住む四人組の貧しい男たち＝ボヘミアンの、無軌道で根なし草的な生活を、短いスケッチの集合という形式で物語る。

フロベールはパリ大学法学部に在籍したものの、法律の勉強には興味がもてず、ひそかに文学修業にいそしみながらボヘミアン生活を体験したが、一八二二年生まれのミュルジェールはそのフロベールや、パリ生まれでボヘミアンたちと交流のあった詩人ボードレール（一八二一―六七）とまさしく同時代人である。『ボヘミアンの生活情景』の主人公、詩人ロドルフは、若き日のミュルジェールやボードレールの姿でもあるのだ。

一八三〇年代のパリというのが偶然の設定ではなく、明確に歴史的、社会的な背景をもっていることは、これまでの説明から理解していただけるだろう。ボヘミアンという言葉自体はもっと古い時代から用いられていたし、現象としては二十世紀初めまで存続する。シュルレアリスムの芸術家たちが、パリ最後のボヘミアン世代と言えるだろう。しかし文化史の観点からすれば、それはまさしく十九世紀前半のパリと深く結びついた現象なのである。

ミュルジェールの作品には、詩人ロドルフ（プッチーニのオペラではロドルフォ）のほかに哲学者コリーヌ、画家マルセル、そして音楽家ショナールなどの男たち（いずれも売れない）と、ミミとミュゼットという二人のグリゼットが登場する。詩人、画家、音楽家などは、典型的にボヘミアンに属するカテゴリーである。同じ界隈に住み、しかも家賃の安い上層階や屋根裏部屋を借りている彼らは隣人どうしであり、活動や仕事の場も近接していた（オペラ『ラ・ボエーム』の第一幕と第四幕は、どちらもロドルフォの屋根裏部屋で展開する）。学生の場合もそうだったが、ボヘミアンにとっても、週末の気晴らしといえばパリ郊外へのピクニックや、市内や場末の酒場で催される大衆的な舞踏会や、パ

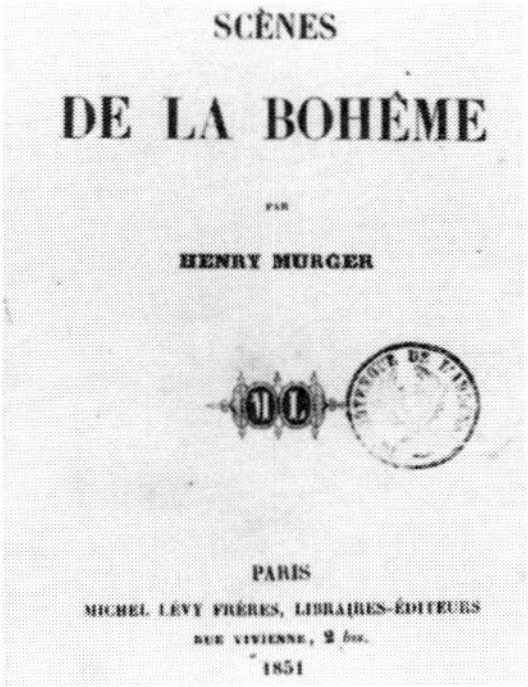
SCÈNES

DE LA BOHÊME

PAR

HENRY MURGER

PARIS
MICHEL LÉVY FRÈRES, LIBRAIRES-ÉDITEURS
RUE VIVIENNE, 2 bis.
1851

ミュルジェールの肖像と『ボヘミアンの生活情景』の初版

オペラ『ラ・ボエーム』第１幕、屋根裏部屋の場面（1898 年）

リの安いカフェでの集いである(『ラ・ボエーム』第二幕は、カルチエ・ラタンのカフェが舞台だ)。彼らは出会うべくして、グリゼットと出会う。

ロドルフに愛されるミミ、繊細な顔立ち、青く媚態を含んだ目をした二十二歳の美しいミミにあって、とりわけ魅力的なのは白い肌である。

ミミの血管のなかには、青春の熱くたぎる血が流れていて、椿のように白く透明な肌を、ほんのりバラ色に染めるのだった。この病的な美しさがロドルフを魅了した。夜になるとロドルフはしばしば何時間も、眠った恋人の青白い額を接吻で覆い、女の濡れて疲れた目はなかば閉じつつ、すばらしい褐色の髪に包まれながら輝いていた。とりわけロドルフがミミに夢中になったのは、その手のせいだった。家事をいろいろしているのに、怠惰の女神の手よりも白く保たれていたからである。(第十四章)

抜けるように白い肌は、たしかに若さの象徴で、女の美しさの大きな要素にちがいないし、だからこそ詩人をうっとりさせもするが、しかしこの白さは儚さと隣り合わせである。「病的な美しさ」とあるのは、ミミが若くして死ぬことを暗示している。「椿のように」白いという表現も、たんなる比喩と見過ごせない。というのも、ミュルジェールの作品と同時代の『椿姫』では、病弱な女主人公が白い椿(当時は高級な花)を好んでいたからである。ロマン主義的な文学風土において、白という色は女の美しさ、優雅さの寓意であると同時に、恋する女の身体的脆弱さを示唆する記号でもあった。

最後にミミは尾羽打ち枯らして、結核のため施療院で息を引きとる。自宅で介護や、医者の往診を受けるだけの経済的な余裕がないから、みずからの意志で施療院に赴いたのだった。まさに哀れなグリゼットの末路である。

『椿姫』のヒロイン、マルグリットも、結核で死んでいく。ミミにおいてもマルグリットにおいても、肌の白さは結核という死に至る病を含意していた。結核とは、若く、美しく、そして恋する女性を襲うのにいかにも似つかわしい病、すぐれてロマン主義的な病だった。それは激しい情熱や、報われない愛にもだえる女たちの命を奪うのにふさわしい、ほとんど神話的な病だったのである。グリゼットが老いていくのを想像することは、難しい。成熟や老年は、彼女に似合わない。前章で触れたユアールやジャナンは三十歳を過ぎたグリゼットはありえない、と喝破していたではないか。美しいグリゼットは自由な恋に身をゆだね、激しい情熱を生きて、はかなく死んでいく運命にあるのだ。

かりそめの恋

ロドルフとミミはいっしょに暮らすようになる。二人の恋は、至福と快楽を約束されているかのように始まるが、それも束の間のことにすぎなかった。ボヘミアンとグリゼットの恋はしばしば浮ついた恋であり、男も女も、けっして特定の相手にひたむきな愛を捧げるわけではない。プッチーニのオペラと違って、ロドルフはいつでもやさしい男ではないし、ミミは恋人に忠実なわけではない。彼女は近隣の女たちと付き合ううちに、質素な生活に満足できず贅沢を夢見るようになるし、新たな恋人をつくったりもする。
いや、ロドルフとミミだけではない。共通の理想によって結びついた男たちの共同体のなかに、若く美しい娘たちが華やかな彩りを添え、恋の輪舞をもたらすにしても、それが男たちの絆を弛緩させることにはならない。主人公の二人、そしてやはり恋人同士のマルセルとミュゼット、ショナールとフェミ(「染物女工」だから、彼女もグリゼット)らは半年間いっしょに暮らすが、その同棲生活は破綻する。男女の結びつきは容易に生まれ、たやすく破れていく。そこには悲愴な言葉も、後悔の涙も、痛々しい情動も伴うことがない。ミュルジェールは彼らの訣別について、次のように書き記す。

あらかじめ考えられていたわけでなく、喧嘩も動揺もなしに彼らは別れた。気紛れから生まれて愛になったこの関係は、もうひとつの気紛れのせいで断ち切られた。(第十五章)

ボヘミアンの恋に、愁嘆場はふさわしくない。熟慮とは無縁なところで繰り広げられる、明日を思いわずらうことのないかりそめの恋、それこそが彼らに似つかわしいのだ。ひとつの気紛れから、もうひとつの気紛れへと、彼らは恋を渡り歩く。若いグリゼットたちからすれば、いつまでも芽の出ない芸術家たちに執着している暇はない。若さと美しさは永遠に保たれる価値ではないから、グリゼットはみずからの若さと美しさを迅速に、かつ有効に活用しなければならない。純粋で打算のないボヘミアンに心魅かれながら、彼女たちが上流階級の裕福な男たちの誘いに抵抗できないのは、そのためである。そこには真実の情熱に目覚め、ひとりの男(あるいは女)への想いに身を焦がす者、たとえば『椿姫』のヒロインのようなロマン主義的な愛の殉教者の姿はない。

プッチーニのオペラでは、ロドルフォとミミの悲恋に焦点が当てられ、それを中心に作品が構成化されているから、ミミの死によって物語が終わる。ヴェルディの『椿姫』や、ビゼーの『カルメン』(一八七五)や、同じくプッチーニの『トスカ』(一九〇〇)もそうだが、オペラではヒロインが死ねば舞台の幕は下りなければならない。

他方、多くの人物が登場して繰り広げるさまざまなエピソードを集めた、風俗スケッチ集の趣を呈するミュルジェールの『ボヘミアンの生活情景』は、ミミの死によって物語が閉じられることはなく、作家は作中人物たちのその後の人生を読者に語り知らせる。ロドルフは一冊の本で批評界の注目を浴び、マルセルは官展に出品できるようになり、絵が売れて立派な邸宅を構え、ショナールの作った曲はコンサートで歌われるようになり、コリーヌは遺産を受けつぎ、裕福な女と結婚する。そしてミュゼットは、小役人と結婚することになったとマルセルに告げる。なんと散文的な終わり方であろうか。

実際、ミュルジェールの友人や批評家は、このような結末はボヘミアンの青年時代を否定した裏切りだと非難した。ブルジョワ的な価値観に反抗することによって規定されるボヘミアンが、ブルジョワ的な秩序のなかに回収されてしまうことは許しがたい逸脱ではないか、というわけである。しかしひとがいつまでも暢気なボヘミアンでいられないことに、作者ミュルジェールは気づいていた。ボヘミアンの青春が行きつく先が、貧困やみじめな死か、あるいは穏やかで凡庸なブルジョワ化のどちらかであることを、作家はよく認識していたのだろう。

ボヘミアンから市民としての芸術家へ

実直で真面目なブルジョワ階級からみれば、芸術の名において明日をも知れぬ人生を送るボヘミアンたちは、魅惑的であると同時に不安な集団にほかならなかった。魅惑的であるというのは、それが若さと自由を体現していたからであり、不安を感じさせるのは、それが社会の規範を無視し、ブルジョワ的な価値観を否定したからである。いずれにしても、『ボヘミアンの生活情景』はブルジョワ読者層の気にいった。作品の最終章がよく示しているように、ミュルジェールはボヘミアンを、いくらか胡散臭い側面があるとはいえ、究極的には受容可能な種族として提示していたのだから。首都に生まれ育った者であれ、地方の出身者であれ、ボヘミアンたちはやがて放浪生活と訣別し、パリで、あるいは故郷に戻って身を固めるという、当時の風俗がそこに映し出されている。

ボヘミアンは逸脱を好み、無規律ではあるが、社会秩序そのものを脅かす存在ではない。制度や、市民社会の掟に反抗することはあっても、反抗は表面的なものにとどまり、制度や掟にたいして根本的な異議を突きつけたわけではないから（その意味で革命家や社会主義者とは異なる）、重大な脅威ではなかった。ボヘミアンとグリゼットの恋愛模様にしても、社会空間的に限定され、年齢的には青春時代に特有の束の間の現象にすぎない。それは結婚や家族といった社会制度の根幹を揺るがすものではなかった。

若さ、才能、反抗によって正当化されるボヘミアンたち。しかし十九世紀後半になると、そのような肖像にたいして、芸術家や作家自身、すなわち潜在的なボヘミアンであるはずの者たちから異議申し立ての声が上がってくる。

第二帝政期後半、印象派の画家たちの活動が始まる。その先駆者エドゥアール・マネの作品がサロン展で激しい批判にさらされていた頃、マネを敢然と擁護したのが若きエミール・ゾラである。まだ小説家として名声を確立していたわけでもないゾラは、むしろ新進気鋭のジャーナリスト、美術批評家として頭角を現わしつつあった。彼が一八六七年に発表したマネ論の第一節「人と芸術家」は、ミュルジェール的なボヘミアン神話にたいして、明確に距離を置こうとする。

> 芸術家の生活というものは、礼儀正しくて文明化した現代にあっては、静かなブルジョワの生活であり、カウンターの向こうで胡椒を売るようにアトリエで絵を描くのである。一八三〇年の長髪族は幸いなことに完全に姿を消してしまい、わが国の芸術家たちはかくあるべき存在、すなわち普通の人生を生きる人々になったのである。（ゾラ『美術論集』、三浦篤・藤原貞朗訳）

芸術家とブルジョワのあいだに、もはや違いはない。商人の生活に喩えられているように、芸術家は日々絵を描くことを生業とする市民のひとりにほかならない。画家とはいまや、社会の規範や価値観に抗うことによってみずからの存在を規定するのではなく、市民社会で日常性を生きる人間なのである。「一八三〇年の長髪族」とは言うまでもなくボヘミアン芸術家を指しており、はっきりと名指ししていないものの、この一文がミュルジェール的なボヘミアン情景への皮肉な揶揄であることは明らかだろう。
ゾラは、マネの前半生を簡略に振り返る。十七歳頃から絵画に熱中し、イタリアとオランダを探訪して傑作を見てまわり、一八五〇年代にはトマ・クチュールのアトリエに入って修業を重ね、なかなか自分独自の手法と美学を見出せなかったが、六〇年代になってようやく公衆にその作品が知られ始めた。続いて批評家は、身長、毛髪、まなざし、口元など身体的な細部を叙述する。顔全体は繊細さと知性、しなやかさと大胆さを兼ねそなえ、その物腰は洗練と上品さを示している。そしてマネは、裕福ではないが上流階級の夜会を好む。それは芸術家として絵画的な印象を探し求めるためだけでなく、典雅さを評価する彼自身の性向にも由来する。

きわめて些細なこれらの事柄について、私は強調せざるをえないのだ。同時代のふざけ屋たち、公衆の笑いをとって日々の糧をかせぐ者たちは、エドゥアール・マネを一種のボヘミアン、いたずら小僧、滑稽なお化けにしてしまった。そして、公衆はこうした冗談や戯画をそっくりそのまま真実と受け取ったのである。本当の真実は、金で雇われたからかい屋が創りだした空想の操り人形とはうまく合致しない。ありのままの人間を示すのは良いことだ。

こうしてゾラ自身によって「ボヘミアン」という語が口にされるのだが、それはまさしく、画家マネをロマン主義的なボヘミアンの紋切り型から差異化するためである。一八六〇年代の芸術家はもはや、若さと才能によってさまざまな逸脱を免責され、自由と独創性を享受し、雌伏して来るべき栄光の開花を待つ者などではない。芸術とはひとつの職業であり、あらゆる職業にはそれなりの技術と熟練が要請されるし、それらを習得していかなければならない。かくして芸術家は地道な努力を日々重ねながら、みずからの作品を公衆の評価にゆだねようとする。

このように、およそボヘミアンとはほど遠い芸術家の肖像は、ゾラの評論とほぼ同時代の二枚の絵に示されている。

まずファンタン＝ラトゥールが一八七〇年のサロン展に出品した《バティニョール地区のアトリエ》（一八七〇）は、マネのアトリエに集った画家や文学者たちを描いた作品だ。中央では、絵筆を持ってカンヴァスに向かうマネが椅子に座り、その周囲に彼を尊敬するルノワール、モネ、バジール、そしてゾラらが配置されている。ほとんど黒ずくめの服装で、なかには蝶ネクタイをした者もおり、皆しかつめらしい表情を見せている。作品全体に厳粛な雰囲気がただよい、律儀なブルジョワたちの集団肖像画と見紛うばかりである。

もう一枚は、バジール作《ラ・コンダミーヌ通りのバジールのアトリエ》（一八七〇）。画面はより広角でとらえられ、全体的に明るい光が差し込んでいる。これもアトリエに集う芸術家たちの姿を描いた作品で、モデルたちもほとんど同一人物だが、よりくつろいだ様子を示している。音楽学者メートルはピアノを練習し、バジールは制作中の自分の絵をマネに見せて批評を乞い、階段の手すりに寄り掛かったゾラは、階段下に腰かけるルノワールと歓談している。

どちらの絵も、マネを中心にして形成されつつあった新たな流派の胎動を伝えるものであり、芸術家たちは絵を描くというひとつの労働の場において表象されているのである。彼らは皆、しかるべき

ファンタン＝ラトゥール《バティニョール地区のアトリエ》（1870 年）

バジール《ラ・コンダミーヌ通りのバジールのアトリエ》（1870 年）

端正さと品格を具えており、律儀な市民を思わせる。しかも興味深いことに、ここには女性が一人も姿を見せていない。まるで芸術の追求は女性を必要としないかのように、あるいは創造の場は女性を排除するかのように、黒い衣服を身にまとった男たちだけの世界が現出しているのだ。彼らにも経済的な困難はあったかもしれないが、一八三〇―四〇年代の気まぐれで貧相な、そしてグリゼットと同棲したボヘミアン芸術家とはなんと異なることだろう。ガヴァルニやドーミエが描いた芸術家の肖像と較べてみれば、その違いは歴然としている。二枚の作品は、ボヘミアンとは異質な、新たなタイプの芸術家像を提示しているのである。

女嫌いの文学

ファンタン＝ラトゥールとバジールの絵に女性が描かれていないのは、偶然ではない。ボヘミアンが社会現象として後退した十九世紀後半、芸術家と女性、芸術と愛の関係は新たな様相を呈するようになる。文学の世界に関して言えば、ロマン主義時代のように女性は想像の翼をはばたかせる詩神ミューズではなく、芸術家を不毛にしてしまう不吉な存在である。多くの作家は女嫌い《ミゾジニー》を隠さず、結婚生活の束縛は創造行為を萎えさせると言明してはばからなかった。こうして、批評家ジャン・ボリの言葉を借りるならば、レアリスム文学は「独身者の文学」という側面を強くおびることになった。

その典型は、ゴンクール兄弟（兄エドモン一八二二―九六、弟ジュール一八三〇―七〇）である。日本人にはフランスの権威ある文学賞「ゴンクール賞」の創設者として想起される名前だが、作家として

ゴンクール兄弟（ガヴァルニ作、1853 年）

は小説、戯曲、歴史書（とりわけ十八世紀に関して）、美術批評など多様なジャンルを実践した。日本美術にも造詣が深く、晩年にはエドモンが一人で北斎や歌麿を論じた本まで著わしている。二人が終生書きつづけた『日記』は、第二帝政期と第三共和制初期のパリ社会と文壇をめぐる貴重な証言として、その価値はつとに認められているところだ。

二人の共作による小説『シャルル・ドゥマイー』（一八五九）は、同時代のパリを舞台に、ジャーナリズムの世界に棲息するボヘミアン的作家や批評家たちを糾弾する意図をもって書かれた。主人公シャルルは才能ある作家で、文学にすべての情熱を捧げ、『ブルジョワジー』という小説で成功を収める。その文学的情熱は、愛や、結婚や、家庭といった市民社会の価値観と両立しない。ある上流階級の女性の客間にシャルルとその仲間たちが集って、会話が女性と愛をめぐって展開するとき、男たちはシニカルで辛辣な言辞を吐く。「女が劣っているということは、その身体に刻まれている。天才とは男性のもので、天才的な女とはすなわち男にほかならない。〔中略〕女の魂は男の魂よりも感覚に近接している」。しかし孤独は恐ろしい状態であり、男女が形成する家庭の温かさはその孤独を慰めてくれるではないかと主張する友人にたいして、シャルルは次のように反駁する。

われわれ作家には結婚が禁じられている。なぜかと言うと、われわれは夫にはなれないからね……。インク壺から蝶を捕まえようとするような人生を送っている者は、社会の法から外れた人間、夫婦の規則から外れた人間だよ……。それに、ものを考えるためには独身でいることが必要さ。

作家とは、すべてを文学に捧げる人間であり、女姓や愛でさえ文学のための糧にすぎない。文学創造と結婚は両立しないのである。創造行為は作家という人間を社会の規範の外部に位置づけ、それによって日常性の要請から切り離そうとする。

ところが皮肉なことに、女嫌いを公言していたシャルルは、ある夜偶然見た芝居の舞台で演じていた女優マルトに一目惚れし、三か月後に結婚する。シャルルはみずからの人生哲学に背いてしまったということだろうか？　いや、そうではない。というのも幸福な蜜月は長くは続かないのだから。シャルルは恋人としてよりも、むしろ作家として恋をしていた。そこには情動や感覚や欲望よりも、観念が支配していた。女優という職業がなにがしかの創造性を二人の関係に付与してくれるのではないか、とシャルルはかすかな期待を抱いていたのだが、その期待が裏切られるまでに長い時間はかからない。女優であるマルトは、さまざまな人物と多様な感情を演じること、すなわち感情を偽ることに長けているだけなのだった。やがて彼は、マルトの欺瞞性と、知性の欠落に辟易し、友人への手紙のなかで彼女の「媚態をおびた愚鈍さ、いわば晴れ着をまとった愚鈍さ」を苦々しく嘆くことになる。

もちろん、女の側がそうした変化に無頓着なわけがない。やがて、二人の気質がどうにも和解できないものであることが露呈する。シャルルは神経症の症状さえ呈するようになってしまうが、マルトは彼をいたわるどころか、間接的に旧友たちに協力して彼の破滅を早めてしまう。シャルルの成功を妬んでいた旧友たちは言葉巧みにマルトを説得し、彼が昔マルトに宛てた手紙、友人たちを批判した文面を含む私的な手紙を押収して、新聞に公表してしまうのである。

その結果、シャルルは陰鬱な絶望と深い孤独の淵に追いやられ、最後は失語症となり、理性を失う。作家にとって、言葉を失うことほど嘆かわしい悲劇があろうか。彼はそれによって、みずからの存在理由を否定されてしまうのだから。愛の誘惑に駆られ、結婚というブルジョワ的制度に絡めとられた才能ある作家を待っていたのは、狂気という運命だった。愛と芸術は対立し、結婚の快楽と才能の開花は両立しない。それが『シャルル・ドゥマイー』のはらむ苦い教訓である。

同じような教訓は、やはりゴンクール兄弟の『マネット・サロモン』(一八六六)に再び見出される。コリオリスとアナトールという二人の画家を主人公とするこの小説では、一八四〇年代から五〇年代にかけて画塾で学ぶ若い芸術家たちの習俗、希望、挫折、そして画壇やサロン展のありさまが活写されている。才能ある画家であり、オリエントに出かけて修業したコリオリスと、ローマ賞に落選し、師のアトリエを離れて放浪するアナトールは、遺産を手にしてからパリで共同生活をするようになる。やがてコリオリスはモデルのマネットと恋に落ち、一時期はパリ南郊バルビゾン村に住んで風景画の制作にあたると、かなりの成功を収める。しかしそれは一時の成功で、マネットが子供を産み、恋人コリオリスと同居すると、二人の画家の友情は破れる。コリオリスの作品は評価が下がり、金銭と世間体ばかりを気にするマネットとの生活は、しだいに彼の才能を枯渇させていく。最後にコリオリスはマネットと正式に結婚し、アナトールは画業を放棄してパリ植物園の助手となる。

このように要約される『マネット・サロモン』において、マネットに出会う前のコリオリスはシャルル・ドゥマイーがそうだったように独身主義者である。女性や結婚制度そのものを憎むからではなく、女性といっしょに暮らすことが精神の自由や創造の霊感を阻害する、と考えるからである。

コリオリスは結婚しないと心に決めていた。結婚が嫌だったからではなく、それが芸術家に許されない幸福だと思われたからである。芸術の仕事、創作の追求、作品の静かな懐胎、努力の集中は、やさしくて気の紛れる若い女と共にする結婚生活とは両立しえないと考えていた。〔中略〕彼によれば、独身こそ芸術家に自由と、力と、知性と、良心を保証してくれる唯一の状態なのだった。

そうした決意にもかかわらず、画家はモデルを務めるマネットに魅かれ、いっしょに暮らし、最後には妻とする。コリオリスが《トルコ風呂》と題された東洋趣味の作品を描いているとき、主題や構図や人物のポーズが定まっているのに、そこに現実感をもたらす要素が欠落していた。そこに現われたのがマネットであり、輝くばかりの肉体をもち、鏡のなかでみずからの姿に陶酔するほどの彼女は、その欠落を充塡してくれる自然であり、現実だった。身体的存在としての女性は芸術表現にとって不可欠な要素だが、芸術家である男にとっては危険な誘惑であり、危うい躓きの原因にほかならない。

愛や欲望という人間性と、芸術という超越性を調和させることはむずかしい。女性の肌がもたらす快楽と、作品によって実現される絶対性はお互いを排除しようとする。一方が他方の犠牲に供せられることが稀ではない。芸術家はたんなる人間以上の存在であり、またそうでなければならない。愛や情熱を創造活動の霊感源と見なすようなロマン主義的観点は、もはや時代錯誤である、とゴンクール兄弟は示唆する。愛や情熱は、創造行為をさまたげる障害にさえなってしまう。コリオリスはマネットの出現によって、芸術家と人間の相克、超越性と現実性の葛藤を生きる運命を背負うことになるのだ。

アトリエのなかで、画家とモデルは宿命的に遭遇する。モデルである女性は、表現が達成されるために必要だが、芸術家にとっては才能を衰えさせる危険性が高い。ましてや女性が妻となり、さらに母となれば、芸術家にとって家庭は牢獄に変貌する。男にとって夫となり、父となることは幸福のひとつのかたちに違いないが、芸術と芸術家にとっては頽廃や堕落の原因である。ゴンクール兄弟の小説において、女性は芸術の敵であり、感情的なコミットと美学的なコミットは両立しえない。作品の最後でコリオリスがあらゆる野心と理想を喪失し、平凡な日常性に埋没していくのは、芸術家の嘆かわしい死を象徴している。こうして『マネット・サロモン』は独身と禁欲を讃え、女嫌いを標榜する。

芸術と愛の二律背反

他方、女性や妻の側からすれば、愛の持続を願い、家庭の幸せを永続化させるためには、男や夫が身を捧げる芸術と格闘しなければならない。男が他の女を愛するようになるわけではないから、敵は他の女ではなく、芸術の女神である。その葛藤はしばしば悲劇的な結末をもたらす。

その悲劇がよく示されているのが、エミール・ゾラの芸術家小説『制作』（一八八六）である。主人公はやはり画家のクロード、その彼が愛し、妻とするのがクリスティーヌ。二人はある真夜中、まさに劇的な状況のなかで出会い、接触し、恋に落ちる。女はいくらか気難しい画家が、繊細さと才能を秘めていることに魅かれたのだった。二人はパリ郊外ベヌクールの田園風景のなかで蜜月を過ごし、かわいい息子にも恵まれる。こうして彼らの愛は幸福を約束されているかに見えるが、それを阻むのが芸術である。

マネとセザンヌをモデルにするとされるクロードは天才的な画家で、彼が風景画にもたらした革新は、やがて新しい世代の画家たちの作風を強く刻印することになるのだが、クロード自身は世間に認められず、その作品もサロン展で落選し続ける。周囲から冷たく無視され、かつての仲間たちからも疎遠にされて孤独を深めるが、それでも自己の美学を信じてパリを寓意化する大作に取り組む。そのとき、シテ島を表象する女性像のためにクリスティーヌがモデルを務めるのだが、モデルを前にしたクロードはもはや画家でしかなく、夫ではない。それは女の身体を見つめるまなざしであって、女を愛し、欲望する主体ではない。そしてクリスティーヌはモデル以外の何ものでもなく、もはや愛される女ではない。芸術への情熱は、女への愛を減殺してしまうのだ。

クリスティーヌがそのことに気づかないはずがない。自分がモデルを務め、いわば自分の分身である描かれた女が、クロードの情熱を独占していくさまを目にして彼女は苛立ち、嫉妬し、絶望する。

画家である愛する男のためにポーズをとり、作品創造のために協力しているのに、その協力が女にとっての恋敵を出現させてしまうという逆説は悩ましい。描かれた女は「情婦」のように家のなかに入り込んだ、とゾラは書く。その倒錯的な状況は、女にとって耐えがたいだろう。『制作』においては、芸術と愛が敵対するばかりでなく、描かれた作品が第二の女を誕生させることで芸術がエロス化し、そのエロス化は現実の女の存在感を稀薄にしてしまう。かくしてクリスティーヌは、二人の敵と対峙しなければならない。

彼女は、クロードが自分よりも絵の女をはるかに愛していること、つまり、絵の女だけが彼の熱愛する女であり、彼の唯一の関心事であり、四六時中、愛情をそそぐ対象であるということを、身にしみて感じていた。クロードは、絵の女を美しくするために、クリスティーヌをモデルとして殺してしまっていた。彼は、自らの絵筆によって絵の女が生きたり、しおれたりするのに応じて、一喜一憂しているのだった。これが恋でなくて何であろうか？ 他の女を生み出すため、彼女がその肉体を貸しているとは、なんという苦しみか！ この悪夢のようなライバルは、たえず二人につきまとい、アトリエといわず、食卓でも、ベッドでも、ところかまわず、現実よりもいっそう強力に彼らをおびやかしているのだった。（清水正和訳）

画家は、愛よりも芸術に、血肉をそなえた生身の女よりも芸術の幻影に執着する。というより、画家にとって女は表象されるかぎりでしか実在しない。クロードは永久に到達しえない美の追求者であり、なにものによっても満たされることのない狂気じみた創造の渇望に捉えられている。芸術は愛を犠牲にする。そして女の側からすれば、芸術とは愛も、家庭の平和も、経済的な安定もすべて破壊する簒奪者にほかならない。クリスティーヌにとって、芸術との闘いはあらかじめ敗北を宿命づけられた闘いなのだ。

クロードは、才能に恵まれながら不毛に終わる呪われた芸術家のひとりである。ゾラの小説の末尾で、彼は完成しえない大作を前にして絶望に沈み、みずからの命を絶ち、それを見たクリスティーヌは意識を失う。「彼女の真上では、絵の女が偶像のごとき象徴的な輝きを燦然と放っていた。絵は、狂してもなお不死の姿で屹立し、勝ち誇っていた」。

十九世紀フランス文学には、バルザックの『知られざる傑作』（一八三一）から、ミュルジェール、ゴンクール兄弟、ゾラ、そしてモーパッサンの『死のごとく強し』（一八八九）に至るまで、芸術家小説の系譜と呼べるものが存在する。そこでは作家や、とりわけ画家が恋をし、ときには結婚もするが、結末はつねに別れであり、破局であり、不幸である。

ミュルジェールの作品のように、主人公たちが気楽なボヘミアン生活を送るか、あるいはゴンクール兄弟やゾラの作品におけるように、主人公は周囲の人々に真価を理解されずに孤立を深め、ときには社会によって抹殺されていくという違いはあっても、芸術と恋愛は絶えず二律背反の関係にさらされ、一方が他方を破壊する。男は愛の悦楽に身をまかせれば芸術をないがしろにし、芸術に専念すれば女の存在が煩わしくなる。恋する女は、芸術が自分にとって恋敵であることを看取して、それに嫉妬し、ときには憎む。芸術家を愛する女は、受難と不幸を運命づけられているかのようである。

独身者は社会の脅威である

『マネット・サロモン』や『制作』で表明されていた芸術と愛、芸術と結婚の二律背反、したがって独身主義への憧憬は、ゴンクール兄弟とゾラだけに特有の主張ではなかった（ただし、晩年のゾラ自身はむしろ結婚や家庭の価値を支持するようになるが）。同時代のフロベール、ユイスマンス（一八四八―一九〇七）、モーパッサン（一八五〇―九三）などレアリスム・自然主義の作家たちは皆、この態度を共有していた。そしてこの時代、芸術家はつねに男だから、芸術にとっての愛の不毛性とは男の側から見ての不毛性ということになる。他方、女からすれば、芸術家を愛するのは苦悩と不幸を運命づけられることにつながる。

愛にコミットしない独身者、あるいは結婚した後に家庭生活が芸術創造を損なうと自覚する男は、十九世紀後半になってはじめて登場したわけではない。それ以前の文学にも、独身者たちは現われる。ただしその場合、独身者とは女を征服することをこのうえない快楽とする誘惑者（たとえばドン・ファンの系譜）や、あるいは逆に職業的に妻帯を禁じられている者（聖職者）や、貧困、病、身体障害などにより結婚を望めない者たちであった。バルザックは、やむを得ない事情によって独身を強いられる場合を除いて、エゴイズムによって独身を貫く男たちをきびしく糾弾した。彼の小説『ピエレット』（一八四〇）の序文では、「独身とは社会に反する状態」であり、「根っからの独身主義者は文明を簒奪し、文明に何も返してやらない」と批判されている。

十九世紀後半の特徴は、独身が芸術創造と自由の名において正当化、さらには称賛され、その結果として結婚に疑問が突きつけられたことである。独身主義を標榜する作家や芸術家は、青春時代が過ぎて後もなおボヘミアン的な生活を続けようとする。独身とはやむを得ず課される呪われた状態ではなく、積極的に引きうける立場であり、意志表明になった。芸術という新たな宗教は、俗世間の規範を無視して、芸術に身を捧げる聖職者を求めるということだ。実際フロベール、ゴンクール兄弟、ユイスマンス、モーパッサンらは終生結婚しなかった。

ところが、作家や芸術家という特殊な集団や、文学作品のなかでは独身主義が声高に主張され、受容されていたにしても、一般社会の趨勢は異なっていた。十九世紀において、彼らの立場表明はとりもなおさず、彼らの大部分が帰属するブルジョワジーの価値観にたいする反抗そのものだった。なぜならブルジョワジーにとって、結婚して家庭を築き、子供をもうけて家産を継承させることは根本的な美徳だったからである。『アメリカの民主主義』(一八三五)のなかでトクヴィルが指摘したように、フランス革命後の民主主義社会において、「個人」が社会の単位であり、「個人」であり続けるのはまったく合法的な状態だが、それは社会を分断し、絆を弱める危険がある。その弊害を防いでくれるのが家族という制度だった。独身主義は家族制度の否定にほかならなかった。

独身にたいする非難や警告の言説は、社会道徳とは別の領域からも響いてきた。医学である。

一八七〇年の普仏戦争に敗れて屈辱をあじわったフランスは、プロシアに対抗するために人口を増やそうと、積極的な出産奨励と植民地運営を推進した。ところが実際には、十九世紀末のフランスでは産児制限がおこなわれて、子供の出生数がそれ以前に較べて減少していたのである。政府や国家の思惑と、市民の行動はかならずしも一致しない。しかも当時、アル中、梅毒、結核などの病が蔓延して重大な社会問題となり、国力が衰えるのではないかという不安（当時「変質 dégénérescence」と呼ばれた概念）が広がっていた。そうした状況のなかで、健康な人間が家庭を築かないことは、国家や行政当局からみて重大な危惧の種だったのである。

その危惧に対処するため、医者たちは社会衛生学の立場から介入した。彼らは異口同音に、結婚が男女の人格的発展にとって不可欠であり、身体的、精神的な健康を守るために必要だと説いた。そのため結婚にふさわしい年齢や、夫婦生活の細部にいたるまでさまざまな実践的忠告を惜しまなかった。結婚、夫婦の交わり、出産、子育てなどに関して、衛生学者と医者はきわめてまじめに発言していたのである。当時の医学的啓蒙書や医学事典では、現代のわれわれからすればほとんど気恥しいまでに、結婚礼賛の言説が並んでいる。

たとえば、ピエール・ガルニエ博士の『法的、衛生学的、生理学的、そして道徳的観点からみた結婚。その義務、関係、そして夫婦におよぼす影響について』（第十版、一八七九）から引用してみよう。

しかるべき条件のもとで結ばれた婚姻はきわめて自然で、穏やかで、健全である。それが男女の衛生、健康、長命にあたえる利益と恩恵は、今日では統計によって断固として証明されている。そして婚姻は公衆の道徳と繁栄にとってじつに確かな保証ともなる。

それにふさわしい年齢と条件のもとで行なわれた結婚は、個人にとって幸福の源であり、社会にとって道徳性と秩序を守る確実な保証である。個人のさまざまな力と活動を促すことで、結婚は良い影響をおよぼし、その影響は健康、風俗の改善、長命となって示される。

こうして個人の幸福や健康にとっても、社会の安寧や秩序のためにも結婚が貢献するとなれば、独身は逆に、個人にとっても社会にとっても有害ということになるだろう。実際、ガルニエは「独身とは死であり、無である。したがってそれは、道徳と衛生学によって断罪されている」とためらうことなく言明した。現代日本なら、差別的な言辞としてまちがいなく糾弾されるところだが、これが当時多くの読者をもった医学者の言葉であるということは、無視できない。

それと呼応するかのように、十九世紀末時点における医学の思想と実践の集大成である、百巻からなる『医学百科事典』の第四十一巻（一八七四）には、「結婚」という百ページにわたる項目が収録されている。医学事典が結婚を取り上げるということ自体、それが科学的、社会的な関心の対象であったことを証明している。項目の著者アドルフ・ベルティヨン（「人体測定法」を考案したアルフォンス・ベルティヨンの兄）によれば、人間は家族のおかげで生を享け、教育を授けられ、美徳を学んでいくのだから、独身のままでいることは家族や社会にたいして果たすべき義務を怠っている、ということになる。

独身者の存在は社会の脅威である。少なくとも風紀警察はそれを指摘して、公衆に不信感を抱かせるべきだし、国家はその脅威を絶えず減少させるよう努めなければならない。

なんとも矯激な、独身主義者にたいする断罪の言葉である。独身者は生きていること自体が社会にとっての危険である、とされているのだから。当時の医学は、まさに規範と秩序を説く科学だった。愛の物語からすこし遠いところに来たが、逸脱ではない。十九世紀末において、社会道徳と衛生医学は独身者を堕落した者、デカダンな人間として断罪する傾向があった。それは芸術家＝独身者を社会の内部に棲息する異邦人と規定し、社会の辺境に追いやることにつながるだろう。

独身主義を標榜するボヘミアンや芸術家は、あるいは、結婚によって自由と創造性を奪われると意識するようになるボヘミアンや芸術家は、愛の幸福には不向きであることを先に見た。ゴンクール兄弟や、ゾラや、ユイスマンスの作品の主人公たちは、こうした反＝独身主義の時代風潮のなかで生きていたのであり、だからこそ、そうした風潮に逆らって芸術と才能の名において自由を要求した。彼らは、あるときは結婚を拒み、またあるときは結婚するもののその弊害に苦しんで、狂気であれ、日常性への埋没であれ、あるいは自殺であれ、最後は芸術家としての生命を失う。

こうして十九世紀末の文学は、芸術家と独身者を不吉な悲劇のなかで結びつけることになった。女性にとって、作家や画家を愛することはあまりに危険な賭けである。ミュルジェールの『ボヘミアンの生活情景』に登場するミミやミュゼットは、貧しいながらも束の間の気楽な恋を享受できた。『マネット・サロモン』や『制作』のヒロインたちは、芸術家を愛し、一時は愛されながらも、最後は芸術との葛藤にさらされ、敗北する。女性は芸術家と恋に落ちないほうが幸福なのかもしれない。

第3章　恋する娼婦

娼婦、すなわち金銭やものと交換にみずからの魅力と身体を売る女たちは、あらゆる社会と時代に存在した。売春が世界の始まりとともに古い職業だ、と言われるのも故なしとしない。男に見られ、欲望され、そして買われる身体としての女。それは社会の必要悪としてやむをえず許容されてきたものであり、けっして公に認知されてきたわけではなく、多かれ少なかれ非合法の領域に囲いこまれてきた。

現代ではネット通信という秘密性を保証する手段によって、大量の素人女性が売春の世界に一時的に参入することが可能になり、「玄人女」と「堅気の女」の境界線が曖昧になっていると言われる。もちろんそうした女たちを求める、したがって作りだしてしまう男たちにも問題はあるわけだが、いまは売買春制度そのものを論じる場ではないので、その点は脇に置いておこう。確かなのは、現代社会のしくみが、自分を売る女とそれを買う男の出会いを容易にしているということである。

近代フランスにもさまざまな売買春のかたちがあり、多様な娼婦が存在した。ブルジョワ社会の男たちの性欲を充足させ、それによって間接的に、ブルジョワ階級の女性たちが男たちの暴力的な欲望から保護されることになるのだから、社会の安全弁と見なされていた。『娼婦』（一九七八）の歴史家アラン・コルバンによれば、売買春とは男たちの「精液の排水路」として機能していたのである。とはいえ、それはあくまで必要悪であり、娼婦が倫理的には断罪される女たちだったことは否定できない。一般のひとたちから見れば、娼婦と堅気の女はまったく異なるふたつの世界に生きている。堅気の女がなんらかの理由で売春の世界に身を投じてしまえば、それはとりかえしのつかない淪落だった。

ヒロインとしての娼婦

そうした娼婦は、一見したところ恋愛文学にはあまり似つかわしいとは思えないだろう。それは欲望や快楽の対象であって、しばしばそれ以外のなにものでもないからである。身体を売る女とそれを買う男は、特定の場所で、一定の時間を共有するにすぎない。快楽の道具として定義される娼婦は、男女の複雑な感情の機微がからまる恋愛という出来事のヒロインとして、いかにも場違いな印象をあたえてしまうのではないだろうか。

ところが、文学の世界ではそうではない。娼婦も恋に胸をときめかせるし、男もまた娼婦と恋に落ちる。娼婦であることは、激しい情熱に身をゆだねるのを妨げはしない。娼婦性と愛の物語は矛盾しないのである。

そのもっとも有名な例は、プレヴォー作『マノン・レスコー』(一七三一)であろう。

青年デ・グリューに愛されるマノンは、贅沢を好み、金のために恋人を平気で何度も裏切るが、デ・グリューは女を愛さずにいられない。マノンは不特定多数の男たちに体を売るわけではないから、一般的な意味での娼婦ではないが、その行動形態は娼婦のそれにきわめて近い。彼女には、恋人にたいして不貞をはたらいているという意識が欠落している。そしてマノンの贅沢癖を満足させ、彼女の愛を繋ぎとめるため、純真だったデ・グリューはしだいに悪徳に染まっていく。

娼婦であるかどうか、それはマノン自身が決めることではなく、社会の通念と規範が規定することだ。それまでの不行跡を咎められ、詐欺や殺人を犯したデ・グリューの共犯者として、マノンが「娼婦」の汚名を着せられてアメリカ大陸に追放されるというのは、その意味で彼女の存在をよく定義している。マノンは娼婦である。彼女自身がみずからをそう見なすからではなく、ましてや恋人デ・グリューがそう考えるからでもなく、社会が、つまり法が彼女をそう規定したからである。そのかぎりで、『マノン・レスコー』は青年と娼婦の悲恋を語る小説にほかならない。

しかし娼婦が文学の世界に華々しく登場してくるのは、十九世紀にはいってからである。世紀前半のロマン主義時代から、後半の自然主義時代、さらには世紀末のデカダン主義に至るまで、文学は社会と習俗の変化に共鳴しながら、さまざまなタイプの娼婦を区別し、その名前を案出し、彼女たちの愛の風景を描いた。以下では、この娼婦たちの恋物語を読み解いてみよう。

愛による救済

十九世紀前半のロマン主義時代の文学においては、クルチザンヌ courtisane と呼ばれる高級娼婦が物語の進展に深く関わり、作中人物の運命に影響をあたえる。クルチザンヌとは語源的には宮廷に関係する女性を意味していたが、十七世紀以降は、王侯貴族や裕福なブルジョワを相手にする高級娼婦を指すようになっていく。しばしば家柄が良く、立派な教育も受けた教養ある女性だった。十九世紀になると、このクルチザンヌは階級的な色合いがいくらか薄まり、娼婦一般を示す呼称に変化する（この点については、村田京子『娼婦の肖像』を参照のこと）。

彼女たちは独自の世界を構成し、公式の上流社会と並行してもうひとつの集団をなしていた。後に裏社交界《ドゥミ＝モンド》と呼ばれることになる世界である。クルチザンヌの洗練ぶりは、貴婦人たちと遜色なかった。七月王政期に大使を務め、パリ市内に構えた豪邸に上流階級の人々を迎えいれていたアポニイ伯爵の日記によれば、彼は一八三四年八月、デュラン夫人の邸宅で催された舞踏会に招かれた。夫人は、社交界の有名人だったテュフィアキン大公の愛人だった女性である。伯爵がそこで出会った男たちはおもに外交官で、日頃見慣れた顔ぶれだったが、女性たちのほうは魅力的な高級娼婦たちだったという。フランスの歴史家アンヌ・マルタン＝フュジエの『優雅な生活』には、伯爵の日記の次のような一節が引用されている。

> そこにいたのはじつに綺麗で、とても愛らしい女性たちだった。身だしなみもよく、高貴な地区のもっとも高貴な、もっとも秀でた私どもの貴婦人方の作法や上品な口調を、すばらしく上手に真似ていた。

現実には金銭やものと引き換えに、みずからの肉体を男の欲望にゆだねる女だったにしても、ロマン主義時代の作家たちは、高級娼婦を好んで愛の物語のヒロインにすえた。そこでは男たちに肉体を売るという行為と、特定の相手に愛を捧げるという行為がいささかも矛盾しない。現代と異なり、さまざまな倫理的規範と社会的束縛が作用して、自由な恋愛市場が開放されていないこの時代、女性が自分の意志で愛を択びとり、それを貫徹することは容易ではなかった。ブルジョワ階級の未婚の女性であれば、兄弟や父親など身内の男を除けば、男と外出することさえままならなかった時代である。一般の女性より、高級娼婦のほうが男たちと接触する機会が多く、男たちのドラマに関与し、男たちから激しい情熱を向けられることになった。高級娼婦であるにもかかわらずではなく、まさに高級娼婦だからこそ、愛の物語の主人公になりえたのである。

ヴィクトル・ユゴーの戯曲『マリオン・ド・ロルム』(一八三一)は、その典型のひとつである。マリオン(一六一一—五〇)は十七世紀に実在した女性。ルイ十三世やリシュリュー、さらにはその政敵で処刑されたサン゠マールの情婦だったと伝えられる女性で、その美貌と数奇な生涯は作家が好んで取り上げるところとなった。

ユゴーの作品では、遊蕩の生活に明け暮れていたマリオンが、ディディエという身分も富もない男に恋をする。ディディエは当時の法で禁じられていた決闘をしたせいで捕えられ、リシュリューの陰謀で絞首刑を宣告されてしまう。マリオンはどうにかして愛する男を救おうとするが、その弱みにつけ込んだリシュリューの腹心ラフマは、ディディエの助命と引き換えにマリオンの愛を要求する。マリオンはその取引を拒み、次のように言い放つ。

コンスタンタン・ギース（1802–92）が描いた高級娼婦。ギースはボードレールに高く評価された画家。

お前はなんとも汚らわしく、卑しい男だ。
このマリオン・ド・ロルムのような女が
天が創ったもっとも清らかな男を愛した後に、
この崇高で穏やかな愛の高みから、
お前のような人間になびくほど落ちていく、
などと考えるとは！
汚れない愛の炎で身を清め、
あの人の魂に触れて自分の魂を作りかえたというのに。（第五幕第二場）

それまで雅な色事を経験してきたマリオンが、生まれてはじめて真の愛を知る。恋敵が登場することによって女は自分の愛をいっそう強く自覚し、その愛が自分をどのように変貌させたかを告白したのである。「崇高で穏やかな愛の高み」に昇って至福を感じ、「汚れない愛の炎」によって浄化され、新たな「魂」をもって生まれ変わった高級娼婦マリオンの姿は、どこかアウラをおびている。恋する娼婦の高貴さは、戯曲のラストシーンでふたたび顕揚される。自分を救うためにマリオンが最終的にはラフマと取引したことを知ったディディエは、彼女を咎めるのだが、それにたいしてマリオンは自分の愛の純粋性を主張する。

ああ、もしかつて真実で、激しく、強い愛があったとしたら、

もしかつて女に熱愛された男が存在したとしたら、
ディディエ、ディディエ、それは私が愛したあなたです！　（第五幕第六場）

熱烈な愛の告白であり、自分の愛の真率さを確信する女の矜持にあふれた情熱の宣言にほかならない。そこには、かつて上流社会で浮き名を流した女の面影はない。卑劣なラフマの要求に応じたのは、ひたすら愛する男と一体化する幸福の可能性を信じたからなのだ。しかしこのように変貌したマリオンに、幸福な結末は約束されない。娼婦の愛の物語は、つねに悲劇的な終焉を迎えるしかない。ディディエは絞首台へと連れて行かれる運命である。

堕落から立ち直った天使

娼婦が愛を知ることによって、別の女に生まれ変わる。身は汚辱と欲望の世界に沈めようとも、魂は清浄な領域に昇っていく女は崇高な表情を示す。体は汚れていれも、心は誰よりも無垢な女。そう、肉体と精神の二元論は、ロマン主義的な恋愛を特徴づける原理である。マリオン・ド・ロルム以上に、バルザック作『娼婦の栄光と悲惨』（一八三八―四七）に登場するエステル・ゴプセックは、そうした娼婦の二面性をあざやかに露呈する。

第一部は「娼婦はどのような恋をするか」と題されている。エステルはユダヤ人の血を引き、オリエント的な容貌と雰囲気を具え、男たちを魅了する艶めかしい美女である。ユダヤとオリエントという二重の他者性は、異国的な雰囲気をかもしだして、女に独特の魅力をもたらす。かつてメナルディ夫人が経営する娼家で働いていたこのエステルが、美青年リュシアンと偶然ポルト＝サン＝マルタン劇場で出会うと、彼女の心のなかで強烈な化学反応が発生する。

愛がわたしの心のなかに入り込み、わたしをまったく変えてしまったので、劇場からの帰り道、わたしはもう自分が自分ではないような気がしたくらいです。自分が怖ろしくなりました。

言葉も交わされない出会いが、エステルを突然変貌させる。まさに一目惚れであり、その衝撃はあまりに強かったので、彼女は自分の変貌の意味さえ理解できないくらいである（「自分が自分でないような気がした」）。そして同時に、自分が娼婦であるという事実を恥じる。それまでひとつの生業《なりわい》であった売春が、愛の啓示を受けることで、たちまち恥辱にまみれた身分として認識されたのである。

愛を知った女は、相手の男にふさわしい人間になろうとする。翌日エステルは娼家をひそかに脱け出し、粗末な部屋に移り住んで、わずかな給金と引き換えにシャツ作りに精を出し、節約のためにジャガイモしか口にしない。まともな仕事に従事することによって、エステルは「もっとも純潔な女としてあたしを愛し、尊敬してくれるリュシアンにふさわしい、身持ちの正しい女」であろうとした。

エステルは娼婦時代の欺瞞や手管を棄て、誠実さのなかで生きようとする。「人をあざむく娼婦ならば、芝居を打つことができただろう。しかし無垢で、真実に生きる女となった彼女は、手術をうけた盲人があまりに強い光のせいでふたたび視覚を失うことがあるように、命を落とすかもしれなかった」。別の箇所で作家が述べているように、娼婦の心に純粋で気高い愛が花開くためには奇蹟が必要かもしれない。エステルの部屋を訪ねたエレーラ神父（＝ヴォートラン）は彼女の告白に耳を傾け、リュシアンに値する女になるためには、貴族的で宗教的な寄宿舎で教育を受けるべきだと忠告する。その忠告に従うことを決めたエステルは、「もはや娼婦ではなく、堕落から立ち直った天使そのものだった」と、バルザックは書き記している。

過去の汚辱を棄てて、真実に生きる天使のような女。いささか図式的な筋立てとはいえ、こうしてバルザックは、エステルが愛によって浄化されたことを繰り返し強調している。転落した者が魂の純潔さを取り戻すことは、転落した経験のない者の場合よりもはるかに感動的である。失墜からの再生は、つねに劇的な出来事なのだから。現実世界でどうかはいざ知らず、少なくともロマン主義時代の文学において、愛への覚醒は娼婦という状況からの脱却をうながす。娼婦でありつづけることは恋の可能性を禁じられるのと等価であるかのように、恋する娼婦は、娼婦であることをやめなければならないのだ。だからこそエステルがいちばん怖れるのは、愛する男に自分の過去を知られることである。

厳格な寄宿舎でカトリック的な教育を施され、新しい人間として再生したエステルは、人目を忍んでという条件付きではあるが、リュシアンとの逢瀬を楽しめるようになる。恋人の幸福と栄達を願うけなげな彼女は、あらゆる犠牲をすすんで甘受する。その姿は読者の強い共感を誘う。

しかし、バルザックは無情にも、この生まれ変わった娼婦の人生に悲しい幕引きをするのをためらわない。大金持ちの銀行家ニュシンゲン男爵がエステルに惚れ込んだことを知ったエレーラ神父は、自分の庇護者であるリュシアンを貴族の令嬢と結婚させるために必要な金を、ニュシンゲンから奪い取ろうと決め、そのためにエステルの色香を利用するのである。エレーラ神父に言葉巧みに説得され、愛するリュシアンのためにと彼女は男爵に一度だけ身を任せるのだが、後悔の念に耐えきれず、その翌日みずからの命を絶つ。それは心ならずもふたたび娼婦の行為をした女が、みずからに下した厳しい自己処罰にほかならない。読者としては一度美しい再生のドラマを目にしただけに、その結末はいっそう無慈悲に映じる。

それにしても、『娼婦の栄光と悲惨』の作家は娼婦をどのように捉えていたのだろうか。エステルの物語を綴ったページのなかに、娼婦一般の性質と習俗を述べた次のような一節が読まれる。

娼婦というのは、本質的に移り気な人間であって、もっとも愚かな不信から絶対的な信頼へと、理由もなしに揺れ動く。その点では動物以下である。喜び、絶望、宗教、無信仰、あらゆる点で極端なのだ。娼婦に特有の命の短さのせいで大量に死ななかったら、そして幸運のおかげで、彼女たちのある者が自分の生きる汚濁の世界から引き上げられなければ、彼女たちはほとんど皆発狂するだろう。

ここで指摘されている移り気、感情の起伏の激しさ、短命のほかに、無知、教育の欠如、恋人への執着、病いなどが娼婦の人生を特徴づける。十九世紀前半、売春は犯罪や監獄制度とならんで、社会衛生の観点からしばしば専門書や社会調査報告のなかで議論される問題だった。ちなみに『娼婦の栄光と悲惨』の後半では、コンシエルジュリに投獄されたリュシアンとエレーラをめぐって、犯罪と監獄の生態が詳細に語られており、そのかぎりで時代のアクチュアルな問題と共振している。

売春に関する代表的な著作がパラン゠デュシャトレの『十九世紀パリの売春』であり、バルザックはこの著作から売春制度に関するさまざまな情報を得た。そこでは娼婦の出身地、生まれた家庭の社会階層といった社会学的な観察から、平均的な身長、体重、容貌などの身体的細部、甘いものが好物であるというような性向、同性愛がかなり蔓延しているという性生活上の特異性までが記述されている。十九世紀前半の首都パリの売春に関する、もっとも包括的な調査記録であるパラン゠デュシャトレの本は、現代の歴史家アラン・コルバンの大著『娼婦』でもしばしば参照されている著作だ。

そのほかに、犯罪者であり、後にパリ警視庁特捜班の一員となったヴィドックの『回想録』（一八二八）からも、バルザックはいくつかの細部を借用しているが、このヴィドックこそはエレーラのモデルになった人物にほかならない。

『椿姫』あるいは娼婦の贖罪

愛に殉じた高級娼婦の文学的な表象となれば、もっとも有名なのはやはりデュマ・フィスの『椿姫』ということになるだろう。現代では、日本でも他の国々でもヴェルディのオペラのほうが有名で、原作はそれほど広く読まれていないが、デュマ・フィスの作品なくしてヴェルディのオペラはありえなかった。人口に膾炙《かいしゃ》した物語だが、その粗筋をあらためてたどっておこう。

南仏出身の青年アルマンは、パリ上流社会で浮き名を流す美貌の高級娼婦《クルチザンヌ》マルグリット・ゴーチエ

デュマ・フィス（1824–95）

に恋をする。白い椿の花を好み、しばしば身につけていることから、椿姫と呼ばれていた。ある日、アルマンは友人とともに彼女の邸宅を訪ね、結核のため苦しそうに咳込んでいる彼女をやさしく介抱する。快楽を目当てに群がってくる男たちを相手にしてきたマルグリットは、はじめアルマンの愛の真率さを疑うが、やがて彼の誠実さに打たれて、パリ郊外ブジヴァルの田園地帯に居を構えて、いっしょに静かな生活を送るようになった。それまでの贅沢と悦楽の生活を放棄して、自分に貢いでくれた数多い愛人たちときっぱり関係を断って、アルマンとの愛に生きようと決意したのだった。

　息子の噂を聞きつけ、彼が生活費を工面するため亡母の遺産にまで手をつけた、と公証人から知らされた父デュヴァル氏は、早速パリにやって来る。そしてアルマンには内緒でひそかにブジヴァルを訪ねると、息子の将来のため、そして彼の妹ブランシュの縁談話が円滑に進むよう、息子と別れてほしいとマルグリットに頼むのだった。彼女は涙ながらにその願いを聞き入れ、しかしアルマンには事の真実を告げず、彼と別れてパリに戻り、ふたたび高級娼婦となる。激怒し、絶望に駆られたアルマンは、復讐のためさまざまな手段でマルグリットを苦しめ、辱める。病いと借財に苦しんだ末に、彼女は孤独のなかで死んでいく。

　じつは『椿姫』は、一八四八年にまず小説として出版され、大きな成功を収めたので、当時の慣例になってその後に戯曲版が書かれた。以上の梗概は小説の筋立てを要約したものであり、両者のあいだには構造や主題の点でいくつか重要な違いがある。まず小説のほうから分析してみよう。

小説の冒頭で、すでにマルグリットは死んでおり、彼女の家具調度品が競売に付される。それがきっかけで、小説全体の語り手である「私」はアルマンと親しくなり、アルマンがマルグリットとの悲恋を「私」に語る。『椿姫』の主要部分はこうして、アルマンによる一人称の告白によって構成されている。この形式は、男であるアルマンが語り手となる物語の前半で、高級娼婦マルグリットの自立性とたくましさを際立たせることになる。彼女と知り合って間もない頃、アルマンは女の本質を次のように規定する。

つまりこの女は、ふとしたはずみで処女から高級娼婦になったのであり、またふとしたはずみでもっとも愛らしく、もっとも無垢な処女になりうるかもしれない高級娼婦なのだ、ということが分かった。そのうえマルグリットには、自尊心と独立不羈の心構えがあった。この二つの感情は、ひとたび傷つくと羞恥心と同じような作用をするものだ。(第九章)

男の欲望に応えることでみずからの身体を金銭に換える女とはいえ、マルグリットは処女のような純潔さを具えている、とアルマンは考える。男というのはしばしば、愛する女にたいして官能性と純粋性という両立しがたい特性を期待するものであり、男の性的ファンタスムが生み出す都合のよい幻想にすぎない、と揶揄する女性読者もいるかもしれない。いずれにしても、自尊心と独立不羈の精神によって、マルグリットは恋をしても受け身でいることに甘んじない。愛され、欲望される対象であることに満足するのではなく、愛し、欲望する主体になろうとする。アルマンとの恋愛に踏み出そうとするとき、女はその強い意志をはっきりと言明してはばからない。

一度でも手に入れられるとほとんど期待していなかったものが、これから先も長くあたえられるとなっても、男は満足せずに、恋人にたいして今現在のことや、過去のことや、ときには未来のことまで説明を求めます。相手の女に慣れてくるにつれて、男の方というのは支配しようとします。そして望んだものをすべてあたえられると、いっそうつけ上がるものです。あたしが今新しい恋人を持とうとすれば、その方には世にも稀な三つの性質を求めたく思います。つまりあたしを信頼し、従順で、控え目であってほしいのです。（第十章）

恋はするが、従属はしない。愛はあたえるが、自由を譲り渡しはしないと言っているのだ。恋愛が男女において支配／被支配の関係性に陥りやすいことを、マルグリットはよく認識している。多くの男たちと付き合ってきた高級娼婦は、男の本性を見抜き、自分の幸福を確かなものにするため妥協しようとはしない。信頼、従順、控え目は、当時であれば（そして現在でも？）、恋愛関係において一般に男が女に要求する特質だろう。マルグリットは勇ましく、同時代の恋愛の力学に抵抗してみせる。フェミニズム的に言えば、ここではジェンダー的な価値観の意図的な顚倒が主張されているのである。精神的のみならず、経済的にも彼女は自立している。卑しい職業とはいえ、彼女は自分の美しさと身体で年に十万フラン（日本円で約一億）稼ぐが、他方、南仏のブルジョワ家庭出身のアルマンが自由に使えるのは年に八千フラン（日本円で約八百万）、文字どおり桁が違うのである。この時点では、マルグリットのほうがアルマンにたいして優位に立ち、マルグリットが二人の恋愛の成り行きを決めようとする。男は女に振り回されつつもそれを喜び、「僕は君の奴隷だ」とさえ言うまでになる。小説の前半部ではマルグリットが支配し、アルマンが従属するのだ。

けっして通説に惑わされてはならない。小説のなかの椿姫マルグリットは、単なる悲恋物語の哀切なヒロインではない。みずからの人生に責任を持ち、たとえ恋をしても男の言いなりにはならない、たくましく生きる一人の女なのである。

愛の殉教者

愛の物語として『椿姫』が興味深いのは、そして同時にいくらかがっかりさせられるのは、この精神的にも経済的にも自立した女が、小説の後半ではその相貌をまったく変えてしまうことである。転機となるのはブジヴァルへの転居。パリの西郊、蛇行するセーヌ川沿いに位置するこの風光明媚で静かな町は、後に印象派の画家たちに好まれ、彼らの絵にしばしば描かれることになる。田園での暮らしは二人の恋人をパリの喧騒と人間関係から引き離し、なにものにも阻害されない愛の営みを保証してくれるかに見えた。マルグリットは昔の恋人たちの関係を断ち、所有していた高価な馬車や、馬や、宝石類を売り払って金に換え、それを二人の生活費にまわす。現在を生き、未来を夢見るために、彼女は過去のあらゆる痕跡を消し去ろうとしたのである。「青い空、野や森の香り、花、そよ風、輝かしい静寂ほど、いとしい女を美しく飾り立ててくれるものはない」と、アルマンは回想する。曇りなき愛の至福のなかで、女は変わっていく。

彼女のなかから、娼婦の姿がしだいに消えていった。僕のそばにいたのは、若く美しい女、僕が愛し、僕を愛してくれるマルグリットという名の一人の女だった。過去はもはや跡かたもなく、未来には一点の曇りもなかった。太陽はまるでもっとも清純な花嫁を照らすように、僕の恋人を照らしていた。(第十六章)

意味深い一節である。マルグリットは真実の愛に目覚め、一人の男にすべてを捧げることによってはじめて、娼婦性から脱却できた(「娼婦の姿がしだいに消えていった」)。二人の関係はいまや夫婦のそれであり、その生活はブルジョワ的な家庭の雰囲気さえ漂わせる。売春の世界は、ブルジョワ的な社会秩序と家庭の幸福を危険にさらす脅威と考えられていたし、マルグリットはその売春の世界に君臨する危険な女だった。しかし、どちらかといえば凡庸な青年アルマンとの恋を貫くために、マルグリットはかつて具えていた自立性や、独立不羈の精神を放棄しなければならなかったし、その危険な香りも消滅した。デュマ・フィスの小説は、娼婦はみずからを否定することによってしか、自分の愛を成就できないことを示している。

マルグリットの幸福は長く続かない。そこに立ちはだかるのが、アルマンの父デュヴァルによって

通りを散策する高級娼婦（ギース作）

体現されるブルジョワ的価値観である。世間体と、社会的釣り合いの名において別離を要求された彼女は、男を愛するがゆえにその要求を受け入れる。その結果が何を引き起こしたかは、すでに述べたとおりである。恋人に裏切られたと錯覚し、傷心を癒すため遠くオリエントへの旅に出たアルマンに宛てて、マルグリットは読まれないかもしれない手紙を書き続ける。そのなかで彼女は、関係の破綻の後に彼から迫害されたことすら、彼の愛の名残りを語る証拠だから嬉しかったと語る。かつての汚れた高級娼婦が愛の聖女に変貌するためには、まるで迫害されることが必要であるかのように。

『福音書』のなかで、元娼婦のマグダラのマリアは深く悔悛し、キリストの足を洗い、キリストに最初に随きしたがうことによって聖性を獲得した。『椿姫』のなかでマグダラのマリアに喩えられたマルグリットは、生涯の愛を諦め、裏切りの真の理由を明かさないまま恋人の不当な仕打ちに耐える。それは彼女が聖性をおびるために必要なことであり、そこに見られるのはまさしく愛の殉教者の姿にほかならない。

「あなたが愛してくれたからこそ、はじめてあたしの心は高貴な情熱を知ったのです」と、彼女は死の間際に綴った手紙のなかで打ち明ける。純真な青年との無垢な愛によって贖罪を果たし、魂を救済される娼婦――十九世紀半ばの読者たちは、そこにカタルシスを感じたのだろう。

とはいえ、マルグリットの自己犠牲は正当な報いを受けない。父の介入があったことを知ったアルマンが急いでオリエントから帰国したとき、彼女はすでにこの世になく、墓地に埋葬された後だったのだから。真実が明らかになったとはいえ、女は愛する男の腕のなかで死ぬことができなかった。デュマ・フィスは、愛によって浄化された高級娼婦にそのつつましい幸福すら許そうとしなかったのである。ブルジョワ道徳は、売春の世界で生きた女を最終的に孤独のなかで死なせる。ブルジョワ的秩序と娼婦の世界に混淆があってはならず、たとえ崇高な愛が介在するにしても、両者のあいだに予定調和的な和解が成立してはならない。マルグリットは寂しく死んでいく宿命にあったのだ。

その死の直接の原因が結核だというのは、ロマン主義的な表象につらなる工夫のひとつである。たしかに結核は、十九世紀から二十世紀半ばにかけて猛威をふるった、死に至る病いだが、文学の領域では愛の物語と結びつきやすい。なぜかといえば、結核とは激しい情念の結果として招き寄せられる、というまことしやかな神話が流布していたからである。

アメリカの批評家スーザン・ソンタグが『隠喩としての病い』（一九七七）のなかで、十九世紀の結核はさまざまな隠喩と神話に飾りたてられ、固有の表象をまとうようになったと指摘した。結核はしばしば、なんらかの強い情熱にとらえられている者を蝕む。患者が衰弱し青白いのは、うちに秘められた情念や欲望に焼き尽くされているからであり、赤く染まった頬などの身体的な症状は、みずからを滅ぼす魂の炎がなせる業と見なされたのだった。そうした神話は、マルグリットの愛の殉教をいかにも美しく彩ってくれる。諦めざるをえなかった生涯の恋、抑圧された愛が、死にいたる病いをもたらしたのだ。贖罪を果たし、自己を犠牲にした、若く美しい殉教者は他の病気ではなく、ほかならぬ結核で死んでいかなければならない。

戯曲版における変更

四年後の一八五二年、『椿姫』は五幕物の芝居としてパリのヴォードヴィル座で初演された。この芝居に依拠したヴェルディのオペラがヴェネツィアのフェニーチェ劇場で上演されたのは、一八五三年三月のことである。物語の基本的な意匠は同じだが、デュマ・フィスの小説と戯曲には無視しがたい違いもいくつかある。そしてその違いは、マルグリットの独立不羈の精神を弱め、彼女をひたすら愛に殉じたヒロインとして強調する方向性を示している。

小説は、語り手の「私」が一八四七年三月十二日、ある家で家具や骨董品の競売が行なわれるので、その下見に出かけるという場面から始まる。「私」はそれが、高級娼婦の住居だったことに気づく。そして、その家こそがかつてマルグリットが住んでいたところだったことは、後に判明する。上流階級の女性たちも数多く来ており、それが囲われ女の住居と知りつつ素知らぬふりで、かつてそこに住んでいた女の贅沢な生活の名残りを「驚きと感嘆の色をうかべて」眺めていた。

戯曲にこうした場面はなく、そもそも上流階級の女たちは登場しない。上流社会の女たちと、マルグリットのような高級娼婦は異なる社会空間に生きているから、通常であれば接点はない。しかし上流社会の女たちは、自分たちの父や、夫や、息子がひそかに、あるいは公然と付き合っている女たちの生活ぶりに強い好奇心を抱いていた。その好奇心が、高級娼婦の死と家具類の競売という出来事によって、満たされることになったのである。女の死が、禁じられた領域に足を踏み入れることを可能にしたのだった。物語の語り手は、その領域侵犯にひそむ隠微な快楽を皮肉まじりに次のように書き記している。

社交界の御婦人方の見たがるものがあるとすれば――実際、そこには社交界の御婦人方がいたからだが――それはこうした女たちの内幕である。こうした女たちの馬車は日々、彼女たちの馬車に泥を跳ねかけ、オペラ座やイタリア人座では、彼女たちと同じようにすぐそばのボックス席に陣取っている。美しさと、装身具と、眉を顰《ひそ》めたくなるような噂話をあつかましくひけらかし、豪奢を見せびらかしている女たちだった。（第一章）

小説ではこのように、高級娼婦と上流階級の女たちの階級的な反目が指摘されている。後者にとって、マルグリットの家具類の競売は、敵だった女の秘密や私生活の残滓を遠慮なく眺め、冒瀆できる格好の機会だったのである。彼女たちは、社会生活のなかで接触したり、会話を交わしたりすることはないが、彼女たちのあいだには共通の男たちが介在していた。高級娼婦の世界とは、男の欲望と快楽をなかだちにして女の身体が流通する世界にほかならない。異なる二つの世界に棲息する女たちのあいだで直接の遭遇はないものの、それだけにいっそう激しく、嫉妬と羨望が冷たい火花を散らす世界だったのである。

小説では、マルグリットの社会的出自は明示されていなかったが、戯曲では「下着屋の売り子」だったとされている。その友人ニシェットはかつて彼女の同僚、そして同じ建物に住むプリュダンスは「帽子屋」。つまり三人とも、本書の第1章で論じたグリゼットなのであり、マルグリットはグリゼットからクルチザンヌに昇格し、今や裏社交界に生きる女ということだ。結核を病み、長く生きられないと自覚している彼女は、今この瞬間を濃密に生きることしか願っていない。短いと知っている人生だけに、彼女は快楽と贅沢の時間を生き急ごうとするのである。第一幕で、体をいたわったほうがいいと忠告するアルマンにマルグリットは言い返す。

あたしを支えてくれるのは、熱狂的な生活をすることなの。体をいたわるなんて、家族や友だちがいる上流階級のご婦人方のすることよ。あたしたちは、誰の楽しみにもうぬぼれにも役立たなくなったら、棄てられるだけ。長い昼の後には、長い夜がやってくる。あたしにはよく分かっている。二か月病気で寝込んだけれど、三週間経ったら誰もあたしの見舞いに来なくなったわ。

華やかで贅沢な暮しをしながらも、マルグリットは自分が孤独で、脆弱な立場に置かれていることを意識しているし、感情の絆が容易に断ち切られることもよく知っている。だからこそ、虚飾と欺瞞の世界で生きてきた彼女は、アルマンの愛の言葉をにわかに信じることができないのだが、幾日も続けて会いに来ては愛を誓う男の姿に心を動かされる。第二幕、アルマンが帰った後、彼女は次のように一人つぶやく。

この世にいるということすら知らなかったあの方が、これほど早く、そしてこれほど深くあたしの心と想いを独占するなんて、一週間前に誰が気づいたかしら？　あの方はあたしを愛しているのかしら？　あたしがあの方を愛しているかどうかなんて、このあたしにも分かるかしら、一度も男を愛したことのないこのあたしに？　でも、なぜ喜びを犠牲にするのかしら？　なぜあの方の心の気紛れに従ってはいけないのかしら？　あたしは何？　偶然生まれてきた女だわ！　それなら偶然のなすがままに、この身をゆだねましょう。

疑問符の多いこの台詞は、ヒロインがみずからの内面のうねりに困惑し、かつて経験したことのない感情をなんとかして命名しようと試みていることを示す。快楽の手管には精通していたが、愛を知らなかった高級娼婦が思いがけず恋に落ち、その衝撃と期待に戸惑う姿がここにある。それまで現在の享楽しか考慮しなかった女が、はじめて未来を考えるようになる。その決定的な転機をもたらしたのが、アルマンとの出会いである。そこには小説にあったような、経済的な自立と精神的な不羈を標榜する勇ましい姿勢はもはや片鱗もない。劇作家としてのデュマ・フィスはこうして、マルグリットをひたすら愛に生きる女として造型していく。

パリ郊外オートゥイユ（戯曲版では場所が変更されている）で暮らし始めた二人は、幸福な蜜月を過ごす。しかし、マルグリットは結婚することは考えられない。「アルマンにはあたしを愛する権利はあっても、あたしと結婚する権利はないの。あの人の家名をあたしが名乗ることはけっしてないわ。女には生涯消せないものがあるの」（第三幕）。

生涯消せないもの、それは高級娼婦だったという彼女の過去である。蜜月のなかでそれを忘却しようとしても、ブルジョワ的な秩序と道徳を代弁する父ジョルジュがやって来て、アルマンとの訣別を要求する。小説では、二人の話し合いの場面はマルグリットの手紙のなかで回顧的に語られるだけだが、戯曲では（そしてヴェルディのオペラでも）決定的に重要な場面であって、その後の物語の流れを方向づける。「アルマンはあたしにとってすべてであり、アルマンはあたしのすべてを受け入れてくれた」と彼女が主張しても、父親は頑として譲歩しようとしない。父として、そして家長として、家名と家産を守らなければならないからである。ジョルジュから見れば、女が汚れた過去を償う手段はなく、高級娼婦がささやかな市民生活を享受する可能性さえ拓かれていないのだ。

マルグリットが、ロマン主義的な愛の崇高性と、愛による救済を体現しているとすれば、ジョルジュ・デュヴァルは妥協を許さないブルジョワ道徳を代弁している。「ひとたび堕ちた女は、何をしようとふたたび立ち直れないのですね。たぶん神様はお赦しくださるでしょうけれど、世間というのは冷酷なものです！」というマルグリットの言葉は、そうした峻厳な道徳の前では無力な嘆きでしかない。家父長的なブルジョワ社会の論理は、社会の底辺で、あるいはその周縁で高級娼婦が棲息することを許容し、ときにはそれを利用するものの、高級娼婦が家父長的な体制に亀裂をもたらしかねないときは、断固として排除しようとする。

戯曲では、そのような政治的、イデオロギー的側面が小説以上にはっきり強調されているのが特徴である。十九世紀において、演劇というジャンルは小説よりもはるかに、良くも悪くも社会的影響力が強く、作家の地位をおおきく左右したから、デュマ・フィスは劇場の観客に配慮したのだろう。実際、この戯曲は第二共和制下では当局の検閲にあって、長いあいだ上演を許可されなかったくらいである。

ブルジョワ的な家庭道徳が重んじられていることは、小説では語られず戯曲だけに登場する一組の男女の挿話によく表われている。ニシェットはマルグリットの元同僚だったグリゼットであり、その恋人ギュスターヴは若き弁護士だ。純真で、まじめに働いてきた娘であるニシェットは、高級娼婦にならなかった。貞淑を維持した娘、売春の世界に堕ちなかった娘には、社会的な褒美があたえられることになる。周囲から祝福される、ギュスターヴとの結婚である。ニシェットの人生はマルグリットのそれと鮮やかな対照をなし、作品の教訓的な側面を際立たせる。

小説と戯曲を差異化するもうひとつ重要な細部は、ラストシーンである。

すでに述べたように、小説ではマルグリットが侍女ナニーヌに看病されながら、部屋で寂しく息絶える。病床から書き続けたアルマン宛の切々たる手紙が読者を感動させはするものの、オリエントを旅していたアルマンは、彼女の死後になってようやく帰国する。だからこそ彼は、遺体を他の墓地に移すという口実で彼女の墓をあばき、腐乱の始まった遺体を見るのである。

他方戯曲では、マルグリットの部屋で展開する最後の第五幕において、主要人物が一堂に会し、アルマンもまた病床に駆けつけて、二人の恋人は感動の涙に暮れながら再会を果たす。自分の仕打ちを詫びるジョルジュ・デュヴァルの手紙が届き、マルグリットに加えられていた社会的な処罰も解除される。もちろん女は死ぬ運命だが、彼女は愛する男の腕に抱かれて、友人たちに見守られながら息を引きとる。それは孤独な死ではなく、皆に囲まれて迎える最期であって、赦しと和解の雰囲気のなかで劇の幕が閉じる。マルグリットは言う。

あたし生きたい、生きなければ。アルマンが戻ってきたのに元気になれないのなら、何をしてもだめだわ。人間はいずれ、自分を生かしてきたもののために死ぬのよ。あたしは愛のために生きてきた、だから愛のために死ぬの。

この台詞には、作品最後の台詞であるニシェットの言葉が呼応する。「静かにお眠りなさい、マルグリット。あなたは激しく愛したのだから、多くのことが赦されるはずよ」。こうして高級娼婦マルグリット・ゴーチエの生涯は、愛に生き、愛に死んだ崇高な生涯、そして感情的、倫理的には、汚れた過去を愛によって償った女の生涯として完結する。それは犠牲と贖罪を経たひとりの聖女の物語である。

椿姫のモデル、マリー・デュプレシ

デュマ・フィスの娼婦観

『椿姫』には後日譚がある。後日譚といっても、続篇が発表されたということではない。戯曲が初演されてから十六年後の一八六八年、流行作家としてすでに文学界の重鎮になっていたデュマ・フィスは、みずからの戯曲集が刊行されるのを機に、その第一巻の序文として「『椿姫』について」という長い論考を載せたのである。作家はそこで何を述べているのだろうか。

マルグリットに実在のモデルがいたことは、作品発表当時から作者に近い人々のあいだで周知のことだった。彼女の名はアルフォンシーヌ・プレシ、みずからはマリー・デュプレシと名乗っていた。地方の農家に生まれ、その美貌と才気によって一世を風靡しながら、一八四七年、二十三歳の若さで世を去った。「彼女は真心を持った最後の、そして稀な高級娼婦のひとりだった」と、生前の彼女と付き合いのあった作家は賛辞を惜しまない。繊細で、打算がなく、生来の上品さが具わり、衣裳の趣味がよかったので、人々はしばしば彼女を上流階級の貴婦人と取り違えたという。そのマリーは、マルグリットと同じように最後は貧困と病いのなかで死んでいった。

作者は高級娼婦たちにたいして、共感の念を隠さない。そして読者に向かって、とりわけブルジョワ階級の女性読者層に向かって、高級娼婦たちの人生を擁護しようとする。そもそも彼女たちが高級娼婦になったのは、意図的な選択ではないし、怠惰がもたらした結果でもない。彼女たちは貧しい家庭に生まれ、飢えに苦しみ、まともな教育を受けられず、悪徳の例を見せられ、社会の利己主義と文明の放蕩のなかで暮らしてきた。彼女たちはしばしば、家族の友人や親戚に誘惑され、堕落させられた哀れな犠牲者たちである。現代ならば、「性的虐待」の被害者と呼ばれるだろう。

罪深いこの女には、罰や侮辱よりも慰めと支えこそがふさわしい。彼女に罪があるとすれば、それはわれわれ自身の罪であり、われわれは正しい道を示さなかったのだから、彼女たちを正当に裁く資格もないのだ。

ブルジョワ道徳の観点からすれば淪落した女たちであるにしても、彼女たちは相手の男の評判を汚すようなことはせず、過度に姿を露出させることはなく、それなりの知性と品位を保っていた。だからこそ彼女たちを情婦にした男は、別れる際にはそれなりの財産を残してやり、妻なき後は結婚することさえあったのだ。高級娼婦をめぐって一般市民の抱くイメージと実像のあいだには、かなりの懸隔があったことは否定できない。

高級娼婦という種族が悪だとすれば、それは十九世紀のパリ社会が生み出した悪にほかならず、その責任の一端は社会に帰すべきなのだ。彼女たちが愛と快楽を売るのが不道徳だとしても、その愛と快楽を買っているのはあなたの父親や、夫や、息子ではないか、とデュマ・フィスは女性たちに反駁する。そのうえ、これが作家の痛烈な論拠のひとつなのだが、家族もなく、貧しさゆえに愛を売るようになった女が呪われた女だとすれば、ブルジョワの娘たちはいったいどうだというのか？　飢えも貧しさも知らずに育ち、それなりの教育を受けた若い女が、親の言いつけに従って、父親ほども年の離れた裕福な男、もちろん愛してなどいない男と結婚させられる。家柄の釣り合いと、家産の継承という十九世紀のブルジョワ・イデオロギーが要請するこのような結びつきは、立派な結婚と呼ばれ、夫婦は社会によって公認される。

しかし、それが愛を売ることとどれほど異なるというのか、とデュマ・フィスは疑問を投げかけるのだ。一方が非合法で、許容された売春だとすれば、他方は世間が認知する、一種の合法的な売春にほかならない。そしてまた、欲望に駆られ、快楽を求めて不倫に走る人妻たちは、高級娼婦を糾弾する立場にはないだろう。『椿姫』の作家の議論は、家族問題をめぐって展開された現代のフェミニズムやジェンダー論と、きわめて類似した構図を示すという意味で、興味深い。

デュマ・フィスが高級娼婦にたいして示す共感のこもった理解は、明らかである。とはいえ、当時の文学において、クルチザンヌがすべてマルグリットや、あるいは『娼婦の栄光と悲惨』に登場するエステルのような、高潔な女だったわけではない。娼婦の文学的表象の別の側面を、次章で考察してみよう。

第4章　ロレットから宿命の女へ

ロレットの出現

ひとくちに娼婦と言っても、実際はさまざまなカテゴリーが存在する。王侯の褥《しとね》にはべって一国の政治を左右する女から、場末の裏通りで客の袖をひく女まで、売春の世界は階層化されている。第1章で論じたグリゼットと、第3章で登場してもらった高級娼婦《クルチザンヌ》の中間に位置するのが「ロレット」と呼ばれた女たちである。零落して娼婦になることもあったグリゼットの全盛期は一八三〇年代であった。その後も、グリゼットと類似した相貌をまとう若い女性たちは現われるが、文学作品に描かれるグリゼットの典型はこの時代に集中している。それと入れ替わるかのように、一八四〇年頃から登場して、ロマン主義時代のパリの恋愛風俗を彩ったのが「ロレット」である。男たちに囲われていた点では高級娼婦と共通しているが、高級娼婦ほど洗練されていないし、文化的な教養を欠いていた。彼女たちに金を貢いでいたのは、おもに裕福なブルジョワ階級の男たちである。

ロレットが文化史的、風俗史的に重要な役割を演じたのは一八四〇年代で、その後の第二帝政期にはいると、「ドゥミ・モンデーヌ」と呼ばれる高級娼婦たちが、上流階級の売買春の世界に登場してくるので、ロレットの時代は過ぎ去る。一八六〇―七〇年代に刊行された有名な『十九世紀ラルース百科事典』の「ロレット」の項目には、「ロレットが君臨した時代はすでに消滅した世界、われわれにとってはほとんど太古の昔の話である」と記されている。時代の流れとともに、贅沢な売買春の様式が変化し、主役たちの名称も変わったということだ。

ロレットの語源は明らかになっている。グリゼットが衣服に由来する名称であったのに対し、ロレットは居住する場所から生まれた名前である。セーヌ右岸、歓楽街であるグラン・ブルヴァールにほど近いところにある、ノートル＝ダム＝ド＝ロレット教会の周辺に数多く住んでいたことから、ネストール・ロックプランというジャーナリストが一八四一年に案出した名称だ。すなわちグリゼットがセーヌ左岸で暮らしたのに対し、ロレットはセーヌ右岸を活躍の舞台にした。前者が後者に「昇格」することはあるが、これは道徳的には堕落とみなされる。感情の真率さを失い、金と物欲に目が眩んだための変節だとされたからである。ロレットには、グリゼットがまとっていたような肯定的なイメージが欠落している。どちらも多くは民衆や労働者階級の出身だが、このように両者の社会的位置づけは大きく異なる。

グリゼットと異なり、ロレットはみずから働いて生活の糧を稼ぐのではなく、もっぱら裕福な男たちの囲い者として経済面の援助をしてもらい、自分のアパルトマンを持つ。美貌と才覚に恵まれたロレットであれば、同時に複数のパトロンを持つことは珍しくない。グリゼットは恋をしても体は売らないのに反し、ロレットは自分の美貌と身体を商品として男たちに買ってもらう。あるいは、巧みに男たちを誘惑して自分を高く売りつける。グリゼットは与え、ロレットは受け取る。

グリゼットがそうだったように、ロレットもまた一八四〇年代以降、しばしば「生理学」シリーズで論じられる対象であった。

『フランス人の自画像』第一巻には「名もなき女」と題された章が収められており、そこで著者タクシル・ドロールはマリエットという架空の人物の生涯に託して、堕ちていく女性の生涯を再構成してみせる。地方の小さな町の母子家庭に育ったマリエットは、十八歳頃に母親を亡くして天涯孤独の身となる。隣家の五十男が同情して彼女を引き取るが、やがて彼女を情婦にして妊娠までさせる。町では名士として通っている男にとってマリエットは厄介者になったので、子供が生まれると里子に出し、マリエットには子供は死んだと言い含めて、金を渡してパリに出奔させる。パリでは、男の知り合いの甥アルチュールに見そめられて、ノートル＝ダム＝ド＝ロレット通りに住むようになる。

マリエットがロレットになった瞬間である。十九歳の彼女は若く、美しく、アルチュールはやさしく、情熱的で、金に困らない。地方での陰気な生活とはなんという違いだろう！　マリエットは青年を愛し、首都の享楽的な生活に溺れていく。ドロールはロレットの本質を次のように規定する。

彼女はたんに艶っぽい女、つまり前日のことも翌日のことも意識せず、贅沢と、快楽と、そしてとりわけ男たちの追従がもたらしてくれる陶酔感のなかで生きている女である。男が絶えず嘘をついてみずからの官能を満足させようとするのは、文明が課した義務のようなものだ。

過去を顧みず、未来を思わずらうことなく、ひたすら現在を享楽する。それがロレットの生活スタイルだった。そして今、この時を生きるしかない彼女にとって、恋は束の間のアヴァンチュールになるしかなかった。

当時の作家やジャーナリストは、パリに出現したこの新しい種族であるロレットたちの生態を、しばしば諧謔的な調子で描きだした。『ロレットの生理学』（一八四一）の著者モーリス・アロワによれば、ロレットは恋人に手紙を書くのが大好きだが、まっとうな教育を受けていないから、誤字だらけで、感情を正しく伝えていない支離滅裂な手紙しか認《したた》めることができない。馬車に目がなく、それに乗ってブローニュの森を散策したり、劇場やオペラ座に繰り出したりするのが何より好きだ。ロレットは甘い物が大好きで、収入の五分の一はお菓子やケーキの消費に消えていく。とはいえ宗教的な信仰心は篤く、

媚態を示すロレット。「いつもお美しい」と言い寄る男に、「それが仕事ですから」と女が返す（ガヴァルニ作、1843年）

貧しい人たちには熱心に寄付をする。慈善行為は幸福をもたらす、と確信しているからである。
アレクサンドル・デュマは、ロレットが社会風俗にもたらす否定的な影響を指摘した。『大都市』(一八四四)と題されたパリをめぐる生理学もののなかで、彼はロックプランによるロレットという命名に敬意を表しつつ、ロレットが有名になったのは彼女が社会におよぼす災厄ゆえである、と主張する。災厄、つまり良家の子弟や律儀な男性たちを悪徳と放縦にいざなう忌まわしい女性たち、と見なされたということである。デュマは次のように述べている。

実際、芸術界であれ財界であれ、成り上がりのブルジョワであれ破産した貴族であれ、そして銀行家の息子、跡取り息子、大公の息子、国王の息子であれ、誰もがロレットに群がった。嘆きと非難の合唱がいたるところから聞えてきた。おじが嘆き、父親が嘆き、母親が嘆いた。いいなずけを奪われた女性が非難し、夫を奪われた妻が非難し、恋人を奪われた情婦が非難の声をあげた。これまで好奇心の対象でしかなかったロレットが、ほとんど恐怖の的と化した。

デュマ特有の誇張を差し引いても、当時ロレットがおよぼした影響力の大きさが想像できる。結婚や家庭といった制度から、はじめから逸脱したところで生きるロレットたちは、まさにそれゆえ、家庭や結婚の絆に執着する階級の女性たちを不安におとしいれ、彼女たちの怨嗟を買ったのである。もちろん王侯貴族や豊かなブルジョワだけが、ロレットの住む界隈に入り浸ったわけではない。かならずしも裕福ではない青年たちもまた、ロレットの相手になることがあった。

エドモン・テクシエは、『タブロー・ド・パリ』（全二巻、一八五二―五三）の第六十四章「グリゼットとロレット」で、両者の比較を試みている。過ぎ去りし時代への郷愁によって美化されたきらいがあるものの、テクシエがグリゼットの習俗を描く筆致には理解と共感が込められているのに反し、ロレットにたいしてはかなり辛辣だ。いかなる種類の仕事であれ、ロレットはとにかく働くことが嫌いで、裕福な男たちと出会い、養ってもらうことを期待する。男たちの気を引くための誘惑の手練手管を熟知していて、化粧やモードの技法にも通暁している。快楽と歓びを提供することが彼女たちの務めなのだ。

生活スタイルは、その務めを果たすために組み立てられている。

起床は午前十時以降で、その後二、三時間かけてゆっくり入浴し、化粧と身繕い。それから優雅で贅沢な部屋着に着替え、ベッドに横たわったまま来客を迎える（当時、boudoir と呼ばれた部屋は寝室であると同時に応接間であり、サロンであった）。男たちとの会話には熟達していて、彼らの話題に合わせるのが巧みである。ときにはいくらか下品な言葉遣いにもなるが、機知を欠いてはいない。食べることに目がなく、酒も好きで、ブルジョワ女性が嗜まないたばこも平気で吸う。男たちが金を払うレストランでは、好んで高価な料理を注文して、贅沢への欲求を満たそうとする。その後は劇場に赴いて通俗的な芝居を観て涙したり、自宅に戻って即席の舞踏会を催したりする。住居は「浪費と無頓着、奢侈と怠慢が並存してあざやかな対照をなす」。

社会風俗を観察したジャーナリストたちはこうして、愛と快楽、贅沢と享楽の世界に生きるロレットの相貌をくっきりと描きだした。

グリゼットからロレットへ

グリゼットの世界とロレットの世界のあいだに乗り越えがたい境界線が引かれていたわけではなく、両者はときに透過性をもつ。生理学ジャンルの作者よりも、文学者のほうがそのことをよく意識していた。

ミュルジェール作『ボヘミアンの生活情景』に登場するミュゼットは、ヒロイン・ミミの友人だが、このミュゼットがグリゼットとロレットという二つの類型を体現することによって、両者の結節点となる。「ベルヌレットやミミ・パンソンの妹」たる彼女は、次のように描かれる。

ミュゼット嬢は二十歳の美しい娘だった。パリにやって来てからしばらくすると、ほっそりして、艶やかで、いくらか野心をもち、字を知らない美しい娘たちがなるような女になった。彼女は長い間、カルチエ・ラタンの夜会の席を賑わした。その場で彼女は田舎風の輪舞曲を、正確ではないがいつでも爽やかな声で歌っていた。おかげで巧みな詩人たちからミュゼット〔牧歌的なダンス曲、という意味がある〕という名をつけられた。その後、ミュゼット嬢は突然ラ・アルプ通りを離れて、ブレダ界隈の愛の丘に住みついた。

快楽の貴族階級の花形になるのに、たいして時間はかからなかった。彼女はしだいに有名人となり、パリの新聞の通信欄にその名が出たり、版画商人の店でその姿がリトグラフィーに描かれたりした。

地方からパリに移ってきた庶民の娘ミュゼットは、はじめはもちろんグリゼットであり、したがってカルチエ・ラタンの住民である。美しく、若く、いくらかの才覚があり、歌のうまい彼女は、すぐに男たちの関心を惹いたにちがいない。やがて彼女はブレダ界隈に転居するが、そこはセーヌ右岸、まさしくロレットが数多く居を構えていた地区にほかならない。ラ・アルプ通りからブレダ界隈に居を移したというのは、彼女がグリゼットからロレットに変貌したことを告げているのである。セーヌ川の左岸から右岸に移ることは、たんなる地理的な移動ではなく、社会的地位の上昇を意味していた。

鏡を前にして身づくろいするロレット

優雅で、詩的な性質のミュゼットは、贅沢とそれがもたらす享楽を拒みはしないし、洗練された美しいものを愛するだけの趣味と見識を具えている。そしていくぶん気紛れで、持続的で激しい愛を感じたことがない。しかしロレットとして彼女が例外的だったのは、金があるだけの男の情婦にはけっしてならなかったことだ。聡明な彼女は愚か者が嫌いであり、かつて貧しかった彼女は、富しか取り柄のない男は軽蔑するのである。彼女が愛するのは売れない画家のマルセル。ミュゼットは経済的・社会的な地位としてはロレットでありながら、心情と行動の面ではグリゼットであり続ける。

ミュルジェールから見れば、若い女がグリゼットからロレットに変身するのは、男たちの欲望が引き起こした一種の頽廃だった。その点で、先に引用したテクシエに同調している。『ボヘミアンの生活情景』第十九章の一節を読んでみよう。

現代の若者世代のせいで、グリゼットという種族は今や消滅した。若者世代はみずから堕落し、他人をも堕落させるし、おまけに虚栄心が強く、愚かで、乱暴だ。悪意に満ちた逆説を弄してみせようと、あの哀れな娘たちの手が仕事のために傷だらけになったことを揶揄したのだった。彼女たちの給料では、やがてアーモンド菓子も買えなくなった。若者たちはグリゼットに、みずからの虚栄心と愚鈍さまで植え付けてしまったのだ。かくしてグリゼットが姿を消し、ロレットが誕生した。ロレットは雑種であり、不作法な女性であり、凡庸な美人であり、なかば肉体、なかば芳香油で、寝室は彼女たちが心を切り売りする帳場のようなもの、それはあたかもロースト ビーフを切り売りするのと同断だ。ロレットの大多数は快楽を汚し、現代の雅の道を辱める輩であり、帽子についている羽根飾りを提供した動物ほどの知性さえ持ち合わせていない。

矯激な断罪の言葉だ。グリゼットの消滅とロレットの誕生は、彼女たちの相手となる青年たちに責任の一端が帰せられている。女の頽廃と男の堕落は表裏一体というわけだ。純な真心によって際立つグリゼットと、みずからの美貌と肉体を商品化するロレット、前者はみずからを差し出し、後者はみずからを売りつける。そして一方から他方への移動は禁じられていないし、実際しばしば起こることなのだ。

十九世紀半ばの言説は、グリゼットに寛大で、ロレットには手厳しい。前者は学生街の風景を陽気にしてくれる可憐な花だが、後者は若者を怠惰と放縦の罠へと駆り立てる。『ボヘミアンの生活情景』のミュゼットは、そうしたロレット像に付着する負のイメージを払拭し、頽廃の危険をほとんど奇跡的に免れえた女性なのである。

フロベール『感情教育』——一世代の精神史

フロベール作『感情教育』(一八六九)は、これまで論じてきた学生、グリゼット、ロレットの主題を、濃淡の差はあれすべて形象した作品だ。作家がこの小説で何を意図していたかは、ある友人に宛てた一八六四年十月六日付の手紙のなかで明示されている。

私は一か月前から、パリで展開する現代風俗小説に取りかかっています。自分と同世代の人々の精神史を書きたいのです。「感情史」というほうがより正確かもしれません。愛と情熱の物語ですが、今日ありうるような情熱、つまり受動的な情熱な物語になるでしょう。私が構想した主題は真実味にあふれていると思いますが、まさにそれゆえあまり面白くないかもしれません。

作品全体を貫く思想、テーマ、歴史背景、時代風土などは、この時点ですでに明瞭に定まっている。一八四〇年代のパリで青春時代を過ごし、一八四八年の二月革命の昂揚と、その後の嘆かわしい反動を体験した世代の自画像とも言える作品である。主人公はフレデリックという、地方都市から首都にやって来た青年で、彼の周辺には同世代の学生や、画家、ジャーナリストなどボヘミアン的な人物が集まってくる。この作品はフレデリックと、アルヌー夫人という人妻のプラトニックな恋愛関係を縦糸に、七月王政から第二共和制にかけての社会的・歴史的状況を横糸にして織りなされた恋愛小説であり、壮大な歴史小説であり、ほろ苦い教養小説である。

フロベールの小説では、一八四八年の世代の集団的挫折と、主人公の個人的挫折が並行して語られる。フレデリックの恋愛は小説のひとつの核だが、それは停滞と行き違いを運命づけられている。物語の舞台は、ミュルジェールの『ボヘミアンの生活情景』や、デュマ・フィスの『椿姫』と同じく一八四〇年代のパリだから、時代設定や、作中人物の類型などの点で共通性がある。しかし、作品が有する歴史的、思想的射程において、『感情教育』の価値は格段に大きい。そうした多面性についてここで深く立ち入ることはせず、もっぱら男女の愛の表象という視点から考察していこう。

私邸で催されるのではなく、一般に公開される舞踏会は、学生とグリゼットにとって最大の娯楽のひとつだった。そうした会場のひとつが、シャン゠ゼリゼ大通りにあった「アルハンブラ」である。初夏のある夕べ、「身持ちの堅い女がだめなら、他の女を口説けばいいさ」と事もなげに言い放つ仲間に誘われて、フレデリックはこのアルハンブラを訪れる。舞踏場はモール風の回廊、中国式の屋根、ヴェネツィア様式の角灯などを備え、オリエント風の雰囲気をたたえて、いかにも快楽へと誘うかのようだ。

学生たちが情婦を連れ歩き、商店員はステッキを指にはさんで気取っている。高等学校生が上等の葉巻をふかし、老いた独身者たちは染めた顎髭を櫛で撫でつけている。イギリス人、ロシア人、南米人の姿もあり、さらには赤いトルコ帽を被った東洋人が三人いた。ロレット、グリゼット、娼婦たちが、旦那や恋人や一枚の金貨を手に入れようと期待して、あるいはたんに踊りを楽しむためだけに来ていた。

アルハンブラには老若の独身者たちが集まってきて、艶事の相手を物色している。外国人の姿も多く、建物同様エキゾチックな様相がかもしだされる。そこに居合わせる女性は金持ちの「旦那」を探すロレットと、「恋人」と出会うことを期待するグリゼットと、「金貨」が目当ての娼婦である。ここでいう娼婦（原文では fille）とは、もちろんマルグリットのような高級娼婦ではなく、生きていくために身を売る低級な売春婦を指す。

フロベールのテクストはきわめて簡潔な一文によって、三種類の女の存在様態を雄弁に露呈させてしまう。そして三者を無頓着に並列することによって、三者のあいだに社会的な浸透性があることを示唆しているかのようである。グリゼットはロレットの地位に上昇できるし、逆にグリゼットとロレットは、不運に見舞われればいつ娼婦に落ちるともかぎらない……。

問題なのはロレットである。『感情教育』には、ロザネットという名のロレットが登場する。リヨンの絹織物労働者の家庭に生まれたが、貧困にもかかわらず（あるいはむしろ貧困ゆえに）母親は酒に溺れ、挙げ句の果ては年頃になった娘を金持ちの老人に売ったのだった（こうした生い立ちは、『フレデリックとベルヌレット』のヒロインのそれに酷似している）。その男に死なれ、店の売り子や、旅芸人として働いた末に、ロザネットはパリでロレットとして浮き名を流すようになった。おそらくグリゼットの時期を経験しているはずで、ヴァトナ嬢という、これまたかつてグリゼットで、今は高級娼婦と裕福な男たちの仲介者を務めている謎めいた女の尽力で、羽振りのいい生活をするようになったのである。

ロザネットの身体

ロザネットは男たちによって見つめられ、値踏みされ、買われる身体にほかならない。金銭の原理が彼女の思考と行動を規定し、彼女はそれを隠そうともしない。優雅や洗練からほど遠い彼女の室内は、欲望を刺激し、悦楽へといざなうさまざまな家具とものに溢れている。フレデリックが彼女とはじめて出会うのは、彼女の家で開かれた仮装舞踏会の折だが（第二部第一章）、皆が仮の衣装を身にまとい、仮面をかぶるというこの娯楽空間は、ロレットの世界をよく象徴している。そこではすべてが虚飾であり、かりそめの姿であり、他人を欺く表面にすぎないのだ。そしてフレデリックはこの時、舞踏会で踊る艶やかな女たち、もちろんロザネットと同類の女たちの、そそるような肉体に幻惑されるのである。

ロレットは、しかしながら個人の欲望の次元に還元されるわけではない。彼女の部屋には軍人、医者、法律家、ブルジョワ、貴族、ジャーナリスト、さらには学生など、あらゆる階層と職業の人間たちが集う。逆に、ロレットが軍人や法律家や貴族の家庭に招かれることなどありえない。他の場所では公式なかたちで遭遇することのない男たちが、ロレットの家で私的なかたちで出会うことができる。そのかぎりでロレットには、階層と職業の境界を越えて、あらゆる男たちと恋をする可能性が拓かれているのだ。

『感情教育』において男たちは皆、一度はロザネットの部屋に足を踏み入れることになるし、多くの登場人物がロザネットと関係を結ぶ。アルヌーはロザネットを愛人にし、自宅にある家具調度を時々彼女の住居に持ってくるし、主人公の親友デローリエも彼女と関係をもつ。

七月王政期のパリは階級社会である。この小説では作中人物の階級的な帰属が明確で、その階級性を自由に越えられる人間は主人公フレデリックだけであり、その階級性が効力を失うのはロザネットの閨房である。高級娼婦とは、誰にでも開かれている公的な身体であり、さまざまな階級の男たちが通過していく身体にほかならない。男たちの多様な世界は高級娼婦の身体を媒介にして出会い、交錯し、利害関係の網目を張り巡らせていく。その意味で、ロレットの身体は社会的なものなのだ。

フレデリックが恋の情熱を捧げる相手は、貞淑な人妻アルヌー夫人。そしてロザネットは、このアルヌー夫人とさまざまな点で対照的である。夫人が穏やかなブルジョワ家庭で、子供たちを育てながら暮らしているのに対し、ロザネットは性格、行動とも気紛れで、騒々しさを好む。フレデリックからすれば、一方は憧憬と届かぬ愛の対象であり、他方は欲望の対象、手にはいる快楽の相手にほかならない。主人公とロザネットの繋がりは嘘と誤解によって織りなされ、維持されていく。そして第二部の末尾、一八四八年二月の革命が勃発したまさにその日、アルヌー夫人との逢瀬のために用意した部屋に、フレデリックはロザネットを誘い込んで一夜を共にし、革命の喧騒に無関心な態度を示す。ロザネットは、愛の理想と政治の理想というふたつの理想を、主人公に裏切らせる媒介者になってしまう。

興味深いのは、『感情教育』においてロザネットはたんなるロレットの類型に収まらないことである。一八四〇年代の「生理学」ものや、『ボヘミアンの生活情景』で描かれた肖像とは異なる、思いがけない表情が浮かび上がってくるのだ。

束の間の蜜月

フレデリックとロザネットの関係が、欲望や官能の領域を超えて、こまやかで濃密な感情をまとうことがある。二月革命後、しだいに台頭してきた反動の流れに幻滅し、他の男たちとロザネットを共有することに嫌気がさしたフレデリックは、一八四八年六月のある日、彼女と二人でパリ南郊フォンテーヌブローへと旅立つ。数日間続く、まさに愛の逃避行である。フォンテーヌブローはナポレオンゆかりの宮殿が聳え、周囲には広大な森が広がる土地である。

瀟洒で閑静なホテルの中庭では噴水が快い音をたて、その音がフレデリックとロザネットの部屋に安らぎをもたらしてくれる。翌朝に宮殿を見学し、庭園を巡った二人は、四輪馬車を借りきって森の散策へと出発する。馬車は動く密室のようなもので、男女の身体を接触させることで親密さが増す。フロベールはすでに『ボヴァリー夫人』(一八五六)のなかで、主人公エンマが年若い恋人レオンに辻馬車に誘い込まれて、ルーアンの町中を走りながら愛を交わすという、かなり煽情的なシーンを描いている。周囲の世界から隔絶して、男女二人が馬車に乗るという身ぶりは、いかにも愛の場面を誘発しやすいのである。

こうして木立のなかを突きぬけ、松や柏やトネリコなどの樹木が鬱蒼と茂る森のすがすがしい空気に浸り、谷間を流れる小川のせせらぎを耳にし、鹿や鳩のような動物の姿を目にする。たしかに巨木が絡まって屹立するさまは、畏怖の念を抱かしめるが(そしてそれは、同じ日にパリで勃発した労働者の蜂起とその軍事的鎮圧を暗示しているのだが)、快い旅の情緒を打ち消しはしない。

庭園、木立、小川、噴水、初夏の光——そう、ここには中世以来の伝統である「悦楽境 locus amoenus」、すなわち愛の空間の要素が揃っている。首都パリの喧騒から逃れた男女は、自然と、静寂と、穏やかさのなかで、それまでにない愛の昂まりを感じる。二人が横たわる草地は、心地よい愛の褥のように二人の睦言が繰り広げられる場となる。彼らは長いあいだ見つめ合い、男は女を美しいとあらためて思い、女の腰に手をまわし、女のほうは日傘で強い陽光を遮りながら、膝のうえに男の頭を載せてやる。セーヌ川沿いのレストランで食事の席につきながら、「まるでイタリアに新婚旅行に来ているような気分だった」と、フロベールが書き記すのは誇張ではない。青年とロレットの愛の逃

田園を散策する若い男女

避行は、甘い蜜月に変わったのである。幸福な時間が現出する。

人生の終わりまで幸せでいられることを、フレデリックはもう疑わなかった。それほどこの幸福が自然で、自分の人生や女の人柄に具わっているものだという気がした。ロザネットに甘い言葉をかけてやりたくなった。彼女のほうも愛想のいい言葉で答え、肩を軽くたたき、不意のやさしさで彼を魅了した。フレデリックは彼女にまったく新しい美しさを見出していた。それは周囲のもののたんなる反映かもしれないし、あるいはその秘められた力で女の美しさが花開いたのだろう。（第三部第一章）

このとき青年とロレットの恋は、ひとりの男と女の恋となんら異なるところがない。魅惑に溢れた自然風景のなかで、愛が開花し、想いが相互に通じあう。

それだけではない。もうひとつの出来事が、フォンテーヌブローの挿話の重要性を際立たせる。この時はじめて、ロザネットが恋人に自分の過去を語るのである。リヨンで過ごした貧しい子供時代、両親の不和、そして母親のひどい仕打ち、その後店の売り子をしたり、役者になるための修業もしたこと、など。通常であれば語りづらい、語りたくない過去の記憶を呼び覚まして、女は自分がロレットになった経緯まで暗示的な言葉で伝える。告白は相手を必要とし、その相手を選ぶ。赤裸々な過去の告白は、相手にたいする愛情の証しにほかならない。愛のかけらも感じない男に、女がみずからの秘められた過去を語ることはないのだから。

この愛の逃避行の後、パリに戻った二人は半ば同棲し、ロザネットは妊娠する。しかし産まれた子供がまもなく亡くなり、彼女が元のロレットの生活に戻るにつれて、二人の関係は疎遠になる。束の間の母性は、ロザネットの性格と行動を根本的に変えることはなかった。フォンテーヌブローの挿話は、彼女の人生において例外的な日々だっただけにいっそう意義深いのである。

最後に、彼女はウードリーという田舎ブルジョワと結婚し、でっぷり太って、かつて男たちを惑わした魅力を失ってしまう。『娼婦の栄光と悲惨』のエステルや、『椿姫』のマルグリットのように、自殺したり、結核を病んで死んだりするということはない。クルチザンヌは愛に殉じて命を失うが、ロレットは愛のために絶命することはないのだ。一方は殉教者として昇天するが、他方は地上のブルジョワ的秩序に同化する。

前章で確認したように、愛によって魂を救済される娼婦、情熱によって自己犠牲の精神に目覚める娼婦というのは、ロマン主義文学が強調したテーマのひとつだった。それに反して、『感情教育』のロザネットにはそうした側面が欠落している。一時期はたしかにフレデリックを愛し、彼に愛され、その子どもを胎内に宿すが、愛も母性も彼女を根底から変貌させはしない。しかも、自己犠牲とはまったく無縁である。愛によって崇高性の高みに引き上げられることはなく、華やかな男性遍歴の末に、彼女はこともあろうに、途方もなく凡庸で愚かしい田舎ブルジョワの妻になる。フロベールは、ロマン主義的な高級娼婦像にたいして、徹底的な偶像破壊を試みたのだった。

第三共和制下の売春をめぐる論争

フロベールの文学的後継者とも言うべき自然主義作家たちは、しばしば娼婦の習俗を描いた。ユイスマンスの『マルト、ある娼婦の物語』(一八七六)、エドモン・ド・ゴンクールの『娼婦エリザ』(一八七七)、ゾラの『ナナ』(一八八〇)、モーパッサンの『テリエ館』(一八八一)、そしてポール・アダンの『柔らかな肉体』(一八八五)などがその代表作である。

一八七〇年代から八〇年代にかけて、このように数多くの娼婦小説が書かれたのには、いくつかの理由がある。まず、自然主義作家は、それまでタブー視されていた、あるいはないがしろにされていた主題を含めて、すべてを語るべきだと主張した。そしてその「すべて」のなかには性や売春も含まれていた。第二に、彼らが文学的に発見し、はじめて表象した主題が「民衆」であり、民衆の全体像を示すためには性と売春は避けて通れない要素だった。この主題の新しさを、ゴンクール兄弟は『ジェルミニー・ラセルトゥー』(一八六五)の序文で、次のように強調している。

下層階級と呼ばれるひとたちも、小説のなかに描かれる権利を持っているのではないだろうか。ひとつの世界の下にあるこのもうひとつの世界は、民衆が持ちうる魂や心情について今まで何も語らなかった作家たちの侮蔑や、文学的排斥に、これからもさらされ続けるべきなのだろうか。

このような文学観に立ったゴンクール兄弟は、田舎からパリに出てきた貧しい娘ジェルミニーが下女として働くうちに神経症と、飲酒癖と、売春に溺れていく、苦難にみちた生涯を再現してみせた。民衆の世界を語ることと、売買春の世界を描くことは切り離せなかったのである。

しかしそれだけではない。第三共和制初期の時代において、売春はひとつの政治問題だった。娼家での売買春は当局による監視のもとに半ば公認されていたものの、存続か禁止かをめぐって大きな論争が巻き起こっていた。公娼制度の廃止を訴えるイギリスの社会改革家ジョゼフィーン・バトラー（一八二八—一九〇六）が、一八七〇年代に二度フランスを訪問したことも契機となって、廃止運動が勢いを増す一方で、必要悪として、厳格な規制のもとに制度を維持すべきだと主張する者も多かった。

とはいえ、パラン゠デュシャトレの系譜に連なるその規制主義者たちも、通りで客を拾う街娼にはきびしい措置を課そうとした。怖れられていたのは娼婦によって蔓延させられる性病禍で、それはアルコール中毒や結核と同じように、民族の運命を危機にさらしかねない「変質 dégénérescence」の一因とされたのだった。アラン・コルバンが『娼婦』のなかでみごとに指摘したように、行政官や医学者は、性病が民衆の住む界隈からブルジョワ地区に侵入してくる災厄だと考え、民衆のブルジョワにたいする社会的な報復であるとした。売春をめぐる議論が政治的だったというのはそのためであり、作家たちは、こうした時代のアクチュアルな論争に加わっていたのである。

自然主義小説の娼婦

自然主義文学に登場する娼婦は、すべて民衆の出である。マルトはペンキ屋と女工の娘、エリザは助産婦の娘、そしてナナは『居酒屋』に登場する洗濯女ジェルヴェーズと屋根葺き職人クーポーの娘である。そして売春のさまざまな形態を経験した末に、社会的制裁を加えられたかのように、マルトはアルコール中毒に陥り、エリザは殺人を犯して収監された後に発狂し、ナナは天然痘で死んでいく。絶望的な転落と頽廃の人生である。ロマン主義時代の高級娼婦のように、高潔な心を示すことはないし、ひとりの男への純愛によって霊的に救済されることもない。現実はどうあれ、物語のなかの娼婦像は十九世紀前半と後半で大きく異なっている。

そうした彼女たちも恋を経験する。しかしその恋は、自己犠牲や崇高な態度へと至るものではなく、苦い幻滅しかもたらさない。

ユイスマンスの小説の主人公マルトは娼家で働いた後、場末の大衆劇場に雇われ、そこで作家・ジャーナリストのレオと知り合う。やがてお互いに好意を抱き、マルトはレオの部屋で一夜を過ごす。それまで接してきた粗野な男たちと異なり、レオはいくらか洗練さを具え、やさしい言葉を操る術を心得ていた。「この激情的な男、このいきいきした青年には、情熱的な言葉と、熱狂的な抒情と、今ではめったに見られない女への配慮があって、それがマルトをうっとりさせた。恋する男というのは、たぶんこうなのだ。〔中略〕レオはほんとうに彼女にとって最初の恋人だった」（第四章）。はじめて恋を知った娼婦は、男が有頂天になるほど抱きしめ、キスを交わす。それは愛の歓びを知った女の率直で、無意識的な反応である。

マルトは毎晩のようにレオの部屋を訪れ、やがて同棲が始まり、ひと月は文字通りの蜜月が続く。しかしマルトの劇場が潰れ、レオが寄稿する新聞が財政的な困難にさらされるようになると、貧困とともに「共同生活の恐るべき幻滅」（第五章）が二人の心を蝕んでいく。女から見れば、自分は恋人に献身的に尽くしているのに、レオはそれを理解せず、自分よりも文学や芸術に心を向けている。他方男からすれば、マルトは日常性に埋没するばかりで、知的なことには関心を示さず、したがって会話の相手にならない。レオは同棲が「知性の自殺行為」だと感じるようになる。

ここでは、第2章で論じたような、芸術と愛の両立不可能性、創作活動と同棲生活の対立があらためて浮き彫りになる。ユイスマンス文学の男たちは根本的に独身者であり、愛のためにみずからを変えようとはしない。その影響を蒙るのは女であり、マルトはやがて彼のもとを去る。独身者の文学においては、娼婦もまた不幸を逃れられない。

ゴンクールの『娼婦エリザ』でも、主人公は一度だけはかない恋を経験する。

エリザが雇われている娼家に、一人の兵士がしばしばやって来てはエリザを指名する。兵士は売春の主要な客層であり、軍隊の駐屯地がある町にはかならず大きな娼家が存在したのである。作家はその名前さえ記していないが、兵士はそのつどエリザにつつましい花束を持参するのだった。娼婦と客という関係にはいかにもそぐわないその花束が、女の情動を掻き立てる。エリザの愛は次のように描かれている。

それまで男を愛したことのない心に蓄積されたやさしさのありったけを込めて、彼女は愛した。幸福のあまり狂気に駆られたように、脳が錯乱しながら彼女は愛した。娼婦たちが持っているだろうなどと人が思わないほどの繊細な心遣いで、彼女は愛した。(第三十三章)

作家は、恋に落ちた娼婦の深情けを強調する。肉体を不特定多数の男たちに売る娼婦は、恋人に心と、情熱と、やさしさのすべてを捧げようとする。その幸福は錯乱に近いほど激しいものだ。そのエリザにとって辛いのは、愛する男と娼家の部屋で客と売春婦として相対することだ。他の客たちと肉体の交わりを行なったその同じベッドに、男を迎えいれ、肌をさらすことが苦痛になる。それは愛する男を汚し、みずからをも卑しめる行為なのだから。こうしてゴンクールは、娼婦の愛をめぐる心理学を展開する。

そうした良心の呵責に耐えきれず、エリザは恋人と外で会おうと提案し、娼家の休業日に田舎を散策する約束を取りつける。身だしなみを整え、仲間の娼婦たちから祝福されながら恋人と出かけるエリザ。しかし、楽しいピクニックになるはずだった一日は、最悪の悲劇を招く。森の外れにあった墓地で男が乱暴しようとしたせいで、エリザは半狂乱に陥り、無意識のなかで、持っていたナイフで恋人を刺してしまうのだ。小説の後半では、殺人罪で監獄に収容された彼女が、しだいに狂気の深淵に沈んでいくさまが語られる。

ここでも娼婦の恋は束の間のエピソードで終わる。エリザは、マルトのようにたとえ短時間でも愛する男と人生を共にする機会さえない。エリザと恋人のあいだに、やさしい言葉が交わされ、感情の交流があったことは示唆されているものの、真実の幸福は実現しないのである。恋に破れたヒロインたちを待っているのはアルコール中毒であり、犯罪と狂気にほかならない。

性と祭壇

エミール・ゾラは二十五歳のときに刊行した処女作で、すでに娼婦を登場させている。カルチエ・ラタンの屋根裏部屋で作家自身が過ごした、貧しく孤独な青年時代の回想を多分に反映した自伝的な小説『クロードの告白』（一八六五）の主人公は、パリの寂しい部屋でひとり暮らし、文学を夢想する青年である。

ある夜、同じ階に住むローランスという名の娼婦が神経症の発作を起こし、事の成り行きからクロードがベッドのそばに付き添うことになる。その後、部屋代が払えずに追い出されたローランスを、クロードは自分の部屋に引き取り、二人の同棲が始まる。貧しい家庭に生まれ、グリゼットの時代を経て、不運が重なった末に街娼にまで零落した女を、クロードは何とかして堅気の人間に更生させようとするが、成功しない。それでも彼は女を愛するようになり、ささやかな幸福と快楽を知る。ところがローランスはやがてクロードを裏切り、彼の友人ジャックと情を通じてしまう。

この小説は、舞台装置と、青年詩人やグリゼットという登場人物からいって、いかにもロマン主義時代のボヘミアン小説を想起させる。しかし、ミュッセやミュルジェールの作品に見られたような、無邪気で屈託のない陽気さがここにはない。若い男女の恋物語にともなう潑溂とした雰囲気が欠如している。ゾラは作中で『ミミ・パンソン』や『ボヘミアンの生活情景』にはっきり言及しているから、その文学的伝統を意識しつつも、その裏面を暴こうとする。零落した娼婦はあくまで娼婦であり、けっして高潔な心を取り戻しはしない、という醒めた嘆きがそこに読み取れるのだ。クロードの絶望は深い。

詩人たちは苦悩のなかで生き、絶望のなかで成長した。彼らの恋人はひどい女たちで、彼らの愛には汚らわしい愛のもつあらゆるおぞましさが具わっていた。詩人たちは欺かれ、傷つき、汚辱にまみれた。彼らは真心ある女にけっして出会わなかった。手に入れたのはローランスのような女で、そのせいで詩人の青春は悲痛な孤独に変わったのだった。(第二十二章)

「詩人たち」とは、ミュッセやミュルジェールのようなロマン主義時代の作家たちを指す。グリゼットが貧しい詩人を支え、霊感をもたらす詩神ミューズであるような時代は過ぎ去った。娼婦が純潔な心に立ち返って、汚濁のなかから崇高さの世界に上昇するというのは、時代遅れの幻想にすぎないとクロードは言う。若きゾラはここで、カルチエ・ラタンの理想の恋物語を徹底的に解体してみせる。

このような娼婦の脱理想化は、『ルーゴン＝マッカール叢書』第九巻にあたる『ナナ』にも受け継がれる。この小説は売春のあらゆる形態を描きつくした作品であり、そこでは『マルト』や『娼婦エリザ』と共通する主題が表象されていると同時に、新たな要素も付け加えられている。

この小説でゾラは、第二帝政期に栄えた「ドゥミ・モンデーヌ」と呼ばれた高級娼婦たちの世界を描いた。執筆メモにも記されているように、コラ・パールやブランシュ・ダンティニーといった実在のドゥミ・モンデーヌが、ナナのモデルだった。彼女はまずヴァリエテ座の舞台で女優としてデビューし、成功を収めるとやがて裕福な男たちの愛人となって、奢侈と快楽の生活に明け暮れるようになる。この時代、劇場の世界と売買春の世界はほとんど区別がつかない。女優やオペラ座の踊り子は潜在的に、金持ちたちに囲われる対象だったのである。性と欲望に支配される世界を描くと決めたゾラは、『ナナ』の執筆プランのなかで以下のように書いている。

ナナのモデルとされる高級娼婦コラ・パール

作品の哲学的主題は次のとおりである。ひとつの社会全体が性に向かって突き進む。猟犬の群れが、一匹の雌犬を追いかける。その雌犬は発情しているわけではないので、追いかけてくる犬たちをあざ笑う。〔中略〕性のあらゆる力。性が祭壇に祀りあげられ、皆がそれに犠牲を捧げる。この作品は性の詩でなければならない。そして性がすべてを支配するというのが、作品の教訓になるだろう。

ナナは、貴族、銀行家、役者、作家、ジャーナリスト、劇場の支配人など、さまざまな男たちから欲望され、愛される。しかし、みずからが男を愛することはない。彼女の寝室は、あらゆる階層の男たちが行き交う「十字路」であり、そこでは情欲と悦楽が循環し、金銭が流通する。その意味でナナの部屋は、ものと資本が「流通＝循環」する資本主義社会を象徴する。ゾラの他の小説、たとえば『パリの胃袋』で描かれる中央市場、『ボヌール・デ・ダム百貨店』（一八八三）の舞台となるデパート、あるいは『獣人』（一八九〇）で描かれる鉄道の駅がそうであるように、ゾラは資本主義の産業空間をあざやかに表象した。高級娼婦をめぐる売買春もまた、そうした空間のひとつとして物語化されている。

男たちはナナのそそるような肉体と、抗いがたい妖しい魅力に翻弄され、自己を制御できなくなる。高級娼婦だから複数の男と関係を持ち、その要求は金がかかる贅沢な要求であるのが当然とはいえ、ナナの奔放さは飽くことを知らない。その奔放さは、多くの犠牲者たちを生みだす。フィリップは罪を犯して投獄され、ジョルジュは自殺し、ステネールとラ・ファロワーズは破産してしまう。そして「宿命の女」ナナは、超然としてみずからの肉体によって裏社交界に君臨し続ける。『ナナ』は、第二帝政下のパリで男たちが欲望と性ゆえに滅んでいく小説である。

そうした男たちの頽廃をもっともよく示すのが、ミュファ伯爵である。

由緒正しい貴族の旧家に生まれ、皇帝の侍従という恭《うやうや》しい職位に就き、敬虔なカトリック教徒として謹厳な生活を送っていた男が、ナナの魔性に絡めとられてしまう。生真面目な男だっただけに、ひとたび高級娼婦に魅せられたミュファはとめどなく快楽に溺れ、ナナの望みを叶えるためであれば自分の品位を汚すことさえ厭わない。そこでは快楽と宗教、欲望と信仰が混同される。カトリック教徒ミュファにとっては、官能的な悦楽と宗教的な法悦の区別がつかなくなるのだ。

> 豪華な礼拝堂での恍惚状態に慣れている信心深い彼は、ナナの部屋にいると、ステンドグラスの下に跪《ひざまず》いて、オルガンと香炉に陶酔するときとまったく同じような、信者の感覚をいだくのだった。ナナは怒りの神のように嫉妬深く、暴力的にミュファを虜にし、彼を畏怖させ、痙攣のように鋭い歓喜の瞬間を味わわせてくれた。〔中略〕ミュファは、愛と信仰の力に身をゆだねていた。このふたつこそ世界を突き上げる梃子なのだ。そして理性が抵抗するにもかかわらず、ナナの部屋はいつでも彼を狂わせた。

ミュファを支配するナナ。『ナナ』初版の挿絵。

広大な天の未知なるものを前にして悶絶するように、彼はぶるぶる震えながら全能の性に埋没していった。（第十二章）

示唆的な一節である。ここではナナの快楽の寝室が、礼拝堂に喩えられている。高級娼婦はいまや、女神のように男の心を支配する。愛と信仰は一体化し、悶絶するような快楽と、陶酔をともなう恍惚はもはや区別がつかない。ミュファはそれが瀆神的な比喩であることにさえ気づかず、女の魔性を前にして堕ちていくのである。

ナナの愛と死

ナナは男を愛さないと先に書いたが、一度だけ例外がある。身のほど知らずの贅沢がたたって債権者に追われたナナが、かつての役者仲間フォンタンに入れあげて、モンマルトルの質素な部屋で暮らすというエピソードが、第八章で語られている。愛と言えば、愛には違いない。それまで愛され、崇拝されることに慣れきっていたナナが、偶像のようにフォンタンに愛を捧げ、人目もはばからずに愛撫を惜しまないのだから。

ナナは自分を抑えられなかった。彼女は恋にうっとりし、乙女のように頰をバラ色に染め、よく笑っては愛情に目を潤ませるのだった。そしてフォンタンをじっと見つめて、私の犬、私の狼、私の猫などと、次々に愛称を口にした。

はじめて恋を知ったナナは、男に献身的な愛情を注ぎ、二人きりのつつましい生活に満足して、しばらくはほとんど外出もしない。とはいえ、そこには官能性や悦楽の次元が欠けている。高級娼婦として、客である男にたいしてはみずからの肉体の官能性を最大限に利用したナナは、みずからが恋する主体になったとき、官能性や悦楽を求めようとはしないのだ。少なくとも、作家はナナとフォンタンの関係について、そうした側面をまったく語っていない。

しかもナナは男に服従し、ささいな理由から生じる男の暴力を、それも愛のしるしだとして甘受するほどだ。現代風に言えば、家庭内暴力にさらされるわけだが、女はそれすら愛の名において正当化する。高級娼婦のナナは男たちを屈服させ、女王のように振る舞ったが、恋するナナは奴隷のように男に従うのである。娼婦が恋に目覚めたとき、売春行為を否定し、それを償うかのように、感情的、身体的にまったく逆の位相を取るのだ。

これは例外的な事態ではなく、娼婦の生態のひとつであったことを、同時代の売春に関する調査や、他の作家の著作が裏付けてくれる。マクシム・デュ・カンの『パリ、十九世紀後半におけるその組織、機能、生活』の第三巻（一八七二）に収められた売春をめぐる章、一八八〇年代にパリ警視庁の治安局長を務めたギュスターヴ・マセの回想録『パリ警察』（一八八七―八八）でも、さまざまなカテゴリーの娼婦の愛のかたちが記述されている。そして、ゾラの友人でもあった作家オクターヴ・ミルボーが、一九一〇年頃に発表した『娼婦の愛』と題された小冊子では、娼婦の愛の精神性と純粋性が強調されている。

娼婦が恋人に身を委ねるのは、もっぱら彼を喜ばせ、自分の感謝の気持ち、忠実さ、そしてやさしさを示すためにほかならない。娼婦はそれまで他の男たちから肉体だけ求められていたので、今や激しく純情の愛を望むのである。ひとたびそのような愛に出会うと、彼女はまったく新たな世界を知り、その愛にすべてを捧げる。恋する娼婦の思いは、肉体的なものや倒錯的なものをすべて排除しようとする。

娼婦が恋をすることに不思議はない。しかしナナの愛は、『娼婦の栄光と悲惨』のエステルや『椿姫』のマルグリットの愛と、なんと隔たっていることだろう！　男に真心を尽くそうとする点では共通していても、支配―被支配というジェンダーの力学から逃れられない。女王になるか奴隷になるか、いずれにしてもナナは男とのあいだに平等な関係を築けない。愛によってナナの魂が救済されることはないし、崇高さに近づくこともない。高級娼婦の状態を一時的に離れることで得た愛の生活は、やがて喧嘩と、暴力と、貧しさのなかで崩壊し、ナナは再び娼婦の世界に戻っていく。

フォンタンとの愛は、彼女にとって文字どおり束の間の愛であり、根本的に彼女の人生を変えはしない。そしてエステルやマルグリットと違って、ナナは愛のために死ぬことはない。彼女の人生に終止符を打つのは、みずから選んだ死でもなければ、ロマン主義的な結核でもない。それは彼女の顔を醜く変貌させ、肉体を腐乱させてしまう、天然痘という偶然の病である。

ロマン主義時代の高級娼婦は、生涯に一度だけ真実の大きな情熱を生き、愛ゆえにみずからの純粋性を回復し、霊的な高みに昇ることができた。その死は、愛のために支払った代償である。他方、十九世紀後半の娼婦は愛を知ることはあっても、それは価値の薄いかりそめの出来事にすぎない。彼女は愛のために傷つくことはあっても、そのために死ぬことはけっしてないのである。

第5章　不倫の恋の物語

不倫という名の情熱

娼婦が男たちの欲望にみずからの身体をさらしたのに対し、ブルジョワ社会において身体や欲望の表現をできるかぎり抑制するよう求められていたのは、人妻である。娼婦は、結婚や家庭という制度的な秩序の外部で、男たちの性愛の相手になった。他方、婚姻によって一人の男と結ばれた人妻は家庭の秩序を守ることを要請され、性愛は家庭の内部に限定されるべきであった。ところが、現実にはそうではなかった。近代フランスにおいて女性は、とりわけ人妻は、愛においても結婚においてもしばしば不幸だった。そして不幸だからこそ、新たな愛に幸福を見出そうとしたのである。

男女のどちらか、あるいは双方が既婚者ならば、不倫の恋になる。現在ではフランスでも日本でも、不倫は刑法的に犯罪ではない。わが国では「家庭外恋愛」という言葉がしばしば使われるし、フランスでは不倫を意味するいささか古めかしい adultère という語の代わりに、不実という意味の infidélité という語が用いられるようになっていることからも分かるように、不倫という現象にたいして許容度が高まっているのかもしれない。結婚生活が不幸なために恋人を求めるのであれば、それは新たな愛を求める行為である。

日本の雑誌では、愛や結婚がテーマとしてしばしば取り上げられるし、その愛のテーマの一部をなすのが不倫である。現代風俗を取材するルポライターたち（たとえば久田恵や亀山早苗）も、さまざまな不倫のかたちとその波紋を、当事者たちのインタビューをとおして報告してくれる。その際に特徴的なのは、女性読者の視線を意識してのことだと思うが、記述のスタンスが女性主体だということである。つまり、女性のほうが既婚か未婚か、これまでに何人の相手と不倫し、相手の男性はどのような立場なのか（会社の同僚、上司、サークル仲間など）、そして女性たちは不倫をどのように生きるのかという観点から、不倫という現象が語られているのだ。

『ＡＥＲＡ』二〇一〇年二月一日号の特集記事によれば、いまや独身女性の三人に一人が不倫の経験者だという。アヴァンチュール感覚で不倫する欧米の一部の国に較べて、日本女性のそれは、何らかの欠落感を埋めようとする自己治癒の側面があるという指摘は、興味深い。確かに普通の恋愛に比して、不倫の恋は気軽な気持ちでできるものではないだろう。自分にも相手の側にも、深刻な波紋を引きおこす危険を引き受けながら、女性たちは不倫の恋に身を投じる。独身女性の不倫は結局幸福をもたらしてくれない、女性につらい思いを強いるだけと分かっていても、不倫病という悪循環からなかなか脱け出せない女性がいるという事実を、この記事は伝えてくれる。

いささか旧聞に属するが、フランス人の性行動に関する体系的な調査である一九七二年の「シモン・レポート」によると、女性の一割は不倫の経験があると答えていた（男性は三割）。しかも著者は、女性の答えは現実よりも過少申告だろうと推測する。その後一九八〇年代に行なわれた各種雑誌の調査によると、二十パーセントから二十五パーセントの女性が夫以外の男性と一度は関係をもったことがある、と告白している。

こうした調査は、サンプルがどこまで平均像を反映しているかという疑問が残る。とはいえ、現代では日本においてもフランスにおいても、家庭外恋愛がけっして稀な例外でないことは確かなようである。

しかしそのフランスでは二十世紀初頭まで、そして日本でも戦前まで、「姦通」はれっきとした犯罪であり、法によって罰せられていた。露見しないまでも、一夫一婦制という制度のもとで既婚者が恋愛することとは、多かれ少なかれ心理的な苦悩をうみ、家庭にドラマを生じさせる。そしてときには家庭を崩壊させ、悲劇的な結果を引きおこしてしまう。しかし幸福よりも不幸を、安定よりも葛藤を描くことが似つかわしい文学は、だからこそ不倫の恋を好んで主題化してきた。少なくとも、それはフランス文学によく当てはまる。

いや、フランス文学だけではない。西洋文学において、ホメロスの時代から道ならぬ恋がどれほど大きなテーマだったかを、スイスの批評家ドニ・ド・ルージュモンは、『愛と西洋』(一九三九、邦題は『愛について』)のなかでつとに指摘していた。キリスト教が罪とみなし、法が犯罪とみなす行為は、まさにそれが罪であり、犯罪であるがゆえに、西洋人の情動に強くうったえてきたのではないか。身を焦がすような恋が、結婚という制度のなかでではなく、それを否定する不倫という逸脱において実現するかのように語られてきたのは、西洋人の秘めたる願いを表わしているのではないか。ルージュモンは、そう問いかけたのだった。

中世のトリスタンとイズー伝説では、マルク王の妃イズーと、王の家臣トリスタンが、魔法の媚薬の効果とはいえ、波乱に満ちた運命的な愛を生きることになる。この伝説やそのさまざまなヴァリエーションに示されるように、長いあいだにわたって、激しい情熱は反社会的なかたちをおび、ときにはみずからを危険にさらし、滅ぼすものだった。情熱 passion は、みずからの内に悲劇や死にたいする抑えがたい憧れをはらんでおり、その意味で受難 Passion にほかならない。フロイト流に言えば、エロス（性愛）とタナトス（死の欲動）は不可分である。西洋は、キリスト教倫理にもとづく一夫一婦制を確立するとともに、それとは相容れない情念にも魅せられてきたのだった。

『クレーヴの奥方』と『危険な関係』

古典時代の二つの小説、ラファイエット夫人の『クレーヴの奥方』（一六七八）とラクロの『危険な関係』（一七八二）は、まったく異なるしかたで、道ならぬ恋を描く。

『クレーヴの奥方』のヒロインは、洗練された貴族ヌムール公に愛されていることを知っており、自分もまた彼に想いを寄せている。貞淑な妻である彼女は、しかしながらその愛に身を委ねようとはせず、自分の恋心を抑制するため夫クレーヴにそのことを告白してしまう。作品の発表当時から、宮廷社会においてこうした告白はありえない状況設定だという批判はあったが、いずれにしても夫はそのことで苦悩し、やがて世を去る。こうして若き未亡人となったヒロインが、愛する人と結びつくのを妨げるものは法的にも、社会的にもない。だからこそヌムール公は、みずからの恋情を熱く吐露するのである。

しかし、クレーヴ夫人は男の愛を受け入れない。それは亡き夫への忠誠や、自分の告白によって夫の命を縮めたという罪の意識からだけではない。何よりも彼女は、男の愛が永続するということが信じられないのだ。冷静で聡明な女性である彼女は、恋多き男であるヌムール公が、自分だけにたいして永遠の愛を捧げてくれるなどと考えられないのである。それまで男が純愛を示してくれたとすれば、それは社会の法によってその完遂が阻害されていたからではないのか。障害があったからこそ、愛は続いたのではないのか。女は男に向かって次のように述べる。

男の方は、結婚という契りを交わしてからも、情熱を持ちつづけられるのでしょうか。自分の場合だけは奇蹟が起きる、と期待してよいものでしょうか。わたしにとっては至福そのものであるこの情熱も、きっといつかは終わるでしょうが、それを思い知らされる立場に身を置いてよいものでしょうか。〔中略〕わたしには、あなたの愛を永続きさせられるような手段がありません。それにわたしが思うに、さまざまな障害があったからこそ、あなたの愛は変わらなかったのです。障害はじゅうぶんありましたから、あなたはそれを打破しようと奮闘なさったのでしょう。

おそらくここには、不倫の恋の本質が露呈している。タブーは、破られるためにある。結婚という秘蹟を脅かす不義の恋は、それが容易でないからこそ、そしてそれが危険と制裁を引き起こしかねないからこそ、男女を魅了する。障害と、不安定さと、緊張にさらされるからこそ、道ならぬ恋は燃え上がるのである。クレーヴ夫人がヌムール公と再婚すれば、安定した絆が結ばれるかもしれないが、激しい情熱が持続することはない。「情熱に心をとらわれることはあっても、そのために盲目になったりしない」とつぶやく夫人は、貞淑なだけでなく、まさに理知的な女性である。

美しく貞淑なことにかけてはクレーヴ夫人に一歩も譲らないのは、『危険な関係』のトゥールヴェル法院長夫人だが、彼女の愛はまったく異なる軌跡をたどる。彼女を誘惑するのは稀代の女たらしヴァルモン子爵。パリ近郊の屋敷に滞在する彼は、そこに来ていた伯母の友人で、美徳の誉れ高いトゥールヴェル夫人の征服に乗り出す。誘惑の術に長けた男にとって、征服するのがむずかしい女ほど食指が動く。かくしてヴァルモンは、夫人に手紙を書いて自分の恋をほのめかし、夫人の冷たい返事を受け取ると彼女の貞潔を褒めたたえ、女の前にひざまずくと、涙を流しながら愛の言葉をささやく。

誘惑する男と、あらがう人妻の葛藤は、手紙の遣り取りをつうじて読者に伝えられる。相手が過去に芳しくない噂を立てられた男であることを知っているトゥールヴェル夫人は、もちろん誘惑に抵抗する。ヴァルモンは自分がかつて放蕩に耽ったことを認めつつ、しかし夫人に出会ったことで女性の真の美徳が何であるかを悟り、それゆえ恋に落ちたと臆面もなく告白する。それが恋であるとさえ知らなかったと語るヴァルモンは、希望のない恋かもしれないが、自分の運命を決定するのは夫人だと巧妙に迫る。誘惑の言説は功を奏し、二か月後に夫人は身も心も男に委ねてしまう。彼女は、ヴァルモンの伯母であるロズモンド夫人に次のような手紙を書き送る。

あの方（ヴァルモン）は、わたしの思考の、感情の、行動の唯一の中心になりました。わたしの人生があの方の幸福にとって必要であるかぎり、それはわたしにとってもたいせつなものですし、それを幸運と思いましょう。もしいつか、あの方の考えが変わるようなことになっても……わたしは恨みごとも、咎めの言葉も口にするつもりはありません。わたしはすでに、その運命のときを見据えておりますし、覚悟もできているのですから。（書簡一二八）

貞淑な女として長いあいだ抵抗したトゥールヴェル夫人は、ひとたび愛に身を委ねると、有頂天になり、「幸福」や「歓喜」という言葉が彼女の手紙のなかで繰り返される。罪深き恋の道に足を踏み入れた人妻は決然としており、潔い高貴さがただよう。罪の意識を覚えることはあっても、後悔することはない。恋する人妻にとって、幸福は罪ではありえないし、愛の幸福は彼女の人生を変えたのだから。だからこそ引用した手紙の文面にもあるように、ヴァルモンから冷酷に棄てられても、夫人は彼を恨むことはない。彼女は誘惑に屈した女としてではなく、たとえ束の間であれ愛の至福を味わった女として生涯を終えていく。そこに女の夫が介在する余地はないし、実際この作品に夫は登場しない。

ブルジョワ社会と人妻

『クレーヴの奥方』も『危険な関係』も、貴族社会の内部で生じた出来事を語り、主な作中人物たちは貴族階級に属している。しかし現実においても文学においても、不倫が大きな問題となるのは、フランス革命後のブルジョワ社会である。

なぜ、そのようなことになるのだろうか。

言葉の定義上、婚姻関係がなければ不倫もありえない。未婚の男女の愛は、それが同時に複数の相手と進行する場合でも、不倫と呼ばれえないのはそのためである。不倫は結婚という制度にたいする違反行為であり、とりわけ女性の不倫は、結婚という愛のかたちに女性が満足していないことを示す。

十九世紀にあって、恋愛結婚はどちらかと言えば庶民階級に頻繁に見られた現象であり、ブルジョワや貴族のような上流階級では稀だった。社会がブルジョワ女性に求めたのは従順な娘であり、献身的な姉妹であり、貞淑な妻であり、子供を産み育てる母親であることだった。女性の側がこれらの異なる役割を受け入れ、十分に内面化できれば家庭の平和は保たれていただろうが、それに疑問を感じたときドラマが始動する。妻であること、母であることが、女として振る舞い、評価されることの妨げになると女性たちが意識するとき、物語が始まる。

不倫の恋の物語に魅せられていた十九世紀の社会は、しかしながら、不倫の恋に身を委ねる女にたいして不寛容だった。現実にはともかく、建前として結婚は神聖な制度であり、犯すべからざる法であったから、不倫が露見した場合は刑法によって罰せられた。その場合、男女では法による扱いが大きく異なっていた。すでに一八〇八年の刑法の条文によれば、妻の姦通はいかなるときでも処罰の対象になったが、夫の場合、家庭の外で不義をはたらいても訴追はされず、愛人を「夫婦の居所」に囲っているときのみ罪とされた。密通した妻は三か月ないし二年の禁錮刑に処せられたが、夫の姦通は百ないし二百フランの罰金だけで済んだ。また夫が自宅で妻の不貞を現行犯でとらえたときは、その

暖炉の傍らで夢想にふける人妻

場で妻と愛人を殺害しても法的に許される余地が大きかった。

一八八四年に離婚を認めるナケ法が発布された頃から、不倫にたいする罰は軽減される。配偶者にたいする裏切りは離婚を正当化する事由だったから、行為そのものを処罰するより、婚姻関係を解消させるほうが当事者たちにとって都合がよかった。とりわけブルジョワジーの男たちは、妻の不倫を罰することによってそれが公になるのは恥辱と考えていたから、穏便に離婚するほうを好んだのである。一八九〇年には、不義の妻に下される禁錮刑は最長でも二週間に減らされ、一九一〇年頃になると情状酌量が認められるケースが増えて、刑そのものがめったに施行されなくなった。離婚した後、かつての不倫相手と結婚するのを禁じるという法律は一九〇四年に廃止されるが、これもそうした流れの一環である。

愛に身を捧げる女、情念と欲望にみずからを委ねる女は、とりわけそれが人妻である場合には、物語のなかではいかに魅惑的に映ろうと、現実には社会と家庭の秩序を脅かす危険な存在であった。何よりもまず妻であり、母であることを求められた女性は、欲望や快楽の主体になってはならなかった。ブルジョワの価値体系によれば神聖な空間である家庭において妻であり、母であるからには、それと異なる空間で恋人や愛人になってはならなかったのである。『姦通の文学』の著者トニー・タナーの言葉に倣うならば、それは「欠くことのできぬ社会的役割の単一性に、悪しき複合性を持ち込むもの」であった。

職業と家産の継承を家庭生活の大きな目的にしていたブルジョワ階級にとって、子孫の維持は重大事である。もし妻が不貞をはたらいて、夫が父親ではない子供を産むとなれば、家庭の正統な血筋が乱される。他方、夫が家庭の外に子供をつくっても、認知しなければ相続の問題は発生しない。不倫する夫ではなく、不倫する妻が法的、社会的、そして倫理的に物議をかもしたのはそのためである。実際文学の領域では、不倫する妻の物語が多く、不倫する夫というのは作中人物としてあまり重きをなさない。現代の恋愛風俗であれば、なにやら妖しい官能性を漂わせるかもしれない、恋する人妻――それはブルジョワ社会において形容矛盾であり、本来あってはならないものだったのである。

十九世紀フランスの女性たち、とりわけブルジョワの女性たちは、愛がほとんど問題となりえないような風土のなかで結婚生活を始めた。夫はしばしば身勝手で、暴力的で、外に愛人をこしらえていた。たとえどうしようもなく不幸な結婚であろうと、法的にそれを解消することはできなかったから（一八八四年にナケ法が成立するまで、離婚は禁止されていた）、女性たちはしばしば苦しい忍従を強いられた。許されていたのは、別居である。多くの女性はそれでも夫にたいして貞淑を貫き、良き母親であり続けたであろう。いわゆるヴィクトリア朝的なきびしいモラルの下で、人々は生きていたのである。その意味で十九世紀は、享楽的な精神が支配的だった十八世紀や、恋愛や性風俗が解放された二十世紀と異なる特殊な時代だったと言える。だからこそ美しい不倫の文学を生みだしえたのであり、その中心にいたのは人妻であった。

十九世紀フランスにおける女子教育と修道院

愛と性にたいする女性の態度を理解するには、十九世紀フランスの女性がどのような教育を施されていたか、少し詳しくみる必要があるだろう。この点については、ガブリエル・ウーブルの『愛の規律――ロマン主義時代における男女の感情教育』(一九九七)や、オディール・アルノルド『身体と魂――十九世紀の修道女の生活』(一九八四)が示唆に富む。

愛が芽生え、恋に興味を抱くようになるのは思春期である。愛が文化現象であるかぎりにおいて、その時期がどのような環境のなかで過ごされるかは軽視できない問題である。そして近代社会において、思春期の男女は多かれ少なかれ教育制度に組み込まれている。愛は学校や教科書によって学ばれるものではないが、生活のかなりの部分が教育制度のなかで展開する者たちにとって、その制度的な条件は彼らの恋愛観や性行動に影響をおよぼさずにはいないだろう。

十九世紀フランスにおいて、女子の教育はきわめて限られたものでしかなかった。今日的な意味での公共教育が学校で女子に施されるようになったのは、一八八〇年代に入ってからのことである。それ以前、人口の大多数を占める農民や労働者階級の娘たちは、教会で簡単な読み書きとカテシスム

（教理問答）を習うだけだった。ブルジョワジーや貴族階級の場合は、自宅で母親が教師の役を務めたり、家庭教師を雇い入れたりした。そして娘が十代にさしかかる頃になると、一定期間（二、三年というのが一般的）修道院か、修道会が経営する寄宿舎に送り込んだ。

それはいずれ修道女になるためではなく、俗世間との交渉を断ちきった宗教的な空間で厳格な教育を受け、規律を習得することが、当時の上流階級の娘たちに課されていた義務のようなものだったからである。家庭の教育にしろ、修道院や寄宿舎での生活にしろ、貴族階級やブルジョワ階級の娘たちは、母親と修道女の監視のもと、自由に外出することもままならなかった。外部の世界の喧騒や変化から守られた、いわば温室のような環境のなかで彼女たちは育てられたのである。

修道院や寄宿舎での生活は、かなり抑圧的だった。まず一日の時間割は厳密に定められていた。一八四〇年代に、ある地方都市の修道院で教育を受けた女性の手記によれば、五時半の起床から夜九時の就寝までのあいだに、およそ十時間にわたって授業、自習、さまざまな手仕事（刺繡や縫い物）をしなければならなかった。それに対して、休憩と自由時間は一時間半しかない。それ以外は食事と祈りと宗教的お勤めの時間であった。教科として学んだのは読み書きと宗教のほかに、音楽、ダンス、デッサン、絵画などである。音楽やダンスを学んだのは、いずれ結婚した時に社交生活をそつなくこなせるようにするためである。当時の教育者は、このような生活でも勉学と娯楽と食事の時間がバランスよく配分されていると考え、肉体にも精神にも好ましい影響をあたえると考えた。若い娘たちの体はなにかにつけて興奮状態に陥りやすく、感情は気紛れで高ぶりやすいから、単調で厳格な日常がそうした欠点を矯正してくれるものと期待されたのだった。

修道院と寄宿舎は、女性の身体の訓育という点で大きな意味をもった。修道女と寄宿生の立ち居振る舞いは、規範集にもとづいてきびしく規定されており、立ち方、座り方、歩き方、話し方、食事のしかたなど、日常的な行動の細部にいたるまで定められていたのである。額や小鼻に皺を寄せてはならない。口をぽかんと開けたり、ぎゅっと締めたりしてはならない。頭はつねに垂直の状態にたもち、あまり早く歩いたり、走ったりするのは禁止である。喜怒哀楽の感情をあまりにはっきり表情に出すのは慎みを欠いている、というふうに。若い娘たちは、いわば直立不動の姿勢を課され、感情と情動を抑え、身ぶりや言語によるコミュニケーションをきびしく抑制されたのだった。身体も感情表現も、凍りついたような沈黙を強いられていたのである。それがブルジョワジーの女性たちに施された教育の原理になっていた。

作家ジョルジュ・サンド（一八〇四―七六）は、修道院での教育に悪い思い出を持ちつづけた。長大な彼女の回想録『我が生涯の記』（一八五四―五五）において、十四歳から十六歳までの多感な時期を過ごしたパリの修道院の物語は、かなりの分量をしめている。

いざこざを抱えた家庭を離れて寄宿舎に入ったときは、一種の慰めを感じ、心から理解しあえる親しい友だちもできて、それなりに幸福な時間を味わうことができた。しかしサンドによれば、少女たちは修道院の建物に文字どおり幽閉されていたのであり、外出が許されるのは月に二度、外泊は年に一度、元旦にしか認められなかったという。夏休みはあったが、きびしい祖母の意向でサンドはそれすら享受できなかった。「道路に面している修道院のあらゆる窓には格子がはまっていたばかりでなく、布のフレームまで取りつけられていた。それはまさしく監獄、大きな庭のついた、住人がたくさんいる監獄だった」と、作家は書き記している。修道院の教育は、若い娘たちの知性と感性を育むことをめざしていたのではなく、宗教の軛《くびき》によってむしろそれらを抑圧する方向にあったのだ。サンドと同世代で、フランスの王党派貴族を父に持ち、ドイツの裕福な銀行家の娘を母としたマリー・ダグー（一八〇五―七六）は、幼い頃に家庭教師から英才教育を受けた。しかし一八二一年、当時の上流階級の慣例にならって寄宿舎に入れられた。パリにあったサクレ＝クール修道院である。年齢に比して大人びていて、美しく、聡明だったマリーは同輩の少女たちからは慕われたが、宗教的にはあまり敬虔でなく、そのことを隠そうともしなかったので、一部の修道女たちからは反感を買ったようだ。晩年に綴られた回想録のなかで、マリーは修道院の衛生面での配慮が不十分だったこと、食事が育ちざかりの娘たちのものとしてはきわめて質素だったこと、身体的な規制と抑圧が厳しかったことを指摘している。

とりわけドイツと較べてフランスの教育の欠点は、女性たちの個性や知的関心にはまったく注意を払わず、もっぱら将来の結婚のため、すなわち夫を見つけるための手段と考えられ、そのような意図で実践されているということだった。マリー・ダグーは自分が受けた教育にたいして、次のような判断を下している。

> 勉強に割り当てられた時間のうちで、もっとも重要な部分はいわゆる「稽古事」の能力に関するものだった。良家の令嬢たるもの社交界に登場する時には、センスのあるなしにかかわらず、また才能のあるなしにかかわらず、ダンスとデッサンと音楽を学んでおくべきだ、とされていた

からである。しかもそれはおそらくは芸術も舞踏会も好まない将来の夫のため、結婚の翌日にはピアノの蓋を閉じさせ、鉛筆を捨てさせ、ダンスを止めさせるかもしれない将来の夫のため、あるいはまたもしかしたらそうしたものの愛好家たる将来の夫のためなのであった。

夫、フランスの慣習のせいでどういう人なのか想像もつかない推測上の夫こそが、フランスの娘たちに施される教育においては、戦術上の用語で、両親と教師の攻撃目標と呼べるようなものなのである。それは曖昧で、一定しない攻撃目標なので、勉学計画にも何かしら曖昧性をもたらし、また首尾一貫しない、皮相なものを付与してしまう。もっとも真面目な女性でさえ、生涯にわたってその悪影響をこうむるのである。

ただ将来の結婚のために計画される教育、そうした教育を支える確固たる哲学はない。寄宿舎の娘たちはお稽古事を習うが、それは当時の上流社会が良家の娘に期待していた教養であったからにすぎない。また修道院だから、当然のこととして宗教教育が重視され、聖書を読み、説教を聴き、カテシスムを習得する。カトリシズムは信仰心に関することを除けば、情動や身体に不信の念を向ける。修道院で教育を受けた若い女性たちは、身体や、性や、愛の現実にはまったく無知な状態で、やがて家族のもとに戻っていったのである。

エンマの夢想

ジョルジュ・サンドとマリー・ダグーの回想録は、ともに王政復古期(一八一四―三〇)の寄宿舎で過ごした娘時代を語っている。文学の世界に目を転じれば、フロベールの『ボヴァリー夫人』(一八五六)のヒロインも、地方都市ルーアンの修道院で数年間にわたって教育を受ける。そしてその経験が、彼女のその後の人生に小さからぬ波紋を引き起こすのである。

『ボヴァリー夫人』の主人公エンマは、ノルマンディー地方の豊かな自作農の娘で、十三歳のとき父親に連れられて修道院に入る。サンドやダグーと異なり、エンマは修道院を抑圧的な空間とは感じない。祭壇にくゆる芳香や礼拝堂のおごそかな雰囲気に、神秘的な魅惑を覚えてうっとりするほどだ。彼女は宗教的な法悦と、官能的な悦びを絶えず混同してしまう。そのような彼女の性質は、ロマン派文学によっていっそう助長される。課外で読まれたシャトーブリアンの『キリスト教精髄』(一八〇九)の憂愁にみちたメランコリーに陶酔し、友だちが持ってきた詩歌集に収められた感傷的でエキゾチックな挿し絵、とりわけ美青年たちの肖像に胸をときめかせる。主人公のロマン主義的な感情教育を完成させるのは、月に一度修道院の縫い物の仕事をしに来る女性が、エプロンの下にこっそり忍び込ませて持ち込む小説である。その小説では、どのようなことが語られているのだろうか。

そこに出てくるものといえばいつも、愛、恋する男女、寂しい小屋で迫害されて気を失う貴婦人、宿駅のたびごとに殺される御者、毎ページのように乗りつぶされる馬、小暗い森、千々に乱れる心、誓い、すすり泣き、涙と接吻、月下に漕ぎ出す小舟、茂みでさえずる夜鶯、獅子のように豪胆で子羊のようにやさしい殿方ばかりだった。その殿方ときたら、徳高きことこのうえなく、いつも立派な身なりで、涙もろいのだった。十五のとき半年間、エンマはこうして古い貸本屋の本の埃で手を汚したものだった。その後ウォルター・スコットを読んで歴史物に熱中し、長持ちや、衛兵詰め所や、吟遊詩人などを夢みた。長い胴着を身につけた城主夫人が、城のアーチ門の下で石に肘をつき、片手に顎をのせて、平原の向こうから白い羽根飾りの騎士が黒馬にまたがって走って来るのをひたすら待ちながら日々を過ごすように、どこかの古い城館で暮らしてみたかった。

ここに記されている風景や、行動や、登場人物の類型や、劇的状況はすべて、ロマン主義の感傷的な部分を戯画化している。スコットは歴史小説の始祖とされ、十九世紀前半に全ヨーロッパ的な流行をみた作家であり、その作品はしばしば中世イギリスを舞台にした悲恋の物語だった。同じくこの当時愛読されたバイロンとゲーテ（とりわけ『若きウェルテルの悩み』）をつけ加えれば、エンマの読書風景は完全にロマン主義の流行をなぞることになる。これがいわば、修道院の教育のかげで、キリスト教やカテシスムの余白で、娘たちがひそかに心ときめかせた夢の世界、愛の園の風景にほかならない。

当時流布していた宗教的な教則本によれば、寄宿舎の娘たちは母親や修道女の同意なしに、読む本を自分の一存で選ぶことはできなかった。とりわけ警戒されたのが、若い女性の性格や行動に悪影響をおよぼすとされた文学作品である。流行小説は精神を軽薄にし、想像力を興奮させるため、若い女性たちはロマネスクに惑溺し、善悪の識別ができなくなり、現実の生活を受け入れなくなる。恋愛ドラマの多い新聞小説では、悪徳がまるで魅惑にみちたものであるかのように語られ、ほとんど美徳のように描かれる。要するに文学は風俗を紊乱し、想像力を堕落させる。モワトリエ神父が一八五九年に刊行した若い女性のための教則本には、次のような一節が記されている。「悪書はもっとも恐るべき敵である。それは火に投じるべきだ。もし手元に置けば、蝮のようにいつかはあなたに咬みついて、死の毒をもたらすことになるだろう」。なんとも矯激な断罪の言葉ではある。

エンマはロマネスクにあふれ、美徳と悪徳の境界を無視するような情熱を物語る禁じられた書物を、ひそかに読み耽った。小説という甘美な毒を、すすんで仰いでしまった。その意味で彼女の行為は修道院の規則にたいしてばかりでなく、ブルジョワ社会の道徳秩序にたいしても明らかな侵犯だった。

しかし、エンマが城主夫人をまねて白い羽根飾りの騎士を待ち望んだからといって、彼女を愚かと嘲笑うことができようか。親の意志で修道院に入れられ、世間の荒波や世俗の事柄から隔離されて暮らした十代半ばの娘に、そのことを難詰できようか。エンマの事例は極端かもしれないが、例外ではない。それは修道院や寄宿舎で若い女性たちに施されていた教育が予期していなかった帰結、しかしなかば必然的な帰結なのである。若い女性の感情教育はおのずから、読書と夢想のなかで展開していく。修道院というきびしい規律を課す教育空間においても、それを妨げることはできなかった。情動や官能について沈黙を守ることはできても、それが女性たちの心と身体をとらえるのを防ぐことはできない。女性たちは制度のなかで、そして制度に反してみずから情動を学び、開花させていったのである。

結婚に対する異議申し立て

エンマもそうだが、恋愛ドラマは人妻と青年のあいだで展開しやすく、それは当時の女性が置かれていた状況と無関係ではない。先に述べたように、娘時代にはしばしば修道院や寄宿舎で宗教色に染まった教育を受け、そこから出た後は数年のあいだ社交生活をし、親が決めた相手と結婚する。相手のことをよく知らず、愛を感じているかどうかは重要な問題ではなかった。

そもそも未婚のブルジョワ女性にあっては、純潔と処女性が重んじられ、父親や兄弟や従兄弟などの身内を除けば、男性と自由に出歩くことさえできなかった。恋することはあっただろうし、人目を忍んでひそかに愛の言葉をささやきあうこともあったかもしれない。しかし、肉体の交わりは禁じられていたし、快楽を共にすることもできなかった。感情的には未熟なままで、官能的には目覚めないままで、そして性的には無知な状態で娘たちは嫁いでいったのである。そのような女性と結婚する男たちに向かって、結婚初夜に妻を強姦しないように、とバルザックが『結婚の生理学』(一八二九)のなかで忠告したのは偶然ではない。

十九世紀の小説において、女性たちは不幸な結婚をし、ある者はその不幸を運命として受け入れ、またある者は家庭の外に幸福を求めようとした。不幸な結婚をした女性、あるいはそう感じている女性が不倫へといたる途が、こうして用意される。結婚することによって、女性は未婚時代よりもさま

《めまい》と題された誘惑の場面（エチェヴェリー作、1903 年）

ざまな男性と接触する機会が増えたし、社交の慣例によってそれが許されていた。人妻は、結婚前には本当の意味で体験することのできなかった恋愛を、これから知ることができるというわけだ。結婚は女性にとって愛の帰結ではなく、愛がはじまる可能性をもたらすものだった。当時の女性は結婚してはじめて恋愛市場に参入することができた、と言えるかもしれない。

その場合、相手の男性はたいてい未婚の青年である。ブルジョワ男性からすれば、同じ階級に属する未婚の女性は、潜在的な結婚相手として社交の場で接することはできても、本当の意味での恋愛の対象にはなりづらい。相手の女性には、自由な恋愛をすることが許されていなかったからである。そしてたとえ二人のあいだに恋愛が芽生えても、結婚しないかぎり肉体の交わりや快楽の共有は望めない。青年たちの抑えがたい欲望が向けられ、それを満たしてくれたのはしばしば娼婦や女中やお針子《グリゼット》、つまり異なる階級に属する女たちだった。男たちは愛と欲望、情熱と快楽を分離せざるをえなかったということである。そのような状況において、青年に愛と快楽を味わわせてくれる同じ階級の女性は、人妻にほかならない。人妻と青年の不倫の物語が文学のテーマになりやすかったのは、こうした状況が背景にあったからである。

十九世紀文学の女性たちにとって、人生は結婚した後で始まる。娘時代の出来事も語られはするが、ドラマの主要な部分は人妻としての彼女たちの生涯を跡づけるものだ。『ボヴァリー夫人』や、あるいはモーパッサンの『女の一生』(一八八三)では、作品の初めのほうでヒロインがどちらも結婚するという事実がそのことをよく示している。まるで当時の女性たちにとって、人生は結婚後にはじめて開始するかのように。その意味で、十九世紀フランス文学は人妻の文学ということになろう。

そして人妻は、しばしば不幸であった。文学は社会の表現なのだから、それは現実社会においても、女性がしばしば不幸な結婚生活に忍従していたということである。当時の結婚制度が女性に多くの束縛と法的不利益を課していたことも、その一因だ。女性が結婚という制度の犠牲者であるという意識は、当然のことながら女性の側に強く、したがってその制度に異議申し立てをしたのも女性たちだった。

先に名前をあげた二人の女性作家、ジョルジュ・サンドとマリー・ダグーもその例にもれない。二人とも夫を棄て、愛する男と出奔するという行動に出たが、それはブルジョワの社会道徳からすればスキャンダル以外のなにものでもなかった。サンドは夫デュドヴァンと別居し、ペンで生計を立てながら二人の子供を育てた。彼女の実質的な処女作『アンディアナ』(一八三二)は、若く美しいヒロインが、愛なくして結婚した気むずかしく暴力的で、年の離れた夫を嫌い、自由と愛を求めるという小説である。他方マリー・ダグーは回想録のなかで、十九世紀の上流社会において結婚がどれほど愛と無縁の出来事であり、どれほど一種の社会的取引にすぎないものであったかを強調している。少し長い引用をさせていただきたい。

周知のように、フランスの世論において恋愛結婚は愚かしいこと、馬鹿げたこと、あるいはもっと悪くて不謹慎なこと、下層階級の慣習と見なされていた。フランス人にとって結婚とは取り決めであり、打算であった。ふたつの家の財産が結びついて、より大きな財産を築くことであり、ふたつの銀行が合体してより大きな銀行を創ることだった。もっとも大きなふたつの財産、もっとも大きな銀行が結合すること、それが理想というわけである。

フランス人は愛をまったく信じていないし、むしろ愛をあざ笑う。夫婦の貞節はそれ以上に信じられていないし、平気でそれを裏切る。それゆえフランスでは、離婚がいつでもまったく無駄なものと思われてきた。この点でフランス人の考え方が、それに憤慨するドイツ人の意見となぜ異なるのか、そしてこの点でわれわれフランス人をひどく軽蔑するイギリス人の意見となぜ異なるのか、それを論じだしたらきりがないだろう。

ここでは次のことを指摘するにとどめたい。私がいま語っている時代には、貴族の娘にとって、自分の運命をすべて委ねることになる夫を選ぶに際して、自分の感情に従うことなど一瞬たりとも考えられなかった。「理性的な」結婚と呼ばれる結婚だけが、原則として認められていたにすぎない。

文学の世界に戻るならば、エンマは、善良だが凡庸な夫シャルルに我慢ができない。シャルルを愛していたから、あるいは愛していると思ったから結婚したのだが、結婚がもたらしてくれるはずだった至福は、幻想にすぎなかった。無理もないだろう。修道院という隔離された温室で暮らし、そこを出てからまもなく嫁いだエンマにとって、世間を学び、男たちをよく知る時間などなかったのだから。それでも彼女は、自分を伴侶として望んだ男を夫にすることにすすんで同意したのだから、まだ恵まれているほうだ。当時の女性の多くは、相手のことはよく知らず、愛を感じるかどうかを顧慮されることもなく、親同士が決めた家と家との結婚という制度に従属したのである。女性からすれば、不幸な結婚が多かった。

バルザックの忠告

だからこそあのバルザックは、『結婚の生理学』をこれから結婚しようとする男、そして結婚してまもない男たちに向かって書いた。この著作の出発点は、人妻の不倫がなぜフランスで多いのかという真面目な問いかけである。バルザックにとって、未婚の女性の恋愛は考察の対象になっていない。すでに述べたように当時のブルジョワ階級の場合、未婚の女性に自由な恋愛の機会はほとんどなく、一般的に親が定めた相手と結婚させられる。女性にとっては、妻となってからある程度の自由と恋愛市場が拓け、恋の快楽と危険が始まるのである。愛とは繊細な取り扱いを要求する楽器のようなものだ、とバルザックは語る。

愛とは、あらゆる諧調のうちでもっとも美しい調べであり、われわれはそれにたいして先天的な感覚をもっている。女性は、快楽を奏でる甘美な楽器だが、その震える弦に精通し、その姿勢と、つつましい調べと、気まぐれで変わりやすい指使いを、学ばなければならない。〔中略〕ほとんどすべての男たちは、女性についても愛についてもまったく無知なままで結婚している。

妻のあやまちは、夫のエゴイズムと、無頓着と、無能にたいする弾劾行為にほかならない。（第一部「考察五」）

夫は妻の心をよく理解すべきだ、とバルザックは『結婚の生理学』で忠告した。

女性心理の機微に通じていない男は結婚に向かない男、妻に裏切られる運命にある男としか言いようがない。浮世離れした学者、不潔で身だしなみに無関心な男、若い女性と結婚した老人、いらいらした暴君で、家庭を支配しようとする男などがそうで、彼らは「まるで、ヴァイオリンを弾こうとして壊してしまうオランウータンのようなものだ」と、作者は手きびしく批判する。

妻に裏切られたくなければ、最初の徴候を見逃さないようにしなければならない。妻が急に不機嫌になったり、不可解な言動をとったりするようになれば要注意だ。やめていた宗教上のお勤めを再開したり、夫を待たずに食卓についたり、頭痛と神経の発作が増えたり、夫の前ではばかりなく歌をうたったり、夫の些細な行為や言動を非難しはじめたりしたら、妻の気持ちが離れかけている証拠だから、猶予の時間はない。彼女の官能と想像力は、今や愛の歓びを求めているからだ。とはいえ妻は、結果の煩わしさや危険を恐れて、すぐ不倫に走ろうとはしない。不安と期待、苦悩と快楽を天秤にかけつつ、甘美な深淵に飛び込みたい欲求に抗おうとし、空想の炎は激しく燃え上がる。

男たる者、そうした妻の心の動きをすばやく察知して、それを食いとめる必要がある。結婚という絆で繫がれているからといって、夫の立場に安住してはいけない、表面的な穏やかさに欺かれて妻の心理と行動に冷淡になってはいけない、と作家は真摯な口調で忠告する。この書物は、女と愛について無知な男たちにたいする警告であると同時に、情熱と幸福を求める女たちを擁護する書物でもある。

歓びと哀しみと

こうして見てくると、十九世紀文学において人妻の不倫物語、あるいはかろうじて回避された不倫の物語が、なぜあれほど多いのかも理解できよう。『結婚の生理学』で、同時代の結婚と家庭の不協和音を分析したバルザックが、その後『人間喜劇』のいくつかの作品で、そうした不協和音を物語化したことにはいささかも不思議はない。『田舎ミューズ』（一八四四）では、十七歳で愛もなく四十四歳の男に嫁いだディナが、パリからやって来た作家ルストーと恋におちて、みずからの才能を開花させる。『捨てられた女』（一八三二）では、ボーセアン侯爵夫人が若いガストンの情熱にいざなわれて、ジュネーヴ湖畔で満たされた愛の時間を体験する。そして『谷間の百合』（一八三六）においては、モルソフ伯爵夫人が青年フェリックスへの秘められた愛に身を震わせる。二人の関係は不倫にまでは至らないものの、彼女の死後に青年が読む手紙のなかで、モルソフ夫人は抑制されていただけにいっそう激しい情念と、充足することのなかった欲望をあからさまに吐露する。

バルザックの同時代人スタンダールの代表作『赤と黒』（一八三〇）も、人妻と青年の恋物語だ。夫がとくに嫌いなわけでなく、二人の子供にも恵まれてそれなりに満足していたレナール夫人は、子供の家庭教師として雇ったジュリアンに出会うことで、はじめて愛を知る。はじめての愛だけに、それが愛であるということすら認識できず彼女は戸惑うが、やがてその幸福に身を委ねる。

　レナール夫人はまだ冷静でものを考えられるうちは、こんな幸福が世の中にあるのだ、それなのに、自分はそんなものがあるのだと一度も思い至らなかった。そんな驚きからさめることができなかった。（第十六章）

ひとたび愛を知り、その快楽を味わってしまえば、レナール夫人は臆するところがない。至福をもたらしてくれる愛の営みが、道徳的な過ちだということにすらほとんど思い至らない。というより、幸福をもたらしてくれる愛が道に背いた行為であることを、この貞淑な人妻は理解できない。幸福が悪であるはずがないではないか。スタンダールの小説世界において、幸福はあらゆるものを、とりわけブルジョワ的な倫理を超えるのである。一見背徳的な行為も、幸福の名において免責されるのだ。

バルザックにおいてもスタンダールにおいても、恋する人妻、愛の幸福に酔う人妻は、どこか崇高な相貌をおびている。ここでは愛が女性たちの存在を根底から揺さぶり、ときにはその運命を変えてしまう。不義の恋に身も心も焦がす人妻は、けっして淫らな女性でもなければ、快楽を求めるだけの女性でもなく、高貴で、侵しがたい雰囲気をただよわせることが多い。禁じられた恋の蜜を知った人妻は、みずからの情熱を生きぬこうとする女性として、ほとんど敬意の念さえ生じさせるのだ。

十九世紀半ばに刊行されたフロベール作『ボヴァリー夫人』には、人妻の不倫をめぐって新たな次元が加わる。医者と結婚したエンマが、凡庸な夫と単調な田舎暮らしに飽きて浪費と不義の恋に走り、最後は追いつめられて、人生を清算するため砒素を仰ぐというこの小説は、ヒロインのロマン主義的な夢想にたいするブルジョワ的現実の勝利と捉えられるのが通例である。

しかし、それだけではない。まずエンマは、当時の社会が暗黙のうちに前提としていたジェンダー的な規範から逸脱していく。男用の帽子をかぶったり、男のようにチョッキをまとって人前に姿を見せたりする。そして愛人レオンとの関係においては、「エンマがレオンの情婦というより、むしろレオンがエンマの囲い者のようだった」と、作家は書き記す。欲望する女と欲望される男。所有する主体としての女と、所有される客体としての男。女の性欲をたくみに隠蔽し、女を見つめられ、欲望される性として位置づけ、それをつうじて女たちの性と身体を馴致しようとした十九世紀社会の男性原理から見れば、それは途方もないスキャンダル、許しがたい倒錯だった。
次に、エンマは不倫にも退屈して、その退屈さが結婚と同じだと考える。レオンとのホテルでの逢瀬も、タブーを犯すことの悦楽も彼女をほんとうには満たしてくれない。男のほうも不義の恋に倦んできたことを、エンマは敏感に察知する。

ホテルでレオンと逢い引きするエンマ

レオンがエンマに飽きているのと同じくらいに、エンマはレオンに嫌気がさしてきた。エンマは不倫の恋のなかに、結婚生活の平板な味気なさをすべてそのまま見いだした。

『ボヴァリー夫人』が「公序良俗に反する」という罪で起訴さ

れたとき、この一節は検察当局を激怒させた。検察は、作家が不倫を主題にしたことをことさら非難したわけではない。それは当時のフランスにおいて、ほとんど紋切り型の文学テーマですらあったのだから。

ただ不倫を描くにしても、それはあくまで結婚制度からの嘆かわしい偏向として語られる必要があった。作者が不倫にたいして倫理的、社会的な制裁を加えるかぎり、つまり不義の人妻を断罪したり、不倫を未然に回避させたり、あるいは良識と分別によって人妻が家庭に立ち戻るかぎり、それは申し分なく正当化されるテーマだった。たとえばフロベールの小説と同年に発表され、高い評判をえたエルネスト・フェドーの『ファニー』では、エンマと同じく地方都市に住む人妻が青年と愛し合うものの、最後は家庭に回帰する。風俗劇の作者として人気のあったエミール・オージエの戯曲『ガブリエル』(一八四九年初演)では、人妻ガブリエルが不倫の誘惑に屈しそうになるが、幼い娘の存在と義務感によって思いとどまり、妻の告白と夫の赦しによって夫婦の和解が成し遂げられる。あやまちを犯した女がみずからの非を悟って、改悛の情を示すことほど教訓的な構図はないだろう。

しかし、フロベールの作品はそうではなかった。彼は結婚と不倫を、その平凡さにおいて同一視してしまったからである。現実には不備があるとはいえ、理念的には神聖な制度である結婚と、それを否定する不倫を退屈さの名において混同すること——それはブルジョワ的秩序にたいする公然の挑発であり、スキャンダラスな脅威以外のなにものでもなかった。検察当局はそこに危険を感じとったのである。

悲劇から日常性へ――十九世紀後半の推移

十九世紀後半、とりわけ第三共和制期に入ると、不倫にたいする社会の見方や、それを取り巻く社会的状況が大きく変わっていく。その変化は、文学的表象にも波及せずにいなかった。

別居や離婚をめぐる訴訟記録と、『法廷通信』に掲載された記事を渉猟した歴史家アニェス・ヴァルシュの『不倫の歴史　十六―十九世紀』（二〇〇九）によれば、その変化のいちばんの要因は人々の考え方が変わったことにある。十九世紀前半であれば、不倫、とりわけ女性の不倫は何よりもまず結婚という社会制度を脅かす事件だったが、十九世紀後半になると、それは個人の感情に関わる問題という認識が前面に出てきて、不倫がプライヴェートな出来事となった。不倫が一般化したわけではないが、人々はそれを異様で倒錯的な違反行為とは見なさなくなる。人々は以前よりも、はるかに寛容な態度を示すようになったのである。個人主義の高まりと恋愛結婚の増加は、夫婦の結びつきにおいて愛情をより重視する傾向を生む。ブルジョワ階級にあっては、家柄や財産などは結婚において相変わらず大きな問題でありつづけるが、その比重は相対的に低下した。

夫婦のあいだに愛がなくなったとき、夫や妻が新たな愛を外部に求めるのは、もちろん誰もが容易に承認することではなかったが、社会風俗として許容度が高まったのだった。そこには、個人として快楽を求めるという態度が関与している。たとえばレナール夫人やモルソフ夫人の時代であれば、女性が快楽やセクシュアリティを口にすることなど論外だったが、今や女性たちも快楽への権利を主張するようになった。ヴァルシュによれば、セーヌ県の軽罪裁判所で審議された訴訟の記録から、夫を裏切った妻の恋人はかなり若い男性で、年の差は平均して三歳だったことが分かっている。恋する人妻たちは、心理的にも性的にも充足を求めたのである。

そうした変化は、同時代の医学的な啓蒙書にもよく反映している。十九世紀後半、医師や衛生学者たちは愛や、セクシュアリティや、夫婦の問題に積極的に介入した。オーギュスト・ドゥベーの『結婚の衛生学と生理学』(一八五三)、ルイ・フィオー『女性、結婚、離婚』(一八八〇)、ダルティーグの『実験的恋愛、あるいは十九世紀の女性が犯す不倫の諸原因について』(一八八七)、さらには「結婚」という項目を収めた『医学百科事典』第四十一巻(一八七四)はいずれも、結婚が男女の幸福と健康にとっていかに重要かを説く。バルザックが『結婚の生理学』のなかで、道徳的な考察として述べていたことを、これらの書物は医学と精神衛生の観点から発展させる。

著者たちは男性と夫にたいして、放蕩や淫乱をきびしく戒め、女性や妻の感情と身体をよく知り、性の営みにおいて節度を守るよう勧める。夫婦の和合を維持するためのさまざまな方法や、閨房の技法や、媚薬にいたるまで具体的な忠告を行なう。妻の欲望や快楽に無関心でいることは、不和をもたらし、妻の不倫を誘発するとして批判される。医学の言説は、お上品ぶったはにかみや羞恥心を捨てて、夫婦のセクシュアリティの領域に大胆に踏みこんでいく。ダルティーグに言わせれば、不義の恋に身を任せる女は、夫婦のベッドでみずからの務めをきちんと果たさない夫のせいで、そのような事態に至るのだ。

それ以前であれば、夫婦の交わりは子孫を維持するための生殖行為として論じられていた。他方、十九世紀末の医師たちは、そこに快楽が関与していること、いやむしろ快楽が関与すべきであると主張してためらわない。快楽は否定されるべきものではなく、たいせつなのは、その快楽をいかに管理するかということだった。夫婦の寝室における快楽は、妻が貞淑でいるための保証である。妻が道ならぬ恋に走らないために、夫は妻にやさしい愛撫を惜しんではならない、とされたのだった。

一八八四年の離婚法の成立は、こうした風俗の推移を法的、社会的に後押しすることになった。不倫は離婚を認めさせる事由になったから、確信犯的に不倫に走る男女は、離婚によって自由になり、不倫をいわば正規の恋愛に変えることができたのである。そうした状況では、不倫がかつてもっていた劇的な次元は稀薄になる。トゥールヴェル法院長夫人や、レナール夫人や、エンマ・ボヴァリーは罪の意識を抱えたまま、秘められた不義の恋を生きた。そこには欲望と快楽に目覚めた女性の姿があり、彼女たちはその恋にみずからの生のすべてを賭けた。だからこそ、その恋が消滅したとき、あるいは愛する男が死んだとき、自分が生き永らえる理由はなかったのである。

しかし、十九世紀末のモーパッサンやゾラの作品では事情が異なる。

たとえばモーパッサンの『ベラミ』

『ごった煮』の挿絵から、オクターヴと人妻ベルト

（一八八五）では、不倫の恋は男女のシニックな交わりとして描かれるだけだ。主人公デュロワが辻馬車のなかでマレル夫人を抱きしめる場面、その後借りた部屋で繰りかえす密会、結婚した彼が妻マドレーヌの密通を現行犯で取り押さえるシーンなどに、悲劇的な緊迫感はない。不倫とは、男にとって野心を実現するための手段であり、女からすれば平凡な日常性の倦怠を紛らすしぐさにほかならない。

ゾラ作『ごった煮』（一八八二）では、パリ中心部のブルジョワ地区に居を構えた主人公オクターヴが、同じ建物に住む人妻たちと関係をもつ。とはいえ、そこにドラマチックな要素はほとんどないし、男女ともみずからの運命を賭けはしない。たとえば、贅沢と媚態を習慣づけられた人妻ベルトが、自分の部屋にオクターヴを誘いこむ場面では、絡みあった手と首筋へのキスが不倫への序曲となる。

　オクターヴはベルトをしっかり抱きかかえ、ベッドのうえに転がした。そして欲情が満たされると、彼の粗暴さ、女性にたいして抱いている激しい軽蔑の念が、甘ったるい情熱を示すような外見の下から現われてきた。ベルトのほうは、幸福だと感じることもなく、じっと黙って彼を受け入れた。手首を痛め、苦痛のために顔をゆがめた彼女が立ち上がると、彼に向って投げつけた黒いまなざしには、男への侮蔑が見てとれた。沈黙があたりを支配していた。（第十二章）

ここにはとろけるような快楽も、官能的な震えも、タブーの侵犯がもたらす背徳的な歓びもない。そしてもちろん、それによって男女が幸福感を覚えることもない。二人は侮蔑のこもったまなざしを交差させるばかりである。不倫が発覚してベルトの家庭に混乱は生じるものの、やがて何事もなかったかのようにすべては元の状態に戻る。『ごった煮』では、不倫の恋がブルジョワ的秩序を脅かすことはないのだ。

同じ十九世紀とはいえ、バルザックやフロベールの時代から、ゾラやモーパッサンの時代へと移行するにともなって、不倫の社会的、文学的位相が大きく変化したことが分かる。かつて不義の恋は悲劇やドラマだったし、だからこそヒロインは愛の先にある死を見つめていた。今や、それは平凡な日常性の一シーンにすぎない。物語の最後でモルソフ夫人やエンマは死ぬが、マレル夫人やベルトが死なないのは、いささかも不思議ではないのである。

第6章　第三の性　同性愛者たちの物語

恋愛に定まった規範はない。規範から自由なところで、愛の当事者たちは生きようとする。彼らが同意し、許しあうのであれば、すべてが可能だろう。たとえ障害やタブーがあっても、愛し合う者たちはそうしたタブーを無視し、障害を乗り越えようとするにちがいないし、それによって愛が深まっていく。現代の恋愛風俗では、すべてが許されているように見えるし、暴力事件に進展しないかぎり、愛の営みの神秘が表沙汰になることはない。

しかしそれは、性的に解放された現代の話である。恋愛は歴史的、社会的な条件に左右されるし、そのかぎりにおいて文化現象である。時代と社会によっては、倫理や、宗教や、科学思想（とりわけ医学）が人々の恋愛の様態を強く規定し、許されるものと禁じられるものとのあいだに境界線を引く。その境界線を越えてしまえば、それは逸脱や倒錯として糾弾されることになる。同性愛は長いあいだ、そうした逸脱のひとつと見なされていた。

同性愛の位置づけ

「同性愛」（フランス語で homosexualité）、「同性愛者」（フランス語で homosexuel）という語は、ウィーンで活躍したハンガリー人医師ケルトベニーが一八六八年に作り出した言葉である。この命名行為によって、同性愛は一時的な行為として特徴づけられるのではなく、人間の本質を構成するひとつの属性として、あるいは性癖として定義された。

異性ではなく同性の相手に愛や欲望を感じるという傾向は、もちろんそれ以前から存在していたが、それが「同性愛」というカテゴリーに分類されることはなかったということである。古代ギリシア・ローマでは青少年を相手とする性愛は、日常的な愛のかたちであり、問題視されることすらなかった。キリスト教は、生殖につながる男女の愛を神の意志に合致した唯一の正統な愛と規定し、男どうし、女どうしの愛を自然に反する行為として断罪したが、そこでも同性愛という概念が明確に作用していたわけではない。十八世紀までは、同性間の愛は一般に「ソドミー」と呼ばれていた。一八六〇年代に同性愛という言葉と概念が発明されたことにより、それは「異性愛」とは異なる属性として定義されたのである。その際、宗教的、生物学的に異性愛こそが正常な愛のかたちであり、同性愛はそこからの嘆かわしい逸脱と見なされたのだった。

二十世紀末には、だいぶ事情が変わった。「ホモセクシャル」という言葉がはらむ差別的ニュアンスを嫌って、同性愛者たちは自らをゲイやレズビアンと名乗ることが多い。そして、同性愛を告白するカミングアウトもめずらしくなくなった。ゲイやレズビアンはしばしば積極的な行動主義者であり、社会の支配的価値観や倫理にたいして異議申し立てをする。それによって、自分たちのアイデンティティを主張したのである。さらに現在では、ポストモダニズムの学問的な影響のもとに、「クイア」というより先鋭化した語が使用されることも稀ではない。

とはいえ、社会のなかでゲイやレズビアンへの偏見や差別が払拭されたわけではない。一九八〇年代以降の日本における同性愛者が置かれてきた状況を丹念に跡づけた、風間孝・河口和也の『同性愛と異性愛』（二〇一〇）によれば、異性愛を暗黙の規範として、同性愛をそれからの偏向と見なす思考は根深い。同性愛は人格の一部に過ぎないのに、ゲイを性的な指向だけで判断してしまう傾向があるし、ゲイに公共施設の使用を禁じた自治体の対応や、ゲイを標的にした暴力行為が発生することもある。欧米やイスラム圏と違って、日本では警察権力や法律によって同性愛を弾圧することはないし、宗教的なタブー視もない。しかし逆に、存在がオープンに認知されていないということは、同性愛者にとって、自分と同じような人々がどこにいるのか、どのように生活しているのか分からない、ということを意味する。人によっては、それが孤独感や絶望の要因になってしまう。ネット情報の普及は、そうした状況を変えていくかもしれないが。

近代フランスに話を戻すならば、男であれ女であれ、同性愛は必然的に秘められた愛であり、みずからの名を公然と口にできない愛だった。一八〇四年に発布されたナポレオン法典は、同性愛を刑法による処罰の対象から除外したが（後述するように、これは当時のヨーロッパでは画期的なことだった）、人々の意識のなかで同性愛は強い嫌悪にさらされ続けた。そうした時代にあって、文学はこのタブー視された性愛をどのように語ったのだろうか。

『人間喜劇』の同性愛者たち

十九世紀全体をつうじて、男どうしの愛、女どうしの愛は自然に反する営みとして倫理的に断罪されていた。そのような時代に文学は、男女の愛を描くのと同じようなしかたで同性愛を物語ることはできなかった。

前章までに述べてきた男女の異性愛においては、出会い、再会、告白、嫉妬、快楽、別れ、死など、愛がたどるさまざまな様態を跡づけることができる。当事者たちはみずから愛を告白し、ためらい、絶望し、あるいは逆に歓喜にうち震える。換言すれば、愛とは出来事であり、事件である。他方、同性愛はそれが具体的な場面として描かれるというより、登場人物の属性、アイデンティティ、あるいはアイデンティティの危機として提示される。文学において異性愛は愛のかたちとして多様性を示すが、同性愛は、個性の一要素として人物を規定する。

社会のあらゆる側面と、あらゆる種類の人間像を描いたバルザックの作品においても、事情は変わらない。『人間喜劇』には同性愛の男女が登場するが、彼らの関係があからさまなかたちで語られるわけではない。バルザックの作品にしばしば登場し、最も印象的で、最も悪魔的な男であるヴォートランは女性にまったく関心を示さないが、これは当時の文脈で彼が同性愛者であることを示唆する。実際、彼は若く美しい男にしか近づかない。人生の方針を決めかねている青年、あるいは挫折の末に絶望している青年の内面を見抜き、ヴォートランは富や栄光を約束して彼らを誘惑しようとする。権力への意志を具現する彼は、前科者ゆえ社会の表舞台に立つことはできないが、権力を行使するための自分の代理人として青年たちに接近するのである。

『ゴリオ爺さん』（一八三五）のなかで、ヴォートランは、地方からパリにやって来た学生ラスティニャックが立身出世の野心に燃えているのを見て、彼の野心を実現させてやろうとささやく。彼に恋する娘ヴィクトリーヌの兄を挑発して決闘で殺し、ヴィクトリーヌを裕福な遺産相続人にしようというのである。その代わり、もしラスティニャックがヴィクトリーヌと結婚したら、財産の一部をヴォートランに差し出すという条件だ。パリは弱肉強食の世界である。強者の意志が世界の意志であり、強者の掟が社会の掟であるようなパリで成功するにはどうしたらいいか――ヴォートランは初心な青年に忠告を惜しまない。

良心か堕落か、純粋性や悪か。青年は重大な岐路に立たされる。ここでヴォートランは、青年にたいして悪魔の契約を持ちかけているのである。中世の伝説で、悪魔メフィストフェレスがファウストに永遠の若さと快楽を保証する代わりに、その魂を譲り渡すことを求めたように、ヴォートランは富の可能性をちらつかせながら、ラスティニャックを誘惑する。「君は善良な青年だし、私は悪いようにはしたくない。私は君のことが好きだからね」（第二部）と語りかける時、そのなにげない言葉の背後には秘められたエロスが潜んでいるのだが、青年がそのことを察知した気配はない。

同じような状況が『幻滅』（一八三七―四三）にも出現する。故あってスペイン人神父カルロス・エレーラに変装したヴォートランは、川に身投げして自殺しようとしていた青年リュシアンと出会う。

リュシアンがぶどう畑から道路に飛び出たのを聞きつけて、見知らぬ男は振り返った。詩人（リュシアン）の深く憂いに沈んだような美しさ、彼が手にしていた花束、そして上品な服装を目にして、男は驚いたようだった。この旅人は、長いあいだ探しても見つからなかった獲物をついに見つけた猟師に似ていた。

まるで男女の出会い、その後愛の道程を辿ることになる男女の出会いを語るような場面である。偶然の出会いが、宿命に変わる瞬間と言ってよい。「獲物を見つけた猟師」という比喩は、エレーラ＝ヴォートランの反応をじつによく露呈している。パリで文学的栄光を夢見たものの挫折し、故郷に帰ってから友人を破産させたことに絶望したリュシアンにたいして、エレーラはかつてラスティニャックにそうしたように、富と快楽と力の魅力をちらつかせる。自分には禁じられているさまざまな快楽をリュシアンが享受することで、エレーラは間接的に権力欲を満たそうとする。リュシアンの快楽はエレーラの快楽となり、リュシアンの力はエレーラの力になるはずだからだ。

エレーラ自身、これが「人間と悪魔、子どもと戦略家の契約」であることを隠しはしない。同性愛者エレーラは、同性愛という社会のタブーを引き受けることによって超人間的な権力を手に入れたかのように、妖しげな魔力を発揮する。相手の親切な態度に疑惑を感じるものの、再びパリに上り、栄光に包まれることを渇望する青年リュシアンは、悪魔的な契約に同意してしまうのである。

ヴォートラン＝エレーラは二人の美青年にたいして父のように、兄のように振舞う。ラスティニャックの父親は存在感が希薄だし、リュシアンはすでに父がないから、彼はその欠落した父性を体現するのである。ヴォートラン＝エレーラが青年たちに「わが息子よ」と呼びかけるのは、単なる言葉の彩《あや》ではない。そしてその代理の父性は、秘められた同性愛を伴っている。

『幻滅』の続篇にあたる『娼婦の栄光と悲惨』で、ヴォートランはリュシアンをまるで情婦のように庇護下に置き、リュシアンの成功と社会的上昇を代理行為として生きることになる。殺人の共犯者として逮捕、投獄され、みずからを恥じて監獄内で自殺して果てるリュシアンの死は、ヴォートランの同性愛を警察が把握していたことを、作家が読者に知らせる機会となる。当時の隠語で同性愛者は「おばさん tante」と呼ばれていたことが、囚人どうしの会話から明らかになり、ヴォートランはその一人なのだ。監獄には、男の同性愛者たちだけを収容する房があり、看守たちは彼らを「第三の性」と呼ぶ習わしだった。同性愛者は男性でも、女性でもない、特殊な性に属する。生物学的には同性愛者は男、女のどちらかだが、性愛の点ではまったく異端の人間ということになる。

実際、警察は同性愛者たちの行動と風俗に監視の目を向けていた。娼婦と同じように街路で客の袖をひく「男娼」がいたからであり、男娼がしばしば恐喝や詐欺などの犯罪に絡まっていたからである。バルザックとまさしく同時代人で、パリ警察の治安局長まで務めたカンレール（一七九七—一八六五）の『回想録』（一八六二）によれば、七月王政期に十歳前後の無垢で幼い少年たちが、金という餌につられて、あるいは貧しい住居での雑居状態のゆえに、あるいはまた堕落した同輩に誘いこまれて、同性愛者の犠牲になることがあったという。

警察、司法関係者は、同性愛者をしばしば「自然に反する者 antiphysique」と形容したが、これは男女の異性愛を正常で自然な愛と見なし、同性愛を自然の秩序に反する病理的な現象と考えていたことを表わしている。カンレールは、この自然に反する現象が広がっていることに警鐘を鳴らしていた。

自然に反する悪徳は、ひそかに、ほとんど信じがたいほどに蔓延している。このおぞましい不純行為を利用する者たちは、まさにひとつの組織を形成しており、それによって若者たちは、恐喝という名で知られる悪事に人をおびき寄せる餌となり、したがってそのための共犯者となってしまう。

「おばさん」（カンレール自身もこの語を用いている）は四つのカテゴリーに分類され、性格、服装、習慣の点でそれぞれ異なる集団を形成している。

まず、贅沢と快楽への欲望から、ことさら目立つように女っぽい格好としぐさをして街路で裕福な男たちを拾う、労働者階級の青年たち。次に、普通の男の服装をしているが、間歇的に同性愛の衝動を満たそうとする人たちがいる。あらゆる社会階層に見出され、みずからの性癖を恥じているので、できるかぎり隠そうとする。第三に、第一のグループと同じくおもに労働者階級に属する青年たちだが、普段はまともに働いて生計を立てつつ、時々同性愛行為に耽るひとたちがいる。けだるげで、引きずるような声なので、彼らの性癖が露呈する。ただし、彼ら自身はそのことで恥辱を感じたりはしない。そして第四に、外見、しぐさ、声、服装の点ではまったく識別できないが、青年たちとの性愛を求める男が社会のあらゆる階層に分布している、という。ヴォートランは第四のカテゴリーに属する、ということになるだろう。

バルザックとカンレールは、犯罪や監獄という闇の世界と結びつけることで、「自然に反する者」たちの相貌を浮かび上がらせる。それはとりもなおさず、十九世紀前半のフランスにおいて、同性愛者はヴォートランのように、みずからの性的傾向を隠蔽せざるをえなかったことを意味する。同性愛がそれ自体で法に背く行為だったのではないが、みずからの名を口にできない秘められた属性だったのである。

パキタの受難

問題なのは男の同性愛だけではない。バルザックは『金色の眼の娘』（一八三七）において、女の同性愛も語っている。

美貌の青年貴族アンリは、ある日チュイルリー公園ですれ違った金色の目の女が忘れられず、ひとを使って尾行させ、彼女がパキタ・ヴァルデスという名で、サン＝レアル侯爵の邸宅に住んでいることを突きとめる。パキタのほうもアンリに魅かれたが、何やら訳ありらしい彼女は、アンリに目隠しさせたうえで秘かにどこかの閨房に招き入れる。そして不思議なことに、アンリに女の部屋着やショールをまとわせてうっとり眺める。二人は悦楽と陶酔の一夜を過ごすが、パキタは何かに怯えているらしく、明け方になるとアンリを追い返してしまう。次の逢い引きの時も、目隠しされて馬車に乗り込むが、着いた先がサン＝レアル邸であることは分かった。抱擁の歓喜のさなか、女は「ああ、マリキタ！」と叫び声を漏らす。アンリは、誰かの代理だったのだ。

真相は最後の数ページで明らかにされる。数日後、アンリが仲間を引き連れてサン＝レアル邸に侵入すると、寝室ではサン＝レアル侯爵夫人の手にかかって、パキタが血の海で息絶えようとしていた。パキタは夫人の愛人であり、逃れようとした彼女を夫人が嫉妬に駆られて惨殺したのだった。アンリは、二人の女のあいだで壮絶な闘いが繰り広げられたことを見てとり、恐怖にたじろぐ。そして顔を見合わせた二人は、お互いがよく似ていることに気づく。ダッドレー卿を父とする異母姉弟だったのである。

ラストシーンに辿り着いてはじめて、読者はアンリと同様、パキタが侯爵夫人の同性愛の相手であり、性の奴隷として邸宅に幽閉されていた事実を認識する。パキタがアンリに向かって、私には自由がない、逢瀬にさける時間は限られていると絶えず不安の影を漂わせていた理由も、こうして解明される。植民地に生まれ、幼い頃買われるようにパリにやって来たパキタは、夫人の忌まわしい愛に縛られていたから、アンリと出会うことではじめて男との愛を知ったのだった。それが「愛」であり、「悦楽」であることを発見したのだった。夫人との関係は一方的なものであり、それが同性愛と呼ばれるものであることすら、パキタには認識できていなかった。彼女を恐怖に陥れていたのは、自分が同性愛であるという罪悪感ではなく、奴隷状態にある自分がアンリとの愛をつうじて真の悦楽を知り、自由と解放を求めるようになったこと、それを侯爵夫人に知られれば破滅するという予感である。同性愛は夫人の問題であって、パキタの問題ではないのだ。

「母親によってアジアの美女の系譜につながり、ヨーロッパの教育をうけ、生まれによって熱帯地方に帰属する」（『金色の眼の娘』、西川祐子訳）パキタは、カリブ海の植民地出身であり、母親はグルジア人という設定だ。この出自は、物語の布置にとって無意味な細部ではない。金色の目と黒い髪は、西洋人からみて異国性の記号であり、実際パキタが侯爵夫人やアンリにおよぼす魅力のかなりの部分は、その異国性に由来する。

異国性とは、宗主国である西洋が植民地である外国領土にたいして付与する属性であり、その異国性はしばしばオリエントの香りを放つ。エドワード・サイードが見事に指摘したように、オリエント（東方）とは単に西洋から見て東に位置するという地理的な概念ではなく、西洋によって支配され、文明化され、馴致される他者の総体であり、地理的には西に位置するカリブの植民地もそこに含まれる。このように植民地、オリエント、熱帯、金色の目など、異国性を露呈するあらゆる記号をまとう女パキタが、西洋上流社会の女性である侯爵夫人の暴力的な同性愛の犠牲になるのだ。夫人とパキタ、アンリとパキタの関係が支配—被支配という権力関係に依拠しているのは、したがっていささかも偶然ではない。それは西洋と植民地という、政治的な支配—被支配関係の隠喩を構成しているのだから。

他方で、女どうしの性愛は「植民地ではほとんど公然の制度であった」と、語り手は臆面もなく書き記す。だとすれば、女性の同性愛は植民地の異国性によって説明され、正当化されることになるし、同時に西洋社会内部に異邦の習俗、他者の習俗を持ち込むことにつながる。それは西洋社会の慣習としてはふさわしくないもの、ということになるだろう。家父長的な西洋ブルジョワ社会は、男女の異性愛を規範化し、それから逸脱するものを異端と見なしたからである。

『金色の眼の娘』の語り手は、同性愛しか知らなかったパキタに、アンリとの出会いをつうじて異性愛の快楽を啓示することで、彼女を従属的な同性愛から解放しようとするが、その希望は夫人によって打ち砕かれる。規範的な異性愛への目覚めが死によって清算されるのは、植民地がみずからの異国性と従属性を払拭しようとすれば処罰されてしまう、ということを示唆するのではないだろうか。そのかぎりで、バルザックにおいて女の同性愛はきわめて政治的、イデオロギー的な事件なのである。

男の同性愛であれ、女の同性愛であれ、『人間喜劇』においては同性愛の場面が具体的に描かれることはない。同性愛は愛のかたちであり、作中人物の性的属性ではあっても、それが物語全体を構造化するには至らない。『娼婦の栄光と悲惨』では、男の同性愛が犯罪と司法制度の枠組みのなかに位置づけられ、『金色の眼の娘』では、女の同性愛が政治的な読解をうながす。同性愛は、愛の現象であると同時に、あるいはそれ以上に社会的な意味づけを付与された出来事として表象されている。

両性具有あるいは倒錯の魅惑

パキタは男と女の両方に愛され、快楽を知るが、そのために悲劇的な最期を迎えた。テオフィル・ゴーティエの代表作『モーパン嬢』（一八三五）でも、ヒロインは男と女から愛され、彼らを愛する。しかしヒロインの性愛は、単なるバイセクシャル的な行為には還元できない。そこには両性具有《アンドロジニー》という、西洋文化における古くからの神話が関与しているからである。

両性具有とは何か。一人の人間が男と女の両性の特徴を兼備している状態である。解剖学的、医学的に男女両性の生殖器をもつ「半陰陽」も含まれるが、絵画や文学のテーマとしては、生物学的には明確に男あるいは女でありながら、身体的に他の性の魅力を具え、精神的に他の性の特質が際立っている状態として表現されることが多い。身体の性と心の性が一致しない現代の「性同一性障害」も、一種の両性具有と見なせるだろう。西洋の芸術では、とりわけ女性のように繊細な美しさをもった青年が、この両性具有を実現したものとして登場する。一人の人間が男女両性の美しさと魅力を兼備すること、それは一般には性別ごとに分離されているさまざまな特徴を総合するという意味で、美の理想のかたちである。

ゴーティエ自身の手になるモーパン嬢のデッサン

『モーパン嬢』の主人公は、男装した女マドレーヌ・ド・モーパンで、テオドールという男名を名乗り、騎士の姿となって馬をあざやかに操りながら諸国を放浪する。なぜ男装したかと言えば、男の本性を知りたい、女のいないところで男たちは何を話し、女をどのように判断しているのかを知りたい、と考えたからである。女は男についてあまりに無知であり、家庭と教育がその無知を助長してきたとマドレーヌは考える。騎士として男たちと接触するうちに、男というものは醜く、野卑で、乱暴で、誠意を欠き、女とみれば口説くことしか頭にない連中だ、と男にたいする不信感を募らせていく。

他方で、もともと美しい女性であるマドレーヌは、男装すれば美しい青年に変貌し、女たちの恋心を燃え立たせる。異性装、あるいは服装倒錯はロマン主義文学が好んだテーマのひとつである。マドレーヌは自分が男装した女であることを告白できないから、女たちから愛を向けられるのを防げない。マドレーヌを愛する女からすれば、彼女は男のはずだから普通の異性愛だが、マドレーヌと読者から見れば、同性愛の状況が出来する。

たとえば、マドレーヌ＝テオドールに夢中になった若き未亡人ロゼットは、相手が躊躇するのを目にすると初心《うぶ》な青年だと勘違いして、みずから積極的に愛の営みに誘おうとする。マドレーヌのほうも、しだいにロゼットのしどけない魅力に惹かれ、官能の疼きを覚える。こうして二人が抱擁する場面が展開するのだが、マドレーヌはそれを友人宛の手紙のなかで次のように報告する。

胸打たれたわたしはいつもよりやさしくロゼットを愛撫しました。わたしの手は毛髪からすべすべした首筋に、次いで光沢のあるまろやかな肩に降りて、静かに撫でさすり、おののく輪郭線をなぞりました。ロゼットは、演奏家の指の触れた鍵盤のように、わたしの手の感触に身をふるわせ、肌はぴくぴくと躍りだし、全身に官能の戦慄が走りました。

わたし自身も標的の定かでない曖昧模糊とした欲望のような感覚が湧いてきて、この端正なやわ肌をまさぐることに言い知れぬ快感を覚えました。――肩から離した手をガウンの折目に入れて、怯えた小さな乳房を素早く摑むと、彼女の胸は不意に巣を襲われた雉鳩のように激しく脈打ちました。――それから頰の線にそって触れるか触れないかの軽いタッチで唇をすべらせ、かすかに開いた口元まで来て、そのまま二人ともしばらくじっとしていました。――二分か十五分か、それとも一時間だったか、それはわかりません。というのも、時間の観念などまるで消え失せ、心ここにあらず、天界にいるのか地上にいるのか、生死の境も意識の外でしたから。(『モーパン嬢』十四章、井村実名子訳)

恋する女ロゼットの身体は欲望と期待のなかで震え、マドレーヌの愛撫によって官能の扉が開かれる。かつて結婚したことがあるとはいえ、ロゼットは今はじめて愛と官能の歓びを味わっているのだ。快楽に関しては処女同然の女だったのである。愛されるロゼットの身体はこのうえなく艶めかしく、芸術作品のように鑑賞される。マドレーヌは見事な彫刻作品を愛でるように、そしてピアノを演奏するように、恋人の身体を愛撫し、奏でる。昂揚した情熱の場面がそうであるように、ここでは時間と空間の意識が希薄になり、生と死の区別がなくなり、二人の恋人は永遠の今だけを求める。

この同性愛のシーンは、ロゼットの誤解のうえに成立している。ロゼットがマドレーヌを男だと確信しているからこそ、このシーンが可能になったのである。両者がともに自覚しつつ、女どうしの恍惚とした抱擁の場面が語られているのではない。しかしマドレーヌには、相手の誤解を利用しているという良心の呵責はあるが(彼女は、「女」としてロゼットから愛されているのではないから)、同性愛の行為に耽っているという倫理的な罪の意識はない。バルザックの『金色の眼の娘』と異なり、ここでは女の同性愛は強制された隷属状態ではなく、ヒロインがみずから選択した状況である。それは断罪されているのではなく、受容されているのだ。

ロゼットとの官能的体験は、マドレーヌの両性具有性を顕在化させる契機として機能する。男として放浪生活を続けている時、彼女はある町でニノンという十五歳の美しい少女に出会い、惹かれる。そして男たちの卑劣な誘惑と、心ない母親の迫害からニノンを救うため、彼女を男装させて自分の小姓として町から連れ出してしまう。そしてニノンを慈しむうちに、マドレーヌは自分の内部に潜む男性性を強く自覚するようになっていく。庇護されるのではなく、庇護するほうを好み、受動的な役割ではなく能動的な役柄をすすんで引き受ける。「わたしは少しずつ女の感覚を失い、だんだんと女である自分を忘れていきました」(十五章)。

しかしそれは、男として、荒くれ男たちと付き合う過程で女性性《フエミニテ》を喪失したということではない。美しいマドレーヌは男装していても、つねにその美しさによって人目を引く。ここで問題なのは、マドレーヌが男性と女性という規範的な性役割の境界線を越え、両者の否定的な属性を払拭し、価値ある側面を内面化するということだ。彼女は男の欠点と女の短所から免れ、男の長所と女の美点だけをまとうという恵まれた立場を享受できる。彼女は両性具有化することで、人間の理想、美の理想を実現できるだろう。そうした理想への接近が、同性愛という同時代の社会通念からすれば倒錯的な行動によって可能になる。道徳と性の秩序からすれば逸脱でしかないものが、ロマン主義の風土においては、理想と完璧に通じる道を拓く。それをマドレーヌは「第三の性」と命名する。

わたしは男に変装した女というより、女装した男に見えるのではないかしら。本当のところ、わたしは男性でも女性でもないのです。わたしは女性の愚かな忍従も臆病も狭量も持たない、さりとて男性の悪徳、嫌らしい放蕩癖、粗暴な言動にも無縁です。——わたしの性は、まだ呼び名のない特殊な第三の性なのです。通常の性より上位か下位か、より欠陥の多いものか優れたものか、それはわかりませんが。わたしは女の肉体と魂を持ち、男の精神と力を持っています。（第十五章）

「第三の性」——すでに見たように、これは『娼婦の栄光と悲惨』のなかで、同性愛に耽る男の囚人たちを指してバルザックが使用した言葉でもある。しかしその言葉に込められた意味付けはまったく異なる。バルザックにおいては、法と社会秩序に背いた男たちに押された烙印であり、倒錯を表わす符号なのだが、『モーパン嬢』では、男性的な価値と女性的な価値を兼ね備えた人間にあたえられた形容である。第三の性は前者においては欠落として、後者においては過剰として示される。肉体と精神、魂と力を高度な次元で実現できる者、それが第三の性マドレーヌにほかならない。

欲望する女と苦悩する男

したがって、マドレーヌがバイセクシャル的な傾向を露わにしても、驚くにはあたらない。両性具有とバイセクシャルが、彼女にあっては論理的に結びつく。女の身体と男の精神を併せ持つとためらうことなく言明する彼女の夢は、「代わる代わる男になり女になって、この二重の本性を満足させること」だ。ロゼットやニノンとの性愛だけでは、彼女は充足することがない。自分が「激しい欲情に取りつかれ、官能のうずきに悶えている」と大胆にも告白するマドレーヌには、彼女を女として愛し、彼女に女としての愛の通過儀礼を施す男が必要だ。ダルベールという名の青年貴族がその役割を演じることになるだろう。

しかし、ここで話が錯綜してくる。

ダルベールは男装したテオドールとしてのマドレーヌに出会い、その美しさに魅了され、恋に落ちる。彼は先天的な同性愛者ではない。彼はあらゆる領域において、完璧な美を追求する。女性にたいしても同様で、調和のとれた完成された無比の造型美を女性に求めてきた。エロスと審美感、欲望と美学は切り離せない。長いあいだ探し求めて見出せなかったその美が、テオドールによって体現されているのを発見したダルベールは、絶望し、自己嫌悪に陥ってしまう。それは男の男にたいする愛であり、ダルベールが内面化した厳格な教育とブルジョワ的な倫理に真っ向から対立するからだ。自分が男に恋していると錯覚した彼が、蛇に変身した悪魔や、アダムとイヴの楽園追放など、聖書への言及を織り交ぜながら、呪詛と失墜の宗教的レトリックを持ち出さずにいられないのはそのためである。

テオドールにたいする感情を否定できず、同性愛の誘惑に抵抗することもできないダルベールは、みずからを免責しようとする。その感情に愛ではなく友情や賛嘆という別の名を冠し、そこから性的な含意を拭い去って、自分の想いを正当化しようとする。しかしそれは、感情の現実をむりやり抑え込み、自分を偽ることでしかない。情念の真実は隠蔽し続けられない。かくしてダルベールは、自分がひとりの男を愛していると認めざるをえない。友人シルヴィオに宛てた書簡のなかで、彼は自分を「怪物」と見なし、罪の意識に苛《さいな》まれる。

何たる不幸か、すでにずたずたに切断されたぼくの人生に何たる斧の一撃か！――何という異常な、罪深くいまわしい情熱にとり憑かれてしまったのか！――この恥辱に染まったぼくの赤面は永久に消えないだろう。――ぼくの犯した気違い沙汰の中でも最も嘆かわしい経験だ。何がなんだかわけがわからない。（八章）

いかにも矯激な自己処罰の言葉である。みずからの性的逸脱を恥じ、強烈な罪の意識に駆られている。この愛は、彼の倫理観に背く呪われた感情でしかない。しかも、同性愛の告白は苦痛をともなうばかりでなく、ダルベールにとっては性のアイデンティティを混乱させ、自己喪失の危機さえ招きかねない。「何がなんだかわけがわからない」とは、同性愛の自覚が彼の存在根拠を根底から揺るがしていることを示す。

ゴーティエの小説では、マドレーヌとダルベールの体験と感情をつうじて、女の同性愛と男の同性愛が描かれている。マドレーヌは自分の同性愛を恥じることはないし、罪の意識に苦しむこともない。他方ダルベールは、男装したマドレーヌへの愛を異常な情念と捉え、そのために苦悩する。一方にとっては、同性愛は自分のアイデンティティのそれまで未知だった側面を浮上させる契機であり、他方にとっては、自分のアイデンティティを危機に陥れる経験にほかならない。美と完璧さを求める点で、マドレーヌとダルベールは共通しているし、だからこそ彼らが遭遇することは物語上の必然なのだが、同性愛にたいする立場決定はまったく異なる。女の同性愛が罪障感なしに表象されているのは、同時代の社会が男の同性愛よりも女の同性愛に寛容だったという事実と、おそらく無関係ではない。

最後に、ダルベールはマドレーヌが男装した女であることを見抜く。それが可能になったのは、彼らがシェイクスピアの『お気に召すまま』を仲間たちと上演する時、ダルベールがオーランドーの役を、マドレーヌがロザリンドの役を演じたからである。シェイクスピアの劇では、ロザリンドが自分に恋するオーランドーの真意を量ろうと、男装して彼に接近する。そして彼の愛を確信すると、女性の姿に戻って彼の愛を受け入れる。世間的には男であるマドレーヌは、いわば女装してロザリンドの役を演じるのだが、しかしそれは本来の性的役割に回帰することにほかならず、女の姿で舞台に登場したマドレーヌは、この時ばかりはまさしく女としてダルベールに愛の台詞をささやき、女としてダルベールの言葉を受け入れる。

要するに虚構の演技という装置をつうじて、マドレーヌは自分の女性性を相手の男に明かすのだ。偽装と演技によって男になりきっていた彼女であってみれば、演技と衣裳をつうじて女として再生するのがふさわしい。やがて彼女はダルベールに身を任せ、二人の陶酔と悦楽の一夜が語られる。

マドレーヌ＝テオドールの両性具有、それがもたらすバイセクシャリティは、あらゆる愛と官能の可能性を汲みつくそうとする彼女の態度を反映する。男として女に愛され、女を愛し、女として男に愛され、抱かれること、それは愛の多様性を実現することであり、究極の美と快楽を求めることである。両性具有とバイセクシャリティは、彼女にとって自由と解放のための手段にほかならない。彼女の同性愛はこのうえなくエロティックであると同時に、きわめて貞潔であり、観念的でもある。

呪われた女たち

『モーパン嬢』の作家に深い敬意を感じていた詩人ボードレールは、その詩集『悪の華』(一八五六)をゴーティエに捧げた。この詩集が風俗紊乱のかどで司法に訴えられ、有罪を宣告されたのは文学史上に名高い事件だが、司法官たちの眉を顰《ひそ》めさせた初版には、〈レスボスの愛の詩群〉とも呼ばれるべき三篇の詩が収められていた。レスボス島の女性詩人サッフォーが同性愛者だったという伝承を踏まえ、同性愛を謳った詩群である。

裁判の結果、削除を命じられた詩篇「地獄堕ちの女たち――デルフィーヌとイポリット」では、同性愛の悦楽という無限の、底知れぬ深淵が喚起される。それは呪われた愛、自然に反する愛であり、その愛に耽る女は「地獄堕ち」の運命を免れない。女たちは悦楽の前でためらったりしないが、詩人は彼女たちに向かって「永遠なる地獄への道を、降ってゆくがよい!」と、冷たく断罪の言葉を投げつける。

御身らの享楽の苛烈なる不毛さが、
御身らの渇きをたかぶらせ、御身らの肌を硬張《こわば》らせる、
そして情欲の猛り狂う風を受けて、
御身らの肉体は古い軍旗のようにはたはたと鳴る。

生けるもろもろの国民《くにたみ》から遠く、さまよう、断罪された女たち、
曠野《あらの》をよぎって、狼のように疾《はし》ってゆけ。
矩《のり》を越え、乱れた魂たちよ、われとわが業《ごう》を果せ、
そして、御身らが身のうちに荷う無限を遁れよ！　（阿部良雄訳）

女どうしの性愛が「不毛」なのは、それが生殖に結びつかないからである。女の情欲が無軌道で、飽くことを知らないと強調される。同性愛の女たちは社会の法とキリスト教の掟によって断罪され、共同体から追放される。そして近代都市の匿名性のなかで、流謫と孤独を運命づけられる。光も射しこまない地獄の暗い洞窟のなかでのように、罪深き女たちは隠微に、しかし決然と淫欲に身をゆだねていると詩人は示唆するかのようである。十九世紀後半のフランスで、同性愛の女を「地獄堕ちの女 femme damnée」と呼ぶ習わしは、この詩をもって嚆矢とすると言われる。

ベンヤミンは『ボードレールにおける第二帝政期のパリ』（一九三八）のなかで、〈レスボスの愛の詩群〉に言及しながら、「レズビアンは近代のヒロイン」だとして、『悪の華』のエロティシズムの主導的イメージを同性愛の表象に見ている。そしてベンヤミンはこのモチーフの起源を、社会主義思想の一派であるサン＝シモン主義が、女性どうしの友愛を強調して一種のフェミニズムを唱えたことのうちに見出している。

また女性の同性愛は当時、絵画や、諷刺画や、エロティックな版画でしばしば取り上げられていた。

クールベ作《眠り》（1866 年）

クールベの傑作《眠り》（一八六六）は、若い二人の女性が一糸まとわぬ姿でベッドの上に横たわり、肢体をからみ合わせながらまどろんでいる姿を描く。ほとんど等身大の大画面に描かれたまぶしいほどの裸体は、じつに印象的だ。この絵はボードレールの詩に触発されたものだと言われるが、『悪の華』に看取される暗い虚無感からは遠く、むしろ女の身体の生命感や生きる歓びを発散しているように見える。当時の同性愛がおびていたはずの後ろめたさが、そこからすがすがしいまでに払拭されている。

ボードレールに遅れること一世代、自然主義作家たちは『悪の華』の詩人とは少し異なる同性愛の表象を提示してくれる。自然主義小説にはしばしば娼婦が登場し、彼女たちの性風俗の要素として同性愛が喚起されているのである。売買春の世界は、表向きは上品と威厳を保つブルジョワ社会の秘められた欲動をあぶり出す。

十九世紀をつうじて作家たちがパリの娼婦の習俗

と性格を知るために参照した、パラン゠デュシャトレの『十九世紀パリの売春』によれば、娼婦たちのあいだでは同性愛がかなり広がっていた。職業として男たちの欲望に身体をゆだねる彼女たちは、同性の親しい友人とのやさしい感情の交流に慰めを見出し、それによって精神の均衡を保っていた。パラン゠デュシャトレにとって、娼婦の同性愛は「恥ずべき悪徳」、「自然に反した趣味」であるが、娼婦は同性の恋人にたいしては男の愛人よりもはるかに強く執着したらしい。『十九世紀パリの売春』の著者は次のように記している。

ナナは一時、同性愛の誘惑に屈する。娼婦と同性愛のつながりは周知のことだった。

したがって彼女たちの愛情は、愛というよりむしろ熱狂に近い。激しい嫉妬に苛まれ、相手に棄てられるのではないか、その結果、愛の対象を失うのではないかという不安から、彼女たちはいつも一緒に過ごし、お互いの後を追いかけている。警察に逮捕される際も同じあやまちのせいだし、監獄からはいつも一緒に出られるよう工夫する。

ゾラ作『ナナ』(一八八〇)では、

男の暴力に辟易した主人公ナナが、売春仲間のサタンと同じベッドで愛をささやき、接吻と愛撫を交わす（第八章）。抑えられた筆致で描かれるこの場面には、ボードレールの詩篇に見られた、冷たく突き放すような印象はない。孤独な女が仲間の女に柔肌のぬくもりを求め、束の間の禁断の快楽を味わったのである。他方、モーパッサンの短篇『ポールの恋人』（一八八一）では、パリの西郊シャトゥーの行楽地を舞台に、夏のあいだボート遊びやダンスに興じる男女の風俗が描かれているが、その地では同性愛に耽る者が稀ではなかった。そうした風俗に免疫のなかった青年ポールは、自分の恋人マドレーヌが夜陰に紛れて川べりの茂みで別の女と愛欲に耽るさまを目撃してしまう。

ああ、相手がせめて男だったら！　しかしこれでは、これでは！　ポールは女二人の恥ずべき行為のせいで、その場に縛りつけられているように感じた。そして気が動顚して、呆然としていた。愛しいひとの手足を切断された死体を、突然発見したかのように。自然に反する醜悪な罪、けがらわしい瀆神行為を見てしまったかのように。

同性愛にたいする非難の言葉は激しい。それは自然に反する恥ずべき行為、けがらわしい瀆神行為というのだから。十九世紀末、興味本位に語るポルノグラフィックな文学でもないかぎり、男性のものであれ女性のものであれ、同性愛はきわめて否定的な表象の対象にしかならなかった。

文学作品に看取されるこうした表象には、同時代の医学的言説が強く関与していた。一般に十九世紀後半の文学、とりわけ小説は科学の言説やイデオロギーと共振する部分が多い。同性愛の表象もまた例外ではない。

ヨーロッパ諸国では十八世紀まで、キリスト教道徳の影響下、同性愛は自然に反する性愛として法で罰せられ、裁判所で裁かれるものだった。十九世紀になると、国によって対応が異なる。イギリス、アメリカ、ドイツでは、同性間の性行為は刑法上の犯罪として処罰の対象になった。「ソドミー法」と呼ばれる。作家オスカー・ワイルドが、ダグラス卿との親密な関係が露見して、一八九五―九七年の二年間監獄に収容されたことはその有名な例である。

それに対して、フランス、イタリア、スペインなどのラテン諸国、そしてオランダは、同性愛をそれだけで罰する法律を持たなかった。ただし、公序良俗を紊乱したり（たとえば公共の場での同性愛行為）、未成年者を巻き込んだりした場合は、通常の法で裁かれた。フランスではナポレオン法典（一八〇四）が、同性愛を刑法の対象から外したので、それが司法の場で争点になることはほとんどなかった。また人々の意識や風俗の面で、男の同性愛に較べて、女の同性愛にたいする寛容度は高かった。規制するのではなく、宗教や道徳や家庭教育の力で予防できる、あるいは改善できると考えられたからである。

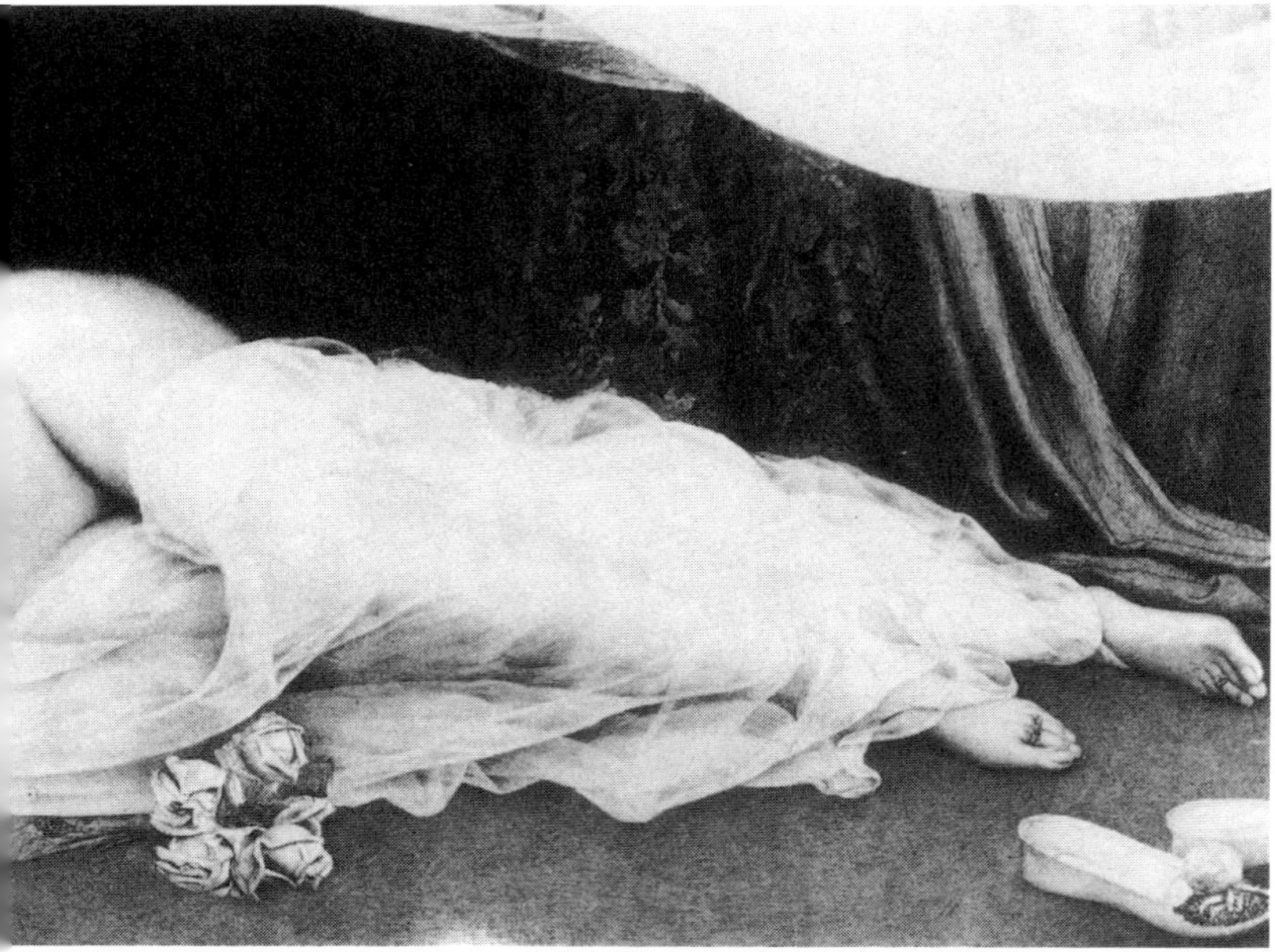

ン展に出された作品である。

刑法上の扱いは異なるものの、十九世紀後半から二十世紀初頭にかけて、ヨーロッパに共通したひとつの現象が鮮明になった。医学や精神病理学が、同性愛をひとつの病あるいは病理として論じるようになったのである。刑法で裁かれるのであれば同性愛者は犯罪者だが、医学や精神病理学が問いかけるのであれば、同性愛者は病人と規定される。こうして同性愛の病理化、医療化が始まる。同性愛者は罰すべき人間ではなく、治療すべき人間なのだという見方が支配的になっていく。

フランスの法医学者アンブロワーズ・タルデュー（一八一八—七九）は、性犯罪や性暴力についての調査を体系的に行ない、『風俗犯罪に関する

19 世紀は女性の同性愛の表象にたいしては、比較的寛容だった。これは 1909 年のサロ

法医学的研究』（一八五七）を著わした。風俗犯罪者、男娼や娼婦、囚人の生態を調べながら、彼は同性愛者の身体を医学的、生理学的に分析した。「少年愛と肛門性交について」と題された第三部で、タルデューは少年愛 pédérastie がとりわけパリの法医学界で強い危惧の念を引き起こしていることを確認したうえで、少年愛が、男どうしのきわめて組織だった売買春制度のなかでひそかに、しかし断固として実践されていると警告する。少年愛という語が使われているのは、一八五七年時点でまだ同性愛 homosexualité という語が存在しなかったからである。そしてタルデューは、少年愛や肛門性交を実践する者たちの、身体的な特徴を詳

細に叙述してみせる。

その後一八八〇年代に入ると（文学の領域では言えば、ゾラやモーパッサンの時代）、同性愛はよりはっきりと病理現象と見なされるようになり、「性倒錯 perversion」という概念が提出される。フランスでこの語をはじめて使用したのは、シャルコーの同僚にして精神科医のヴァランタン・マニャンで、一八八五年のことだった。フランスの精神科医たちが同性愛の問題に関心を示したそもそものきっかけは、ヒステリー研究である。当時のパリ、とりわけシャルコーが勤務したサルペトリエール病院は、ヒステリー研究の中心地であり、だからこそあのフロイトも青年期にパリに留学したのだった。性倒錯の一形態としての同性愛はこうして、ヒステリーや神経症のひとつの徴候とされた。

さらに、そこにはより広い社会的、文明論的な認識も関わっていた。十九世紀末のヨーロッパで「変質」（「退化」と訳されることもある）という概念が、人々の不安を凝縮させた。狭義には医学、生理学の用語だが、梅毒、アル中、結核などの病が蔓延して多くの犠牲者をだし、犯罪が増加して社会不安が高まり、アナーキズム・テロなど政治的な事件が頻発したこの時代、人々は民族や国家が危機に瀕しているのではないかと不安を覚えたのである。それはほとんど集団的な強迫観念といってよい。そして変質は、犯罪や精神病や狂気を説明する概念として持ち出され、同性愛もまたそのひとつの表われだと考えられた。同性愛は人間の性的嗜好の問題にとどまらず、社会の秩序と安寧を脅かしかねない危険な要素とされたのである。

そうした考え方をよく示しているのが、ドイツの法医学者・精神科医クラフト＝エビング（一八四〇―一九〇二）の『性の精神病理学』（一八八五）にほかならない。原著出版から十年後の一八九五年にはフランス語訳も刊行されたこの大著のなかで、彼は同性愛の問題に数多くのページを割いているが、そこでは先天的なものであれ後天的なものであれ、同性愛が病理とされ、異常な性倒錯と規定されている。

その原因は生理中枢の異常と、異常な性心理の傾向でしかありえない。解剖学的、機能的な要因という観点からすれば、この傾向はまだ謎に包まれている。ほとんどすべてのケースにおいて、倒錯者はさまざまな種類の神経病理学的な欠陥を示し、それらの欠陥は、遺伝的な変質の条件と関係づけられるので、臨床的な立場からすれば、この性心理の感情の異常は、機能的な変質を示す標徴と見なしうる。この倒錯した性行動は、性生活が発展する際に、外部からいかなる刺激がなくても自然に、性生活の異常な変質を表わす個人的な現象として明らかになる。こうした性行動は先天的な現象として、われわ

街路にいた少年を部屋に呼びこんで、その足に接吻する同性愛者。レオ・タクシル『現代の売春』（1884 年）の挿絵。

れの注目をひく。あるいはまた、はじめは正常な道筋をたどっていた性生活を送るうちに、この性行動が進展し、あきらかに有害な何らかの影響によって引き起こされたと考えられる。その場合は、後天的な倒錯である。

異常、欠陥、倒錯、変質といった言葉に明らかなように、同性愛は病理現象である。それが生じる原因は不明だが、心理的にも生理的にも、正常な異性愛からの逸脱として捉えられている。精神医学者のなかには、こうした病理化の趨勢に逆らって、同性愛を病や倒錯と見なすことを拒否し、単なるひとつの生得的な傾向と考える者もいた。ドイツのウルリクスやヒルシュフェルト、イギリスのハヴロック・エリスなどがそうで、彼らによれば、たとえば男の同性愛者は男性の身体に女性の魂が宿った「第三の性」にすぎない。この言葉がバルザックやゴーティエによって用いられたことはすでに指摘したとおりで、現代ならば「性同一性障害」と同じような規定である。そこで、同性愛者たちにたいする社会の差別や偏見と闘い、自分たち独自の文化を主張する運動がとりわけイギリスやドイツで高まった。フランスでは事情が少し異なり、普遍性を標榜する共和制イデオロギーのもとで、同性愛文化は知識人や一部のエリートに限られた。いずれにしても十九世紀末から両大戦間期にかけて、パリはロンドン、ベルリンと並んで同性愛文化の中心地だった。

プルーストやジッドの作品は、そのような風土のなかで書かれたのである。

『ソドムとゴモラ』

プルーストの『失われた時を求めて』（一九一三―二七）において同性愛が大きな比重を占めていることは、よく知られている。男女を問わず同性愛者、あるいはたとえ一時的であれ同性愛的な行動を示す登場人物は多いし、彼らの繋がりがこの小説における複雑な人物模様を彩り、彼らとの人間関係が主人公の生の軌跡に波及する。とりわけ、『創世記』のなかで同性愛ゆえに神の業火によって滅ぼされた都市の名前をタイトルにした『ソドムとゴモラ』以降、その傾向は強まる。

とはいえ、プルーストの作品は、同性愛者の立場と権利を認めるよう主張する戦闘的なマニフェストではなく、同性愛を「悪徳」と見なし、同性愛者を「倒錯者 inverti」（作家自身の言葉である）

人々の意識では、過度に身だしなみに配慮する男は同性愛を思わせた。1909 年、ある風刺雑誌に載った挿絵。

とする点では、十九世紀末から二十世紀初頭の通念と隔たっていない。作家は、先に述べた当時の性科学の言説に精通していたし、したがって医学者や精神科医が同性愛者をどのように捉えていたかを知っていた。みずからも同性愛者だったプルーストは、そうした言説のかなりの部分を内面化したのである。同性愛を悪徳としたのは、異性愛者の作家が同性愛者に押しつけた烙印ではなく、作家の自己認識を規定する考え方だった。

実際『失われた時を求めて』の語り手は、シャルリュス男爵が同性愛者だと悟ったとき、同性愛者はまさしく呪われた種族、社会から永遠に追放された集団であるとためらうことなく断言する。

〔同性愛者は〕ある呪いの重圧を受け、嘘と偽りの誓いとのなかで生きなければならない種族である。なぜなら、あらゆる被造物にとって生きている最大の喜びを作るのはその欲望だが、彼らは自分の欲望が罰せられるべき恥ずかしいものであり、口にできないものとされていることを知っているからだ。自分の神を否認しなければならない種族である。なぜなら、たとえキリスト教徒であっても、被告として法廷の証言台に立つときには、キリストの前で、キリストの名において、あたかも中傷から身を守るように、自分たちの生命そのものであるところのものを否定して身を守らねばならないからだ。(『ソドムとゴモラ』、鈴木道彦訳)

同性愛的な欲望は、みずから口にできない欲望であり、同性愛者は、みずからそう名乗ることが禁じられている人間である。さらに語り手は続けて言う。それは母親にたいして生涯偽り続けなければならないという意味で「母のない息子」であり、みずからの本質的な性向を秘匿しつつ交際しなければならないかぎりにおいて「友情なき友人」である。彼の人間的な魅力を感じて友情を捧げるひとたちでも、彼が同性愛者だと判明すると、態度を豹変させることがあるからだ。プルーストは同性愛を病理現象だと見なすところまではいかないが、ひとつの異常だと考える。恥ずべき悪徳であるという意識は、作家自身の内面にも重くのしかかっていたにちがいない。

しかし、それだけではない。われわれの観点から言って『失われた時を求めて』がとりわけ注目に値するのは、そこに明瞭な輪郭をもった個性的な同性愛者が登場することでもなければ、語り手が同性愛という現象をめぐって犀利な洞察を展開することでもない。それだけであれば、同性愛の問題はそれまでと同じく、個人のアイデンティティの問題に帰着してしまうのだから。愛の表象の面でプルーストが独創的なのは、同性愛の場面を、二人の男の奇跡的な出会いをとおして、まさに「一目惚れ」の衝撃として描いたことにある。

『ソドムとゴモラ』の冒頭部、語り手がゲルマント公爵邸で夫妻の帰りを待っていたとき、その中庭に店を構える元チョッキの仕立て職人ジュピヤンと、邸を訪ねてきたシャルリュス男爵が遭遇する。語り手は一階の窓辺に身を隠して、二人に見つからないようにしていたが、その彼には中庭で対面するシャルリュスとジュピヤンの姿がよく見えた。意図せぬ目撃であり、そのかぎりで一種の覗きのシーンだ。同性愛が秘められた愛の営みとして語られるプルーストの小説では、同性愛の営みはもちろん隠微な行為であり、したがって偶然が作用するとはいっても、語り手によって覗き見られるという構図をとることが多い。後ろめたさが伴う窃視という行為は、禁断の愛の物語とは相性がいいだろう。

中庭の出会いは、一般的な異性愛の物語に読まれるような「一目惚れ」として喚起されている。しかもその出会いは、語り手が中庭に置かれた植物を目にしながら、雌花が昆虫による交配によって別の花の子種を受精するという「植物界の法則」を喚起した直後に起こる。雌花は、昆虫を引きよせ、みずからのうちに入りこませようと、いかにも艶めかしくみずからをたわませるのだという。一般にプルーストの作品には植物のメタファーが頻出し、独特の官能性とエロティシズムをまとう。問題の場面では、植物界の法則がそのまま、同性愛の世界を支配する法則としても機能する。

中庭で向きあっている二人、彼らはこれまで一度もそこで出会ったことがないはずだが、男爵はなかば閉じていたその目を不意に大きく見開き、異様な注意をこめて、店の敷居のところにいる元チョッキ職人を見つめており、一方、相手はシャルリュス氏を前にしてとつぜんその場に釘づけになり、植物のように根が生えたまま、感嘆の面持で、老いを感じさせる男爵のふとった身体を凝視しているのだった。けれどもさらにいっそう驚くべきことには、シャルリュス氏の態度が変わると、秘法の掟にでも従うように、ジュピヤンの態度もたちまちそれに調和しはじめたのだ。

（『ソドムとゴモラ』）

はじめて出会ったのに、シャルリュスとジュピヤンはお互いが同性愛者であると直感的に認めて、凝視しあう。それが衝撃的な遭遇であることは、シャルリュスが「その目を不意に大きく見開き」、ジュピヤンのほうは「とつぜんその場に釘づけになり、植物のように根が生えた」状態になったことからもよく分かる。前触れもなく突然生起すること、強い情動に圧倒されて動けなくなること、視覚の作用が支配的になること——それは、文学のなかでしばしば語られる男女の運命的な出会いの場面と同じく、情熱的な愛の物語の発端を特徴づける現象にほかならない（この点については、小倉孝誠『愛の情景——出会いから別れまでを読み解く』を参照願いたい）。実際プルーストは、引用文の数ページ先で、二人の出会いをロミオとジュリエットの出会いに比較している。

静かな愛の輪舞

公にはできない秘められた性向を有する二人は、自分が同性愛者であることをもちろんこの場で口にできるはずもない。中庭で一定の距離を保ったまま、無言のなかでまなざしが交わされ、彼らにしか理解できない些細な、しかし同時に深い意味をはらんだ表情の動きと身ぶりによって、二人は意志を通じあう。あらかじめ定められた規則にのっとり、すでに何度も稽古を繰りかえしたステップに合わせて自分のパートを演じるかのように、そして「秘法の掟」に従うように、シャルリュスとジュピヤンは愛の輪舞を舞うのである。

作家はそのとき、シャルリュスをマルハナバチに、ジュピヤンを蘭の花に喩えている。蘭の花はマルハナバチによる受粉を待ち望んでいるのであり、それは生物界の雄と雌の結合を暗示するエロティックなイメージと重なる。蘭の花がマルハナバチから花粉を受け取れる可能性はきわめて低く、それが実現するのは奇跡にひとしい僥倖であるが、同じように、二人の男の出会いも奇跡に近い出来事として描かれる。困難な、ほとんど不可能に近い出会いであったからこそ、この出来事はきわめて感動的だ。

とはいえ、二人の出会いを男女の運命的な、奇跡の出会いに喩えるだけでは充分ではない。それ以上のものだからである。

シェイクスピアの『ロミオとジュリエット』においては、代々反目してきた両家の息子と娘が本来ならば愛し合ってはならないのに、そうと知らずに運命の恋に落ちてしまうわけだが、同性愛者どうしの出会いはそれよりはるかに大きな障害に直面するのだ、と『ソドムとゴモラ』の語り手は指摘する。一般の男女においてすら、相思相愛の関係に至るためにはさまざまな困難を克服しなければならないが、同性愛者の場合はその困難の度合いは比較にならないほど高い。出会い、認知しあうのがむずかしいだけに、それが実現したときの歓びは強烈なものとなる。その意味で彼らの出会いは、男女のそれよりもはるかに運命の作用を感じさせる至福の瞬間として認識されるのである。

文字通り幸福な出会い、ないしは自然が幸福であるように見せている出会いが起こると、それは正常な恋人の幸福をはるかに上まわるような、なにか異様で選び抜かれたもの、深い必然性を備えたものになる。

偶然の出会いを必然の遭遇に変えるもの、日常的な風景を一変させて異様なまでに濃密な瞬間を現出させるもの——それこそが運命の恋であり、シャルリュスとジュピヤンの出会いはこのうえなく美しい愛の出会いとして語られている。

しかも、そこに新たな次元が加わる。運命の出会いと言えば、稀有な出来事とはいえ、いくらか紋切り型の表現に属するが、語り手にとって同性愛はまさに生理学的な「宿命」であり、したがって同性愛者たちの性的結合への欲望は、彼らの意志では制御できない一種の「遺伝」として現われる。

このロミオとジュリエット〔シャルリュスとジュピヤンのこと〕は当然にも、自分たちの愛が一時の気紛れではなくて、互いの気質の調和が準備した文字通り予定された宿命であると考えることができようし、それも単に彼ら自身の気質だけでなく、二人の祖先たちの気質や、はるかに遠い遺伝によっても準備されてきたと考えることができよう。だからこそ、彼らに結びつく人間は、誕生以前から彼らのものになっているのであり、私たちの過ごした前世の世界を動かしている力にも匹敵するような力によって、彼らを惹きつけたのだ。

生物学的な遺伝、前世から決められたかのような宿命によって、シャルリュスとジュピヤンは出会い、恋に落ちる定めになっていたというのである。出会ってしまえば運命だが、しかしその出会いに至るまでには長い時間を要した。その出会いの状況はひとつの偶然であり、その偶然が必然と感じられるのは奇跡である。このようにして出会った二人の男の恋が、束の間の戯れに終わるはずがない。宿命の出会いが、はかない未来を持つはずがない。『失われた時を求めて』に登場する数多くの同性愛者たちの性愛関係は、一時的な行為にすぎないことが多いが、シャルリュスとジュピヤンだけは安定した関係を長く維持する。その意味でも、二人は例外的な愛の現象なのだ。

プルーストにとって、同性愛は実人生においては隠すべき悪徳、禁断の愛だった。他方彼の小説においては、二人の同性愛者の出会いと身ぶりが、異性愛を語るすぐれた恋愛小説と較べて遜色ないほど見事に、そして印象的に語られている。植物の艶めかしいメタファーや、蘭とマルハナバチの戯れを喚起する官能的なイメージが、愛の場面を華麗に彩る。『ソドムとゴモラ』の冒頭は、文学において愛の誕生を語ったもっとも美しいページのひとつであろう。

ジッドとアフリカの誘惑

プルーストの同時代人で、やはり同性愛者だった作家アンドレ・ジッド（一八六九―一九五一）は、『ソドムとゴモラ』を読んで苛立ちと不快感を隠さなかった。

プルーストの作品は同性愛が逸脱であることを認めており、したがって、異性愛者の同性愛者にたいする偏見や嫌悪感を助長するだけだと憤慨したのである。ジッドは一九二一年十二月二日、有名な『日記』のなかに書き記している。「プルーストの『ソドムとゴモラ』以上に、世論を誤らせる著作はない」。性科学の言説が同性愛を倒錯と見なすことに反対した彼は、好んで「少年愛 pédérastie」という語を使用し、「肛門性交 sodomie」に異を唱えた。新教徒の家庭に育ち、そのピューリタン的な抑圧から脱け出したいと願っていたジッドにとって、少年愛はブルジョワ的な道徳からみずからを解放するための手段でもあったのだ。

ジッドにとって、同性愛や少年愛は自然に反する罪ではなく、古代ギリシア・ローマの伝統に連なる由緒正しい性行動である。古代ギリシアでは、少年愛は教育の一環ですらあった。同性愛は本能的で、自然なセクシャリティのかたちであり、断罪すべき悪徳でもなければ、ましてや治療すべき病理でもない。世紀末から二十世紀初頭の人たちが男の同性愛者を、男らしさを喪失して女性化した男と見なし、そのかぎりで社会や文明が「変質」と頽廃の危険にさらされている、と考えていたことにジッドは激しく反駁したのだった。同性愛擁護の理論書である『コリドン』(一九二四)で、作家は次のように主張している。

同性愛者の風俗と少年愛を、女性化した民族や堕落した国民の嘆かわしい特性と見なしたり、さらにはそれがアジアからもたらされたものだと考えたりすることほど、誤っていて、同時に人々に信じられている見解はないと私は思う。それどころか、優美なイオニア式はアジアから取り入れられて、雄々しいドーリア式建築にとって替わったのだった。ギリシア人たちが体育場《ギムナシオン》を見捨てたときに、アテネの衰退が始まったのだ。それがどういう意味か、われわれは知っている。男子同性愛《ユラニスム》が異性愛に敗れたということである。

少年の頃にみずからの同性愛的傾向に気づいたジッドは、家庭や学校で教えこまれた厳格な倫理観との矛盾に悩んだ。その苦悩のさまは、彼の自伝『一粒の麦もし死なずば』(一九二六)で詳細に語られているとおりだが、そのジッドが青年期に達し、はじめて同性愛を実践したのはアルジェで、現地の少年を相手にしてのことだった。一八九五年のことであり、そのときオスカー・ワイルドが同行していた。ワイルドがいわばジッドにたいして、同性愛への水先案内人として振る舞ったのである。そしてこれが彼にとって決定的な快楽の体験になったことを、作家は回想してみせる。アルジェにある目立たない小さな部屋で、少年モハメッドを相手にしたときのことである。

過去の悲痛な思い出が、私のこの夜の歓喜を説明してくれるのだろうか。メリエム〔かつてチュニジアで関係を持った女〕を相手にしての試み、あの「正常化」の努力は続かなかった。私の感覚にまったく合わなかったからである。今になって私はついに自分の正常を見出したのだった。ここには窮屈さや、あわただしさや、胡散臭さがない。その思い出のなかには、灰のように味気ないものもない。私の歓びはあまりに大きかったので、たとえ愛が介在したとしても、歓びがそれ以上充ち足りたものになろうとは想像できなかった。どうして愛など問題になりえただろう？どうして欲望に心を支配されるがままに任せようか？　私の悦楽にはなんの底意もなく、いかなる後悔の念も湧かなかった。となれば、この小さく、粗野で、燃えるような、淫らで、闇をはらんだ完璧な肉体を、自分のむきだしの腕に抱きしめることで味わう興奮を、いったいどう名づけたらよいのだろうか。（第二部第二章）

世間が言うところの「正常な性」に戻ろうと、かつて女を相手にしたこともあったが、ジッドはそれが自分にとっての正常でないことをあらためて意識させられる。少年を相手に得られる快楽はまったく純粋なもので、そこに歓喜はあっても疚しさはない。若きジッドはもはや、自分を倒錯者や逸脱者として責める必要がないのである。世間の通念に反して、同性愛者は女性化しているどころか、きわめて旺盛な性的活力を発揮する。同性愛とたくましい男らしさは、問題なく両立することを強調しようとするかのように、ジッドはこのすぐ後で、自分がモハメッド相手に五度も思いを遂げ、ホテルに帰ってからもその余韻にうっとり浸ったと、いくらか誇らしげに記しているくらいだ。

この場面が北アフリカの地で、すなわちフランスの植民地であり、輝かしい光と色に彩られた異国趣味あふれる土地であるアルジェで展開しているのは、おそらく偶然ではない。バルザックの『金色の眼の娘』に登場するパキタの魅力が、そのクレオール起源とオリエントの血に由来していたように、西洋の男にとって、同性愛の悦楽は異国性や植民地的状況と密接に結びついているようだ。相手が女であれ、男であれ、同性愛的な欲望は支配―被支配の権力関係、いわば地政学的な関係をなぞるのである。

『一粒の麦もし死なずば』は、フランスの作家がみずからの同性愛を赤裸々に告白し、しかも生前に刊行した最初の自伝作品である。その意味で、愛を語る文学の歴史のうえで大きな価値をもつ。十九世紀にも自分の同性愛を暴露した手記は書かれているが、それは書き手が著名な作家ではなく、まったく無名の市民や、ときには犯罪者だった。犯罪者の自伝が残されているのは、監獄に収容されている囚人たちに、アレクサンドル・ラカサーニュやロンブローゾのような当時の法医学者や犯罪人類学者が、彼らの過去と性癖を知って犯罪の謎を解明するために、生涯を語る手記を書かせたからだった。とはいえ、これは例外である。

同性愛にたいする認識が変わった現代からすれば、ジッドの態度はいくらか大袈裟に映るかもしれないが、ジッドが生きていた時代の制約を忘れてはならない。同性愛を倒錯と同一視する意識が支配的な当時にあって、彼の試みはやはり革新的だった。

近代フランスにおいて、同性愛は禁断の愛であり、みずからの名を口にできない愛だった。同性愛が認知されていく過程は、社会の偏見や差別との闘いの歴史でもあった。社会や家庭がそれをタブー視し、法医学や精神医学がそれを倒錯と命名するという歴史状況のなかで、バルザックからゴーティエ、ボードレールを経てプルーストやジッドに至るまで、文学者たちは同性愛のテーマをさまざまに変奏させていったのである。

第7章　近親愛というタブー

かつては刑法上の罪とされ、医学的には倒錯と見なされていた同性愛にたいして、現代社会はきわめて寛容になった。性や愛のひとつのかたちとして、市民権を獲得していると言ってよい。国によっては、みずから同性愛者であることを隠さない公人がいるし、市民がそのことに眉を顰《ひそ》めることもない。フランスには一九九九年に制定された「連帯市民契約 PACS」という法があり、同性のカップルでも結婚している男女にかなり近い権利が認められている。ゲイやレズビアンが皆カミングアウトするわけではないが、西洋社会では今や社会風俗の一部である。

絶対的なタブー

他方、近親愛や近親相姦《インセスト》は事情がまったくちがう。古代エジプトでは兄弟姉妹のあいだで婚姻関係が結ばれたことがあるし、日本の記紀神話では、イザナギとイザナミは兄妹であり同時に夫婦として、子供をもうける。世界の神話や伝説では、ときに親子や兄弟姉妹どうしが結婚し、それによって国家の正当性が唱えられたり、民族誕生の神聖さが強調されたりする。そこでは、近親婚が集団の連帯をより強固にしてくれる。とはいえこれは例外で、一般的には時代と社会を問わず近親愛、とりわけ近親相姦は普遍的なタブーと見なされてきた。現代であれば、日本でも外国でも近親相姦は家庭内暴力と結びつきやすく、外部の人間たちの目から隠されるだけに、話が複雑である。

現在日本では、尊属殺人だからといって他の殺人よりも重い刑罰を科すことはないが、その変化をもたらしたのは一九六八年に起こった、近親相姦をめぐるひとつの事件だった。ある男が実の娘に暴力をふるって隷属させ、日常的に性交を強要し、妊娠までさせるというひどい状況だったが、娘がとうとうそれに耐えかねて、ある夜、酔って寝入った父を絞殺したのである。この事件の裁判は紆余曲折を経たが、一九七二年の最高裁判決によって被告の女性は執行猶予になった。事件後すぐに自首したこと、被害者の行動があまりに非人間的で、被告の境遇が同情を誘ったことが、寛大な判断の誘因になった。同時に、尊属殺人に加重規定を設けるのは違憲とされたという点で、日本の裁判史上、画期的な判決とされている。

インセスト・タブーの起源については、さまざまな説がこれまで提出されてきた。

フロイトによれば、人間の最初の性対象選択は近親愛的なものであり、男子の場合は母および姉妹に向けられるから、そうした幼児的傾向を現実のものとしないために、そして男子が正常に成長するために、近親相姦を厳しく禁止する必要があった。マリノフスキーは、近親婚が家庭内における世代や、地位や、役割の概念を混乱させてしまい、その結果、家庭が子供の教育や社会化に寄与できなくなると考えた。

レヴィ＝ストロースの有名な『親族の基本構造』（一九六七）にしたがえば、異なる共同体どうしのあいだで、女性は婚姻という交換のための重要な手段として平和と秩序に貢献しているのであり、したがって男が娘や姉妹を性的対象として独占することは、そうした交換のメカニズムを乱すことになる。その他にも、いつもいっしょにいる身内にたいしては性的欲望を覚えなくなるのだという「なじみ」理論や、遺伝的な害悪を指摘する優生学上の主張も唱えられてきた。いずれにしても、インセスト・タブーが普遍的な現象だと見なす点で、人々の見方は一致する。

家族はふだんいっしょに暮らしているだけに、深い愛で繋がることが多いとはいえ、逆に反感や憎しみも生じやすい。親しいからこそ、愛も憎しみも増幅されやすいのである。家族とその様態は時代と社会によって異なり、社会学、心理学、人類学、民法などさまざまな学問の対象であり、文学においてもまた、家族は大きなテーマであり続けてきた。愛のかたちをめぐる考察を展開してきた本書の最後に、近親愛という禁断の愛を問いかけてみよう。

宿命としての近親相姦

近親愛のなかでも、とりわけタブー視の度合いが強いのは親子間の近親相姦であろう。一般的に考えれば、幼い頃から起居を共にし、年齢がかなり離れているわけだから、性愛の対象にはなりにくい。フロイトの精神分析は男の子の母親にたいする、女の子の父親にたいする執着と、それを昇華させていくプロセスが子供の人格形成に決定的な影響力をもつことを指摘したが、文学のなかでは、子供のそうした性愛があからさまに語られることはない。親子の近親姦が描かれたり、あるいは近親姦への欲望が表明されたりするのは、神話や伝説のなかである。

そのもっとも有名な例は、言うまでもなくオイディプス伝説にほかならない。

古代テーバイの危機を救ったオイディプスは、イオカステを妃として王の地位に就くが、そのイオカステはじつは彼を産んだ母親だったという有名な伝承である。もちろんお互いそうと知らずに、したがって無意識的に出来した事件であり、彼ら二人は自分たちの行為に責任はない。かつてオイディプスがテーバイの王子として生まれたとき、この子は将来父を殺すという不吉な予言に慄《おのの》いた王ライオスが、臣下に息子をひそかに殺すよう命じたのだが、臣下は子供を憐れんでその命令を果たさず、山中に遺棄したのであった。自分の素姓を知らずに成長したオイディプスは、あるとき偶然道で遭遇したライオスと争って彼を殺《あや》め、やがてテーバイの王となった。

ライオスは不吉な予言をなんとか回避しようとあらゆる策を講じたが、定められた運命は不可避的に実現してしまう。オイディプスの意図せざる近親相姦は、人間の意志を超えた力に翻弄される人物が経験する宿命のドラマである。近親相姦は絶対的なタブーであり、そのタブーを侵犯した彼はみずからの両眼をえぐって盲目となり、母にして妻のイオカステは命を絶つ。無意識的なものとはいえタブーの侵犯は、きびしい自己処罰へと導く。

人智を超えた宿命が親子の近親相姦を引き起こしてしまうという構図は、サドの短篇集『恋の罪』に収められている「フロルヴィルとクールヴァル」にも見出される。かなり錯綜した物語だが、要約すれば次のようになる。

女主人公フロルヴィル（三十六歳）は、クールヴァル氏（五十五歳）に見そめられ、まもなく彼の妻になる身である。クールヴァルは再婚で、最初の妻とのあいだに生れた息子は杳《よう》として行方が知れない。フロルヴィルは結婚前に、未来の夫に自分の過去を語る。

孤児だった彼女は、遠縁にあたるサン＝プラ氏に預けられ、やがてナンシーに住む彼の妹ヴェルカン夫人のもとに身を寄せる。しかし夫人は不信心な享楽家で、フロルヴィルを淫蕩と堕落の道に誘い込もうとする。フロルヴィルは当地に駐留していた青年将校セヌヴァルに誘惑され、妊娠し、棄てられる。その後サン＝プラ氏のもとに戻り（十数年が経過）、ある年、徳高いレランス夫人の別荘で夏の一時期を過ごす。そこへ、知り合いの女性が庇護しているサン＝タンジュ騎士という青年がやって来る。「虫の知らせとでも言うのでしょうか、いえ、なんなりといかようにも呼んでくださって結構ですが、ムッシュー、原因を考えても見当もつかない全身の震えが私を襲いました」（植田祐次訳）。互いに惹かれあう二人。サン＝タンジュは、かつてのセヌヴァルと同じような言葉で彼女に言い寄る。しかしフロルヴィルは愛を拒み、ある夜寝室に忍び入ったサン＝タンジュを鋏で刺し殺してしまう。彼女に非はないというので、周囲の人々はこっそり遺骸を埋葬し、事件は沈黙に付される。

その後、フロルヴィルはパリのサン＝プラ氏の邸宅に戻る。しばらくしてヴェルカン夫人が危篤になり、ナンシーでその死を看取った後、ホテルで殺人事件に遭遇し、フロルヴィルと侍女たちの証言で犯人の女は死刑となった。いまわしい記憶……（ここまでが、結婚前にフロルヴィルがクールヴァルに語る話）。やがて二人は結婚し、穏やかで幸福な日々が続いていたが、フロルヴィルは自分の人生が絶えず不幸に見舞われる運命にあることを予感し、不安に駆られる。ある日、行方知れずになっていたクールヴァルの息子が突然帰宅し、過去を語る。そこから明らかになったのは……。

この息子こそ、ナンシーでフロルヴィルを誘惑したセヌヴァルであり、サン＝タンジュは二人のあいだに生まれた息子であり、フロルヴィルは一歳違いのセヌヴァルの妹であり、彼女の証言で死刑になった女は二人の母、つまりクールヴァルの元妻であり、クールヴァルはフロルヴィルの父だということであった。息子を溺愛した母は、彼の利益を守ろうとして娘を亡き者にしようとしたが、そこまではできず乳母の手に委ねて、夫には死んだことにしておいたのである。すべてを知ったフロルヴィルはピストルで自殺し、父子は世間から隠遁し、孤独のなかで徳と信仰に生きて生涯を終える。

近親姦の網の目があまりに錯綜していて、ほとんど荒唐無稽な印象さえあたえる物語だが、今はそのことを問う場ではない。息子の予期せぬ帰還が、離散していた一族の幸せな再会をもたらすどころか、おぞましい秘密を白日のもとに曝《さら》け出して破滅へと至る。物語の結末で、フロルヴィルは兄と交わり、息子に言い寄られ、父親と結婚したことが読者に明かされる。それまで不吉な予感として謎いたかたちで示唆されていたこと、しかし女主人公はそれが単なる悪夢で終わってほしいと希求していたことが、最悪のかたちで現実化してしまったのである。

家族の離散によって彼らの出自と素性が曖昧になったために生じた、罪深い性愛のかたちである。事情を知る由もないヒロインは美徳と敬虔を体現するが、その美徳と敬虔にもかかわらず、彼女は男たちの暴力にさらされる犠牲者であり、意図せずに父の妻となってしまう罪深き女である。美徳が、とりわけ女性の美徳が絶えず迫害され、邪悪な運命に翻弄されるというのはサド文学の主要なテーマである。彼の文学観によれば、劇的技法には「恐怖」と「哀れみ」の二つがあり、恐怖は勝ち誇る罪の描写から生まれ、哀れみは不幸な美徳の表象がもたらす。

フロルヴィルは幼い頃に死ぬはずだったが生き永らえ、成長した後、まったく意図せずして母の死の原因となり、父である男に愛されてその妻となる。オイディプス伝説を、男女の性別を入れ替えて再現したような物語である。そしてテーバイの王がみずから盲《めし》いたように、サドの女主人公は自殺して果てる。彼女の不幸な予感と忌まわしい夢はすべて実現してしまい、彼女の生涯は絶えざる迫害と不幸の連続にほかならない。真実を知った彼女は、命を絶つ前にクールヴァルに向かって言う。「ねえ、あなた、これでも哀れなフロルヴィル以上に恐ろしい犯罪者がこの世に存在しうるとお思いですか」。

法的に言えば、フロルヴィルは犯罪者ではない。彼女はむしろ、呪われた過酷な運命に弄ばれ続けた犠牲者であり、その荒々しい死は殉教の様相を呈している。近親相姦は日常的な物語の要素ではなく、運命的な悲劇のモチーフとして機能する。

父と娘の物語

サドの作品は、意図せぬ近親相姦のドラマだった。他方、そうと知りつつ意図的になされる近親相姦もある。いや、それを近親相姦という名で呼ぶのはふさわしくないだろう。なぜならこの場合、親（たいてい父親）から子供（娘）へのまったく一方的で、ときには暴力的な性愛が問題になるからだ。現代であれば、端的に「性暴力」あるいは「性的虐待」以外のなにものでもない。先にある尊属殺人事件の顛末に触れたが、性暴力が子供の心にどれほどの心的外傷《トラウマ》を引き起こすかは、あらためて喚起する必要もないだろう。日本文学に例を取るならば、天童荒太の『永遠の仔』(一九九九)において、ヒロイン優希が幼い頃父親から性的虐待を受けており、この父から娘への一方的な近親姦が物語の展開に深く関与している。

フランス文学の領域で言えば、たとえば十七世紀の作家シャルル・ペロー(一六二八―一七〇三)の『ろばの皮』。わが国では「シンデレラ」や「長靴をはいた猫」でお馴染みの童話作家だが、『ろばの皮』では、ある国の王が美しい妃を亡くした後、その妃にもまして美貌を誇る娘の王女に恋心を抱いてしまう。亡き王妃は、自分よりも美しい女となら再婚してもよいと遺言していた。童話なので作家が複雑な心理の襞《ひだ》にまで深く立ち入ることはないのだが、それにしても国王が、自分の邪《よこしま》な恋情を罪悪視するそぶりをまったく見せないことには驚かされる。罪悪視するどころか、神学者の助けを借りて自分と王女の結婚を宗教的に正当化しようとさえするのである。

ただ王女だけがより美しく
亡くなられたおかたにもなかった
優しい魅力といったものをそなえていました。
王は自分でもそれに気づくと
はげしい恋心に燃え、
気違いじみたことを思いつくのでした
この理由ゆえに王女と結婚すべきだ、と。

さらにはまた、その提案が可能などという
神学者さえ見つけました。(『完訳ペロー童話集』、新倉朗子訳)

娘である王女のほうは父の邪恋に怯え、やがて侍女の助けで城を脱け出し、諸国放浪の末ある国の王子に見そめられて婚姻の儀式を挙げる。父王は最後には「罪深い恋の炎」を鎮めて、娘の結婚式にうやうやしく臨席する。「狂った恋とそのはげしい情熱に対しては、最も強靭な理性ももろい堤防でしかない」というのが、この童話のひとつの教訓である。

チェンチ一族の運命はもっと苛烈で、劇的である。彼らはローマ在住の古い由緒正しい貴族の家系に属しているが、十六世紀に書かれたこの一族をめぐる年代記にもとづいてスタンダールが作品化したのが、中篇『チェンチ一族』(一八三七)だ。イタリアの画家グイド・レーニ作のベアトリーチェ・チェンチの肖像とされる絵を、作家がローマのバルベリーニ宮で目にし、彼女の数奇な生涯に関心をもったことが作品執筆の契機とされる。スタンダール以前に、イギリスのシェリーが同じ題材で韻文劇『チェンチ一族』(一八二〇)を著わしており、ロマン主義時代に流行した主題のひとつだった。

十六世紀のローマ、裕福で権勢を振るう貴族フランチェスコ・チェンチは放蕩に耽り、教会に足を踏み入れることのない不敬な男であり、王侯貴族やローマ法王の権力さえものともしない。悪事の限りを尽くして投獄されても、法王や金の力で自由の身となり、悪徳の生活を悔い改めることがない。息子たちにも冷たく、父親として愛情の片鱗すら示さない。他方で、娘である美しいベアトリーチェに欲望を抱き、凌辱し、あまつさえ近親相姦が一族の歴史のなかで繰り返されてきたとうそぶく。さらに二番目の妻ルクレーツィアにも、侮辱を浴びせ乱暴をはたらく。ベアトリーチェはこの耐え難い状況から逃れるため法王に書簡を認《したた》め、自分を誰かと結婚させるか、修道院に送りこんでほしいと懇願する。その計画を見抜いたフランチェスコの乱暴ぶりはいっそう激しくなる。

ついにベアトリーチェは兄と義母に計り、ある日父親をアヘンで眠らせてから、雇っておいた男たちに頼んで、自分たちの眼前で父親を殺害させる。やがて一家は逮捕され、彼らに同情が集まるが、最後は斧で首を刎ねられる。ベアトリーチェは平然と処刑台に上り、首を差し出す。

これは近親相姦ではないし、ましてや近親愛でもない。父フランチェスコによる娘にたいする性暴力であり、対するベアトリーチェの反応は、一種の正当防衛にほかならない。父親にあっては、社会道徳が暗黙のうちに課す禁忌や抑制がいささかも機能せず、本能的な獣性に従うだけである。近親姦という忌まわしい行動を抑止するために、一族の人間が最終的に選んだ手段がフランチェスコ殺害だった。道ならぬ恋（それを恋と呼べるとして）は、命を代償にして清算されなければならなかった。ベアトリーチェの側からすれば、父のおぞましい行為にたいしては、法に触れても極端な手段で対抗するしかなかった。家族のなかで発生する歪んだ近親愛は、家族の崩壊をもたらす。それは現代でも変わらない。

澁澤龍彦や、フランスのダストトール（『禁忌の主題をめぐる変奏――西洋における文学と近親相姦』、一九九〇）が述べているところによれば、西洋社会では、近親相姦が王族や貴族など上流階級のみに許された、反道徳的な特権のようなものとして現われることが多いという。それが歴史的に検証可能な事実かどうかは分からないが、少なくとも文学的表象の領域では、この主題は王侯貴族の習性として語られることが多い。オイディプス伝説がそうだし、『フロルヴィルとクールヴァル』、『ろばの皮』、そして『チェンチ一族』はすべてそうした指摘に適う。背徳的な行為は、高い洗練と地位を有する集団の内部で発生するからこそ、頽廃的な雰囲気がいっそう増幅されるのだろう。

義母と息子の危うさ

同じようなことは、実の親子ではなく、義理の親子についても当てはまる。今度は父と娘ではなく、おもに義理の母と息子の関係が問題になる。一般的には、夫が最初の妻を亡くし年若い女と再婚すると、夫の息子とその女のあいだで背徳の恋が芽生えるという構図をとることが多い。女と義理の息子は血の繋がりはないし、あまり年齢も離れていないから、潜在的には男女の関係を誘発しやすいということだろう。

オイディプス伝説と同様、その原型はやはりギリシア神話にあり、アテーナイ王テセウスの後妻パイドラー（フランス語ではフェードル）が、義理の息子ヒッポリュトス（フランス語ではイポリット）に邪恋の炎を燃やす。神々の呪いにより、フェードルの一族はみな背徳の恋に落ちるよう運命づけられているのだ。彼女の母パシファエは、こともあろうに牡牛に恋して交わり、頭部が牡牛で胴体が人間という怪物ミノタウロスを生み落とす。そして今度はフェードルが、夫の連れ子に道ならぬ恋心を覚えてしまうのである。

十七世紀の悲劇作家ラシーヌ（一六三九―九九）の『フェードル』（一六七七）は、この神話に依拠している。フェードルがイポリットに出会って、文字どおり運命の一目惚れ（フランス語では coup de foudre 直訳すれば雷の一撃という意味）をする。それがいかに矯激な反応を引き起こしたかを、作家はフェードルに次のように述懐させている。

その人を見た、見て顔を赤らめ、わたしは色を失った。
我を忘れたこの心に、渦巻き上がる恋しい想い。
目は見れどももはや見えず、口は渇いて声も出ぬ。
五体のことごとく、凍てつくかと思えば、また火と燃え上がった。（渡辺守章訳）

激しい恋情、禁じられた愛の訪れに王妃フェードルは動顚し、その身体はほとんど病理的な症状を呈してしまう。イポリットの姿を目にするやいなや、顔は赤くなると同時に蒼白になるのだが、その変化は恋の衝撃と罪の意識を示す。そして彼女は一次的な盲目と失語状態に襲われてしまう。禁断の恋の業火にさいなまれる彼女は、憔悴しきっている。出会いを語るこの数行は、呪われた宿命の愛の結末が悲劇的なものにしかなりえないことを予告しているかのようである。

義理の息子への背徳の恋だから、侍女エノーヌは王妃を諫めるのだが、その直後に夫である王が死んだという報せが届く。そうなればイポリットへの恋はもはや罪深い恋でも、タブーでもない。やがて王位を継ぐべき男への、「世の常の恋」ということになる。そこでフェードルは義理の息子に愛の告白をするのだが、彼のほうはその告白に戦慄を覚えるだけである。フェードルは激情に流されて言い返す。

ええ、酷い人、分かりすぎるほど分かっているのに！
これだけ話せば、思い違いの余地もない。
さあはっきり見るがよい、フェードルを、狂おしいまでのその恋を！

告白してしまった以上、もはや義理の母と息子という通常の関係に戻ることはできない。おぞましい告白を耳にして呆然とする男を前にして、高貴な王妃はみずからの情念の炎をもはや隠したりしない。決然とした女とためらう男の対照という、ラシーヌ劇に通底する図式がここに現われる。近親愛は一定の境界線を越えてしまうと、あとは破滅を覚悟で究極まで突き進むしかないのかもしれない。

ところが夫の死は誤報で、やがてアテーナイに帰還する。イポリットのほうが自分に言い寄ったのだと讒訴《ざんそ》したフェードルは、父の呪詛によりイポリットが命を失うと、良心の呵責に耐えかねてみずから毒を仰ぐ。タブーの愛は、こうして当事者二人の死によって終焉を迎えることになる。呪われた禁断の恋の炎に身を焼かれていても、アテーナイの王妃が気品と威厳を失うことはない。運命の不幸を嘆きながらも、それを最後まで毅然として引き受けるのである。

このフェードル伝説を十九世紀パリの上流社会に移し替えた物語が、エミール・ゾラの『獲物の分け前』（一八七一）だ。『ルーゴン＝マッカール叢書』全二十巻のうち、第二巻にあたる作品である。

第二帝政期、セーヌ県知事オスマンの先導によるパリの都市改造にともなって、不動産投機に乗り出したサカールは、後妻に迎えた美貌のルネの持参金を元手に巨万の富を築いて、モンソー公園の近くに豪邸を構える。ルネは贅沢と享楽の生活に明け暮れながら、心のどこかに満たされないものを感じている。やがて義理の息子マクシム（サカールの連れ子）と恋仲になって、肉体関係をもつが、どちらにも罪の意識はほとんどない。作家は二人の愛欲を、時代が生み出した病理として、そしてまた頽廃的な雰囲気が悪の土壌を準備しているような社会のなかで生まれた悪徳として描く。

こうしてあぶなっかしくくっつきあっていたあげく、二人は奇妙な絆で結ばれることとなり、友達づきあいの楽しさは肉体的な満足とほとんど変わらぬものとなってきていた。何年も前から互いに身を任せあっていたのだ。性行為そのものは、気づかずにきた病が起こした発作にすぎなかった。二人の生きている狂気じみた世界で、この過ちはあやしげな液を滴らせるこってりした堆肥の上に芽生え、放蕩には格好の条件に恵まれて、奇妙に洗練されながら成長してきたのである。

（第四章、中井敦子訳）

ゾラの小説がフェードル伝説を踏まえているとはいえ、古代神話に登場する、神々に呪われた家系につらなる高貴な王妃の悩ましい恋とは、だいぶ様相を異にする。ここには、罪深い恋にたいする後ろめたさはないし、恋を告白するときの畏れと恍惚も欠落している。ルネとマクシムは、タブーを侵犯しているという倒錯的な快楽ともほとんど無縁である。彼らはルネのバラ色の寝室で、あるいは邸

背徳の愛にふけるルネとマクシム。『獲物の分け前』初版の挿絵。

19 世紀の温室

宅に隣接した、熱気と植物の香りでむせかえるような巨大な温室のなかで抱き合い、絡み合って歓びをむさぼる。バロック的な空間のなかで、熱帯植物の強烈な香りや、水盤から立ち昇るむせるような水蒸気が二人の肌に浸透し、官能を刺激する。温室はこうして、濃密なエロティシズムを漂わせる密室に変貌していく。

温室で何度も反復されるこの愛の場面において、興味深い現象が起こる。男女の性的役割が逆転するのである。ルネは男っぽいしぐさでマクシムを愛撫し、マクシムはどこか虚弱で、なよなよして、女っぽく、両性具有的だ。二人の性愛関係においては、ルネが支配し、マクシムが従属する。ルネが抱き、マクシムは抱かれるのである。

二人は、狂おしい愛の一夜を過ごした。ルネは男、激しく行動的な意志そのもの、片やマクシムは受け身であった。この中性的な、子供の頃から男らしさを欠いた金髪の小綺麗な人間は、好奇心に駆られた女の腕に抱かれると、古代ローマの美青年のように脱毛を施した四肢と美しい華奢な体つきをして、まるで大柄な女の子であった。彼は、性的倒錯のために生まれ育ってきたかのようだ。ルネは支配するのを楽しみ、男とも女ともつかぬこの人間を自分の情熱のおもむくままにあやつった。（第四章）

この一節では、両性具有の表象が素描されている。それがロマン主義文学の好んだテーマだったことは前章で見たとおりだが、ここでは位相が異なる。ゴーティエの『モーパン嬢』では、男装した女が両性具有的な魅力で周囲の人たちを惑乱させるが、ここでは青年が女性化するのである。十九世紀後半の小説において青年と年上の女性の愛が問題になるとき、しばしばこうした性的役割の顚倒が生じる。フロベールの『ボヴァリー夫人』におけるエンマとレオン、同じく『感情教育』のフレデリックとロザネットの場合でも、男が女を情婦にするというより、女が男を愛人にするという力学が成立するのだ。欲望する女は男のように振る舞い、欲望される男は女性化する。ゾラの『獲物の分け前』では、青年の両性具有性が男性性の喪失を意味する。

引用文にある「倒錯」の原語は inversion。そう、前章で同性愛を論じた際に指摘したように、十九世紀後半の精神医学者たちが、同性愛を異常視して冠した用語である。ロマン主義時代であれば、女が男に変装して妖しい魅力を発揮することが罪深い行為になりうるが、十九世紀後半の写実主義時代では、男が女性化して、性の境界線が曖昧になることが倒錯的な現象として描かれる。

ここにはおそらく、「変質」という強迫観念に苛《さいな》まれ続けた同時代の人々の不安が映し出されている。マクシムはその女性化によって、すなわちその倒錯によって、ルーゴン家の血統が免れられない腐敗と没落を予告する。しかも家系の変質と、社会全体の変質が共振しあう。『ルーゴン＝マッカール叢書』は、一家族とひとつの社会が崩壊していくさまを表象した壮大な近代の叙事詩にほかならない。

したがって『獲物の分け前』における青年と義理の母の近親相姦が、悲劇的な宿命としてではなく、頽廃的な病として語られることにいささかも不思議はない。この時代は、同性愛を病理として断罪しただけでなく、近親相姦さえも病理化したのだった。かつてであれば究極のタブーとして、それを侵犯することが崇高な畏怖の念を誘発することもあった近親相姦は、今や精神の異常、あるいは感覚の錯乱として提示される。ルネはフェードルのように罪の意識に慄いて毒を仰ぐわけではないし、マクシムはイポリットのように父の怒りに触れて海の怪物に呑みこまれるわけでもない。女は髄膜炎で急死し、男は富豪の娘と打算的な結婚をするというのが、小説の結末なのだから。近親相姦の物語の位相は、時代によって大きく推移したのだった。

兄弟姉妹という複雑な関係

現実にはもちろん文学作品のなかであっても、親子の近親相姦は稀にしか起こらない。しかもオイディプス伝説やサドの小説に見られるように、避けがたい宿命の網に絡めとられて、親子であることを知る由もなく愛のドラマに発展してしまうことが多い。義理の親子の近親相姦が成立するのは、そもそも本当の意味で血縁関係がなく、したがって禁忌の意識が薄らぐからである。それに比して兄弟姉妹間の近親愛は、神話や文学の世界でより意識的に、そして断固たる態度で引き受けられる。

現代文学から例を挙げるならば、たとえばマルグリット・デュラス（一九一四―九六）。彼女自身の生い立ちを色濃く反映した自伝的な作品である『太平洋の防波堤』（一九五〇）や『北の愛人』（一九九二）では、どちらも仏領インドシナを舞台に、兄と妹のあいだで繰り広げられる近親相姦の誘惑が挿話のひとつを構成する。『アガタ』（一九八一）は、やはり兄と妹が、封印されていた過去の記憶を畏怖と恍惚の交じった言葉で紡ぎだしながら、近親相姦の欲望を顕在化させる戯曲である。兄妹の愛という主題は、強迫観念のようにデュラスの文学創造につきまとった。

歴史を遡るならば、少なくともフランスに関するかぎり、兄弟姉妹の欲望をともなう愛だけでなく、純粋な優しさという意味でのきょうだい愛は、十九世紀以降の文学において顕著となる。家族があるかぎり兄弟姉妹は存在するのに、不思議なことに、彼らの愛が文学の主題として前面に浮上してくることはそれまでほとんどなかった。

兄弟姉妹の関係が問題になるとすれば、それはたいてい嫉妬や敵愾心といった強い心理的緊張をはらむ状況においてであった。聖書の『創世記』では、カインが兄アベルを殺したため神の怒りを買い、彼の子孫は終わりない放浪を強いられる。古代ギリシア・ローマ神話も、兄弟が敵対したり、姉妹が互いに妬みあったりする挿話に事欠かない。同じ親から生まれ、同じ家庭で育った者たちは、その血縁の深さゆえに葛藤を生きる運命にあったかのように。こうして、兄弟殺しが神話や文学のテーマになった。現代社会でも事情は同じであって、家族であるにもかかわらずではなく、家族であればこそ、憎しみがいったん芽生えれば果てしなく増幅していくものだ。

フランス革命と、その後の歴史の動乱を通過した十九世紀フランスで、兄弟姉妹の絆は新たな様相を呈するようになる。フランス革命は父としての国王（国王はしばしば「国父」と呼ばれた）を廃位しただけでなく、裁判を経たうえでギロチン刑に処した。トクヴィルが『アメリカの民主主義』のなかで主張したように、それは国王と人民の縦の関係、権力の垂直関係を断ち切り、民主主義的な制度のなかで横の人間関係に価値を置くという思考を導いた。共和制の標語のひとつであり、日本語では「博愛」や「友愛」と訳されるfraternitéとは、もともとは兄弟姉妹の絆をいう。人々は、革命以前のアンシャン・レジーム下の家父長的な父権に異議を申し立て、兄弟姉妹の親しい感情的な繋がりを強調しようとしたのである。

十九世紀、文学においてはそれ以前の時代よりもはるかに強く、兄弟姉妹の関係が文学のテーマとして描かれたし、作家たちの実人生においても、兄弟姉妹の親密な愛情は感情生活の大きな要素をなしていた。スタンダールと妹ポーリーヌ、バルザックと妹ロール、エルネスト・ルナンと姉アンリエットのあいだに交わされた数多くの手紙は、彼らの情愛を裏付けてくれるし、一方が婚約したり結婚したりすれば、他方は悲しみに沈み、嫉妬に苦しむ。ウジェニー・ド・ゲランとモーリス・ド・ゲランの姉弟の場合は、書簡と日記が彼らの深い感情的絆を証言している。

日記と並んで、ロマン主義時代が流行させた自伝ジャンルにおいても、子供時代の物語、したがって兄弟姉妹の睦まじい絆がしばしば喚起される。シャトーブリアンの『墓の彼方からの回想』(一八四八―五〇)では、作家の姉リュシールやジュリーへの愛が、ジョルジュ・サンドの『我が生涯の記』では、作家の異父姉や異母兄への愛情が率直に吐露されている。日記と自伝(あるいは回想録)という十九世紀のロマン主義時代に隆盛を迎えたジャンルは、内面の表白に適した形式であり、兄弟姉妹の親密な情愛を描くのにいかにもふさわしい。フランス以外に例を探すならば、イギリスのバイロンと妹オーガスタ、ドイツのニーチェと妹エリザベートの複雑な関係が想起されるところだろう。

アメリーの罪深い情念

文学作品に目を向けると、姉と弟の近親相姦的な愛を表象する作品が多いことに気づく。先に触れたダストールが、きょうだい愛の物語の再生を画した小説と見なすシャトーブリアンの『ルネ』(一八〇二)は、その嚆矢と言える作品である。

生まれてすぐに母を失い、厳しい父のもとで育ったルネは、姉のアメリーと故郷の詩的な自然風景を愛でながら散策する日々を過ごす。やがて父も亡くなり、兄が屋敷を受け継ぐと、ルネはヨーロッパを遍歴する旅に出る。ギリシアの廃墟、イギリスの宮殿と広場、スコットランドの山岳と海岸、イタリアの芸術などを見物してフランスに戻ったルネは、はっきりした理由もないまま孤独と憂鬱に苛まれる(いわゆる「世紀病」の表象である)。人生に意味を見出せずに絶望し、わずかばかりの財産を処分して自殺しようと考え、その前に慕っているアメリーに会おうとして手紙を書く。手紙を読んだ

フランス・ロマン派を代表する作家シャトーブリアン（1768–1848）。彼の作品は19世紀前半の文化に深い刻印を残した。

アメリーは弟の真意を見抜き、急いで彼のもとに駆けつける。

こうして姉が弟を励まし、ともに暮らす幸福な日々が訪れる。ルネはしだいに元気を取り戻すが、逆にアメリーのほうが明確な原因もなく憔悴していく。精神的な不安定のなか、アメリーが十字架に祈る姿はルネを不安にする。ルネは姉が告白できないような愛を一人の男に感じており、それが彼女の絶望と憂鬱の原因であると考えるが、彼女は真実を告白しようとしない。ある日アメリーの部屋に行くと彼女の姿はなく、ルネに一通の手紙を残して、海辺の修道院に旅立った後だった。その手紙のなかでアメリーは弟に結婚を勧めながら、次のような一節を書き記していた。

あなたを幸せにしようとつとめない女など、いるでしょうか！　情熱的な魂、みごとな才能、高貴で熱情的なようす、誇り高くやさしげなまなざし、そうしたものすべては、あなたがその女性の愛と貞潔を得られることを保証しています。ああ！　その女《ひと》はどれほどの幸福に浸りながらあなたを抱きしめたり、胸に押し当てたりすることでしょう！　その女《ひと》はあなたばかりを見つめ、あなたのことばかり考えて、あなたのどんな小さな苦しみでも未然に防いでくれるでしょう！　あなたの前ではその女《ひと》は愛と無垢の化身となり、あなたは姉や妹に再会したような気になることでしょう。

これは姉が弟に書き送る手紙というより、一人の女が男に愛を確約する文面と言ってよいだろう。単に弟の美点を褒めるというより、自分が愛する、しかし自分の愛に気づいていない相手に、みずからの激しい情熱を伝えようとする間接的な告白ではないだろうか。あなたの妻になるべき女は、あなたの姉のような女だと示唆しているのだから。無邪気なようで、しかし挑発的なこの手紙の意図は、名宛人に理解されることがない。アメリーが告白できない秘められた情念に苦しんでいると推測したルネは、どうしてその対象が自分であることに想い至らなかったのか？

生まれ育った屋敷と森を再訪した後、ルネはアメリーのいる修道院に向かう。修道女になろうとする彼女が誓願式のおごそかな儀式に臨んでいる時、ルネはついに姉の秘密を知るのである。

そのとき突然、陰気なヴェールの下からかすかなつぶやきが洩れてきた。ぼくが身を屈めると、次のような恐ろしい言葉（ぼくにしか聞こえなかったのだが）が耳に届いた。「ああ慈悲の神さま、どうぞ私がこの死の床から立ち上がれないようにしてください。そして弟には善をたくさん恵んでやってください。弟は私の罪深い情念とは無縁なのですから！」

柩の中から発せられたこの言葉を耳にして、ぼくは恐るべき真実を悟った。ぼくは分別をなくし、屍衣のうえに倒れふしてアメリーを抱きしめると、叫んだ。「イエス・キリストの貞潔な花嫁となった姉さん、すでにあなたと弟を隔てている死の冷たさと、永遠の深淵をとおして、どうぞぼくの最後の接吻を受け取ってください！」

アメリーは弟への禁じられた愛を、みずからの死と引き換えに告白するしかなかった。そして死に際の姉が言った「生きてほしい」という懇願に従って、ルネはヨーロッパを離れて新大陸に渡ったのだった。ルネは神が自分を罰し、そして救うために姉アメリーを地上に遣わしたと考える。姉の死が、弟の救済をもたらしたのである。

『恐るべき子供たち』あるいは死に至る愛

『ルネ』は姉と弟のあいだで完結する世界であり、二人の感情のドラマに留まる。アメリーの自己放棄を決定づけるのは、修道院に入るという宗教的行為である。それに対してジャン・コクトーの『恐るべき子供たち』（一九二九）では、作家がやはり姉から弟への秘められた愛を描きつつ、そこに第三者を介在させることによって劇的な次元を高める。

父が行方不明となり、やがて母も亡くなって天涯孤独の身となったエリザベートとポールの姉弟は、彼女に想いを寄せるジェラール、そして洋装店でのエリザベートの同僚アガートらと無軌道な生活を送る。そこにアメリカ系ユダヤ人の裕福な青年ミカエルが出現して、エリザベートと恋仲になり、やがて結婚してパリ中心部の豪華な邸宅に住むが、その直後、ミカエルは交通事故のため南フランスであっけなく死んでしまう。邸宅と莫大な遺産がエリザベートに残されると、彼女はポール、アガート、ジェラールを同居させる。

諍いと和解を繰り返しながら暮らすうちに、ポールとアガートは愛し合うようになるが、内気な彼らはどちらも告白できない。エリザベートは二人の気持ちに気づくが、弟を愛し、独占したいという欲求に突き動かされて、ポールには「アガートはジェラールを愛している」と告げ、アガートには「弟はあなたに気がない、ジェラールがあなたを愛している」と偽って二人の仲を引き裂く。絶望したポールは毒を仰ぎ、いまわの際に真実を知って姉を呪詛すると、エリザベートは彼が息絶えると同時にピストルで自殺する。

姉の弟への愛は、はじめから異常で罪深い側面をもっているわけではない。幼い頃両親を失った姉弟が肩を寄せ合って健気に生きる姿に、読者は感動することはあっても、いかがわしさを感じる理由はない。しかし成長するにつれて、少女が女に、少年が青年に変貌するにつれて、子供の牧歌的な世界はみずからその名を口にできない愛と欲望に浸食されていく。

エリザベートは禁断の愛から逃れるためであるかのように、いったんミカエルと結婚するものの、まるでポールとの愛憎を生き抜くことを宿命づけられているかのように、ミカエルは唐突な死を迎え、ポールとの同居生活が再開することになる。エリザベートは他の男を愛し、他の男に愛されることはあっても、最後は弟への近親愛に回帰するよう運命づけられているのだ。ジェラールは、ミカエルの死によってそれを悟る。

ジェラールが考えていたとおりだった。彼にしろミカエルにしろ、世の中のどんな男も、エリザベートを手に入れることはないだろう。愛は、彼女を愛から切り離すような不可解な領域を明らかにし、その領域を誰かが侵せば命を失いかねないのだった。ミカエルがこの処女を手にいれたことは認めるにしても、この邸宅という聖堂を所有することはできなかっただろう。彼は死んではじめてそこに住むようになったのである。

姉の周囲に姿を現わす男たちは、いずれ消滅していく亡霊でしかないし、弟を愛する他の女は排除されるべき邪魔者でしかない。エリザベートだけが他の人物たちの秘密と感情を知りうる立場にあって、それを自分一人の胸に収めながら、他の人物の運命を操ろうとする。それは自分の欲望（＝弟への愛）を貫くためなのだ。エリザベートからすれば、世界は姉と弟だけの愛の空間として完結しなければならない。小説の最後で二人が同時に命を絶つのは、姉から見れば一種の情死であり、つまり死によって近親愛の世界は閉じられ、完成するということである。

理性と道徳が禁じる愛に身を委ね、それによって滅びる女を描いているという点で、『恐るべき子供たち』は抗いがたい宿命のドラマであり、ギリシアの古典悲劇の様相を呈している。実際、死を覚悟したエリザベートが自分と弟の人生を、ギリシア神話に登場する呪われた一族アトレイデスのそれに喩えるのは偶然ではない。

意匠の異なる『ルネ』と『恐るべき子供たち』だが、この二作にはふたつの共通点があり、それは近親愛のテーマと深く繋がっているように思われる。

第一に、どちらも孤児たちの物語である。ルネとアメリーの母親はルネの誕生後まもなく死去しているし、父親も二人が幼い頃に亡くなる。エリザベートとポールの父は当初から行方不明で姿を現わさないし、アル中の母も二人が思春期の頃に死ぬ。コクトーの作品では、彼ら姉弟だけでなく他の登場人物にも親が欠落している。ジェラールは両親が早くに亡くなり、叔父に育てられたし、アガートの両親はコカイン中毒のうえに娘を虐待し、最後はガス自殺する。親の存在は稀薄であるか、あるいは存在しても親の務めを果たしていない親たちである。親たちはアルコールや麻薬に溺れて身を滅ぼすし、唯一まともな大人と言っていいジェラールの叔父は、独身で子供がいない。ここには、通常の親子関係がまったく欠如しているのだ。そして親子という垂直的な関係の欠如は、姉弟という水平的な愛情を強化している。

第二に、どちらの作品でも、物語はきわめて閉鎖的な空間の内部で展開する。『ルネ』において姉と弟が暮らす家には、他者がまったくやって来ない。それは自給自足した空間であり、外部の世界との交信といえばアメリーがひそかに修道院と遣り取りする手紙ばかりだ。『恐るべき子供たち』の物語は、全篇がほとんど室内だけで展開する。姉と弟が暮らすのはモンマルトル通りの部屋や（第一部）、エトワール広場（現在のシャルル・ドゴール広場）にほど近い邸宅（第二部）であり、事件はすべてそこで生起する。登場人物たちがパリの街を散歩したり、海辺に出掛けたりするシーンはあるものの、それは例外で、ギリシア悲劇やフランス古典悲劇のように、舞台はほとんど一定である。姉弟の愛憎劇は、はじめから最後までほとんど密室のなかで展開するのである。

高貴と汚辱のはざまで

シャトーブリアンとコクトーの作品では、姉弟のあいだに身体的な愛撫が生じることはなかった。高揚した情熱ではあっても、性的な交わりの前では躊躇する。それに対して、禁断の愛を最後の段階まで突き進む者たちも文学には登場する。

バルベー・ドールヴィイの短篇『歴史の一ページ』(一八八二)は、ノルマンディーの丘陵地帯に十四世紀以来の城塞を構える貴族ラヴァレ家の、簡潔な年代記をなしている。代々にわたって世間の風習を無視し、一族のなかですら内紛と流血沙汰を繰り返してきたラヴァレ家に、十六世紀末、ジュリアンとマルグリットという美しい兄妹が誕生する。その美しさと奔放さはまさに悪魔のようで、互いの美しさに惹かれるように彼らは近親相姦の快楽に溺れていく。作家は二人の背徳的な愛が父祖伝来の呪われた血の遺伝によるものであり、まるで回避できない原罪の重みを課されたような運命であると語る。

二人はラヴァレ一族の血を伝える最後の一滴であり、二人の不吉な愛はおそらく譲り渡すことのできない遺産のようなものだった……。この忌まわしい愛は、それが存在することに周囲のひとたちが気づいた頃には、おそらくすでに大きくなっていたのだろうが、この愛がどうして生じたのかは誰にも分からなかった。子供時代の、いや青春時代のいつ頃二人は、ひそかに眠っていた近親相姦という媚薬を心のなかに見出したのだろうか。ジュリアンとマルグリットのどちらが相手に、その媚薬があることを教えたのだろうか。

作者は二人の愛がいつ、どのような状況でくっきりした輪郭をまとうようになったのか、二人がどのようにして愛の快楽を経験し、さらに追求したのかという点については何も述べていない。それを詩的に語るにはシャトーブリアンのような才能が必要だ、と作者が指摘するのは、『ルネ』の作家への明確な目配せであり、敬意の表現である。読者が知るのは、輝くばかりに美しい兄妹が孤立した城館のなかで、権威主義的な父親のまなざしの下で育ち、兄が一時期そこから父によって追放され、戻って来ると妹を攫って二人でパリに出奔したということだけである。

兄妹は、自分たちの家系を汚すこの血の呪いに抗おうとはしない。彼らの人生は矯激で、妥協を知らない。どちらの感情生活にも、他の男や女の影はまったくない。当時、近親相姦は死罪に値したから、ジュリアンとマルグリットは捕らえられ、裁判にかけられて死刑を宣告される。二人ともいっさい弁明はせず、みずからの行為を引き受けて断頭台に悠然と上っていく。一六〇三年のことであった。

ノルマンディーの貴族ほど過激に愛を生きるのではないにしても、ユルスナールの『姉アンナ』(一九三四)に登場する、十六世紀ナポリの貴族に生まれたアンナとその弟ミゲルもまた、運命の愛を受け入れる。母が早くに亡くなり、子供に無関心で、信仰と放蕩の生活を送るスペイン人の父からほとんど無視されながら、姉弟は父が司令官を務める堅牢な要塞で成長する。やがてミゲルはアンナへの愛を自覚し、激しい欲望に喘ぐ。それを抑制しようと苦しい葛藤を続けるうちに、彼は姉がこの禁断の愛を共有していることを悟る。姉と弟は抑えられない愛に慄き、恐怖すら感じるのだが、やがて二人が肉体的に結ばれるのを何も妨げられない。弟がいる部屋に、ある夜、姉が忍び入ってくる。


ドンナ・アンナはじっと暗闇のなかを見つめていた。聖金曜日のこの夜、空は傷口の輝きに輝いているように思われた。ドンナ・アンナは苦悩のあまり身をこわばらせていた。彼女は言った。

「弟よ、なぜ私を殺さなかったのです？」

「それも考えました」彼は言った。「死んだあなたなら私も愛したでしょう。」

そのときはじめて彼は振り向いた。一瞬薄明かりのなかに、涙で侵食されたような、憔悴しきった顔が見えた。準備した言葉は唇でとまった。悲嘆にくれた同情をこめて、彼女は彼に身をかがめた。二人は抱きあった。（岩崎力訳）

二人の抱擁が語られるのは、これが最初で最後である。ここでは愛の渇望と、死の誘惑が表裏一体である。フロイト流に言えば、エロスとタナトスは分離できない。そして愛の抱擁は、濃密な悦楽の記憶を二人の身体に刻みつけるだろう。禁断の愛とはいえ、姉と弟はなんら疚しさも、後悔も覚えることはない。罪ある愛だからこそ、その陶酔感はいっそう深いのである。それが復活祭前の「聖週間」に展開するということが、この愛にはっきりと聖性を付与する。

人間の自由と意志を超える運命に従ったアンナとミゲルの愛は、しかしながら俗世間の掟のなかで永続化することができない。ミゲルは地中海の海賊との戦いで絶命し、アンナは父の命令にしたがって意に沿わない結婚をして、その後は砂漠のように乾いた試練の人生を送る。臨終間際、司祭の差し出した十字架像に向かって彼女が最後につぶやいた言葉は「私の愛するひと」。周囲の人々は神への語りかけだと思うが、読者はアンナが別の男の相貌を想起したと思うだろう。

『歴史の一ページ』と『姉アンナ』は、フランスとイタリアという地理的な違いはあるが、どちらも十六世紀末から十七世紀にかけて、宗教戦争時代を歴史的な背景とする。宗教的な不寛容と、社会に蔓延する暴力的な雰囲気のなかで、主人公たちは禁断の愛をまっとうする。タブーの愛を生きることは、不寛容と暴力の時代にいかにも似つかわしい。彼らの近親相姦は明瞭に自覚的であり、『ルネ』や『恐るべき子供たち』と異なり、愛はプラトニックな次元に留まることなく、肉体的に遂行される。極限的な状況のなかで、ひとは極限的な愛と欲望に向き合うのであり、それはみずからの存在理由そのものとなりうる。

どちらの作品でも、当事者が由緒正しい貴族の家系に帰属しているのは、兄弟姉妹の近親相姦が高貴な家柄の誇りや自尊心と結びついていることを暗示するかのようだ。作家は、民衆やブルジョワの近親相姦を描いたわけではない。高貴な血筋の、禁じられた性愛ほどドラマチックで、同時に頽廃的なものはない。姉弟、兄妹の禁じられた、したがって秘められた愛を表象するためには、特定の時代背景と社会階層の条件が必要なのかもしれない。それは罪深いとされる愛に、キリスト教や世俗の法が断罪する愛に、一種の聖性をあたえるかのように作用する。

すべての作品に共通しているのは、主人公たちの親の不在、あるいは存在感の希薄さである。家父長的な掟が存在しないところで、あるいはその権威が喪失してしまった空間で、兄弟姉妹は性的に接近し、愛を開花させるかのようだ。

そして彼らが生き、苦悩する場は例外なく閉鎖的な空間であり、そこには俗世間の喧騒や倫理が及ばない。ルネとアメリーが暮らす田舎の屋敷、エリザベートたちが生活するパリの邸宅、ラヴァレ家の城館、そしてアンナとミゲルが暮らすナポリの要塞——いずれも周囲の世界から孤立した、密室である。他者との交流を絶って、二人だけの愛のユートピア空間を築こうとするかのように、そして城館や要塞にはもともとそうした機能が備わっているのだが、まるで外敵から身を守るかのように、登場人物たちは自分たちの世界に充足し、自閉症的な状況を生きる。彼らが対峙するのは外部の世界ではなく、みずからの内面の葛藤にほかならない。罪深い性愛が展開するには、他者のまなざしから隔離されていなければならず、社会の法から独立していなければならないのである。

あとがき

フランスを舞台にした、七幕からなる愛のドラマはこれで終演となる。楽しみながら読んでいただけたのであれば、筆者としてこれ以上嬉しいことはない。

文学作品のなかで、どのような立場と状況に置かれた男女が、どのような恋愛模様を織り上げたのか――それが本書の問いかけだった。近代フランスという歴史的、地域的に限られた時空間を設定したとはいえ、そこで書き綴られた物語はじつに多彩な愛のかたちを示してくれる。そこから明らかになるのは、フランス文学に幸福な愛は少ないということだ。とりわけグリゼット、高級娼婦、人妻、姉や妹など、恋する女性は不幸な結末を宿命として甘受しなければならない。女性にとって、恋は「情熱 passion」であると同時に、まさしく「受難 Passion」だったとしか言いようがない。

現実の生活では、幸福な愛を生きたひとたちも多かっただろう。愛について語ることの好きな国民、そして愛について他の国民以上に多くの言葉を紡いできたフランス人が、愛においてつねに不幸だったはずがない。フランスが「恋愛大国」と呼ばれたりするのは、けっして根拠のないことではないだろう。しかし文学の世界に目を転ずれば、語られるのは多くの場合不幸な愛である。文学において愛は不幸であるかぎりにおいて、あるいは不幸だからこそ、語られるに値するのかもしれない。

私は二〇一一年に、『愛の情景――出会いから別れまでを読み解く』（中央公論新社）を刊行した。

もともと月刊誌『ふらんす』(白水社)に一年間にわたって連載したものにもとづいて、一書にまとめ上げた著作である。そのなかで私は、出会いから始めて、告白、嫉妬、別れなど、愛がたどるさまざまなステップを愛の情景として読み解いた。対象にした作品は、日本文学を含めて古今東西の文学におよぶ。

それに対して本書では、おもに近代フランス(十七―二十世紀)の作品に焦点を合わせて、恋愛する当事者たちの職業、地位、身分などに着目しながら、愛の多様なかたちを明らかにしようとした。『愛の情景』が、愛の普遍的な諸段階を分析した愛の記号学だとすれば、本書『恋するフランス文学』は、ひとつの国と一定の時代を対象にして、愛の文化史を構築しようとした著作、と言えるかもしれない。それぞれ独立して書かれたものであり、テーマや議論の布置は異なるが、私の意図として両者は愛の文学をめぐる二部作をなしているので、併せて読んでいただければ幸いである。

文学に描かれた愛を論じる方法は、いろいろ考えられる。一般的なのは、特定の作家や作品をとりあげて愛のテーマと表現を分析するというやり方で、これは作家論や作品論に収束することになる。私は特定の作家や作品を重視するのではなく、あくまでテーマを前面に押しだして、そのテーマとの関連で論じる作品を選択していった。したがって、作者自身の恋愛体験や恋愛観にはほとんど触れていない。私の関心をひいたのは作家の個人的な体験ではなく、作家が書いた物語である。愛の物語を書き残した作家は、多かれ少なかれみずから愛を生きたわけだが、それはかならずしも特異な体験やドラマチックな事件ではなかった。同時代人たちと似たような経験をしながら、しかし彼らは現在まで読み継がれる作品を書いたのであって、重要なのは作家の体験そのものではなく、作品なのだ。

本書を執筆しながら、愛というのはその当事者である男と女で考え方がかなり違うということを、あらためて感じさせられた。学生とグリゼットの恋、若者と高級娼婦の恋、あるいは青年と人妻の愛などは、男の側から捉えるか、女の側から見るかで様相がかなり異なる。読者が男性であれば男の登場人物に、女性であれば女の登場人物に一体化しやすいだろう。しかし私はあえて、たとえ主人公が男であっても、愛を語る小説の多くを女の物語として読んでみた。

昨今は、日本で数多く出版されている「恋愛論」や「恋愛本」でも、性愛をめぐって男女が異なる認識をもっていることが強調される傾向が強い。

たとえば精神科医の斎藤環は『関係する女　所有する男』(二〇〇九)のなかで、男は「所有」を欲する性であり、女は「関係」を求める性であるという基本的なスタンスに立って、男女の恋愛観の差異を説明しようとした。男は相手がモノでも人間でも、そこに所有のメカニズムを打ち立てようとするが、女はまず相手とさまざまな関係を築こうとする、というのである。斎藤によれば、性愛は男にとって女を所有する最終的なひとつの形式であるのに対し、女にとっては新たな人間関係の始まりということになる。

また角田光代・穂村弘の『異性』(二〇一二)でも、愛の始まり、嫉妬、関係の維持、別れなどをめぐって、男女の意識の違いが往復書簡のかたちで浮き彫りにされている。さらにパソコン用語を借用してよく言われるのは、過去の恋愛にたいして男は「フォルダ保存」で、女は「上書き保存」という違いである。過去を消去できずに、心のさまざまな抽斗《ひきだし》に溜めこんでしまう男のほうが過去の恋人の影を引きずりやすい、ということなのだろうか。

こうした状況の背景には、性愛や家族をめぐる考え方がジェンダー研究によっておおきく変化したこと、その結果、文学研究においてもジェンダー学の成果が無視できないものになっている、ということがあるだろう。ジェンダー学にもとづく言説は、男性にたいしてしばしば手厳しい批判を突きつけるが、それに感情的に反発するだけでは生産的ではない。なぜならその言説は、研究者を含めて男たちが「人間一般に共通する真実」として認識してきたものが、じつは時として「男にとっての真実」でしかなかった、したがって女にとっては「欺瞞」だった、ということを教えてくれるのだから。

＊

本書のいくつかの章には、ベースとなった既出論考がある。

（1）「グリゼットの栄光と悲惨」、『藝文研究』（慶應義塾大学文学部）、第91号、二〇〇六年十二月、三一〇―三二八頁。

（2）「ボヘミアンとグリゼット」、歌劇『ラ・ボエーム』パンフレット（びわ湖ホール）、二〇一〇年三月、一五―二〇頁。

（3）「タブーと侵犯」、柴田陽弘（編著）『恋の研究』、慶應義塾大学出版会、二〇〇五年、一九三―二一一頁。

（4）「女性たちは愛をどのように生きたか――近代フランスに則して」、坂本光ほか（編）『情の技法』、慶應義塾大学出版会、二〇〇六年、二一七―二三四頁。

（1）は第1章、（2）は第2章、そして（3）、（4）は第5章に組み込まれている。ただし、本書の主題に沿うかたちでいずれも大幅に加筆、修正を施したので、ほとんど新稿に近いものとなった。他の章は書き下ろしである。初出時に発表の機会をあたえて下さった方々に、この場を借りてあらためて感謝したい。多くは私の勤務する大学が関係した出版物に寄せた論考であり、それが今回このようなかたちにまとめられて、大学の出版会から単著として刊行されることには浅からぬ感慨がともなう。

慶應義塾大学出版会の小室佐絵さん、そして小室さんが退職された後は村上文さんにお世話になった。記してお礼申し上げる。お二人とも大学では仏文科で学んだということで、私としてはある種の緊張感をいだきながら執筆した。近年、大学教師の授業は学生の側からさまざまな基準にもとづいて評価されることがあるが、私は書いた原稿をそのつど村上さんに添付ファイルで送りながら、いわば授業評価される教師のような気持ちになっていた。合格点に達していることを願うばかりである。

二〇一二年八月

小倉孝誠

著者紹介
小倉孝誠　Kosei OGURA
慶應義塾大学文学部教授。
1956年生まれ。東京大学大学院博士課程中退。パリ第4大学文学博士。専門は、近代フランス文学と文化史。著書に『近代フランスの誘惑——物語・表象・オリエント』（慶應義塾大学出版会、2006年）、『〈女らしさ〉の文化史——性・モード・風俗』（中公文庫、2006年）、『愛の情景——出会いから別れまでを読み解く』（中央公論新社、2011年）など。訳書にコルバン『音の風景』（藤原書店、1997年）、フローベール『紋切型辞典』（岩波文庫、2000年）、ユルスナール『北の古文書』（白水社、2011年）など。

恋するフランス文学

2012年10月31日　初版第1刷発行

著　者————小倉孝誠
発行者————坂上　弘
発行所————慶應義塾大学出版会株式会社
〒108-8346　東京都港区三田2-19-30
TEL〔編集部〕03-3451-0931
〔営業部〕03-3451-3584〈ご注文〉
〔　〃　〕03-3451-6926
FAX〔営業部〕03-3451-3122
振替　00190-8-155497
http://www.keio-up.co.jp/
装　丁————耳塚有里
印刷・製本——萩原印刷株式会社
カバー印刷——株式会社太平印刷社

Printed in Japan ISBN 978-4-7664-1990-0

人名・作品名索引

＊作品名は作者である人名の項目の中に組み入れた。

ア行

カ行

サ行

タ行

ナ行

ハ行

マ行

ヤ行

ラ行

ワ行

参考文献

I　文学作品、回想録、日記

本書で取り上げた、あるいは引用した作品を以下にあげる。ただし、議論の流れのなかで簡単に言及しただけの作品は除く。邦訳は文庫版を中心に、比較的入手しやすいものをあげており、かならずしも筆者が参照したものではない。引用に際しては、既訳をそのまま使用した場合は本文中に訳者名を記し、それ以外の場合は拙訳した。この場を借りて、訳者の方々にはお礼申し上げる。

AGOULT (Marie d'), *Mémoires, souvenirs et journaux,* Mercure de France, 1990.

ALHOY (Maurice), *Physiologie de la lorette*, Aubert, 1841.

BALZAC (Honoré de), *La Fille aux yeux d'or*, dans *La Comédie humaine*, Gallimard, « Bibliothèque de la Pléiade », t.V, 1977. バルザック『金色の眼の娘』、西川祐子訳、藤原書店、2002年

BALZAC (Honoré de), *Illusions perdues*, dans *La Comédie humaine*, Gallimard, « Bibliothèque de la Pléiade », t.V, 1977. バルザック『幻滅』、野崎歓ほか訳、藤原書店、2000年

BALZAC (Honoré de), *Le Père Goriot*, dans *La Comédie humaine*, Gallimard, « Bibliothèque de la Pléiade », t.III, 1976. バルザック『ゴリオ爺さん』、髙山鉄男訳、岩波文庫、1997年、ほか。

BALZAC (Honoré de), *Physiologie du mariage*, dans *La Comédie humaine*, Gallimard, « Bibliothèque de la Pléiade », t.XI, 1980. バルザック『結婚の生理学』、安士正夫・古田幸男訳、『バルザック全集』第2巻、東京創元社、1973年

BALZAC (Honoré de), *Pierrette*, dans *La Comédie humaine*, Gallimard, « Bibliothèque de la Pléiade », t.IV, 1976. バルザック『ピエレット』、原政夫訳、『バルザック全集』第4巻、東京創元社、1973年

BALZAC (Honoré de), *Splendeurs et misères des courtisanes*, dans *La Comédie humaine*, Gallimard, « Bibliothèque de la Pléiade », t.VI, 1977. バルザック『娼婦の栄光と悲惨』、飯島耕一訳、藤原書店、2000年

BALZAC (Honoré de), *Un prince de la bohème*, dans *La Comédie humaine*, Gallimard, « Bibliothèque de la Pléiade », t.VII, 1977.

BARBEY D'AUREVILLY (Jules), *Une page d'histoire*, dans *Œuvres romanesques complètes*, Gallimard, « Bibliothèque de la Pléiade », t.II, 1966.

BAUDELAIRE (Charles), *Les Fleurs du mal*, dans *Œuvres complètes*, Gallimard, « Bibliothèque de la Pléiade », t.I, 1975. ボードレール『悪の華』、阿部良雄訳、ちくま文庫、1998年、ほか。

CANLER, *Mémoires de Canler*, Mercure de France, 1986.

CHATEAUBRIAND (François-René de), *René*, GF-Flammarion, 1996. シャトーブリアン『ルネ』、辻昶訳、旺文社文庫、1976年

COCTEAU (Jean), *Les Enfants terribles*, Le Livre de Poche, 2010. コクトー『恐るべき子供たち』、鈴木力衛訳、岩波文庫、1957年、ほか。

DUMAS (Alexandre), « Lorettes », dans *La Grande Ville*, Marescq, 1844.

DUMAS FILS (Alexandre), *La Dame aux camélias*, GF-Flammarion, 1981. デュマ・フィス『椿姫』、朝比奈弘治訳、新書館、1998年、ほか。

DURAS (Marguerite), *Agatha*, Éd. de Minuit, 1981. 邦訳：デュラス『アガタ』、渡辺守章訳、光文社古典新訳文庫、2010年

ENNERY (Adolphe d') et GRANGÉ (Eugène), *Les Bohémiens de Paris*, Lelong, 1843.

FLAUBERT (Gustave), *L'Éducation sentimentale*, Garnier, 1985. フローベール『感情教育』、生島遼一訳、岩波文庫、1971年

FLAUBERT (Gustave), *Correspondance*, Gallimard, « Bibliothèque de la Pléiade », t.I, 1973.

FLAUBERT (Gustave), *Madame Bovary*, Garnier, 1971. フローベール『ボヴァリー夫人』、生島遼一訳、新潮文庫、1965年

Les Français peints par eux-mêmes, 9vol., Curmer, 1840-42.

GAUTIER (Théophile), *Mademoiselle de Maupin*, Gallimard, « Folio », 1973. ゴーチエ『モーパン嬢』、井村実名子訳、岩波文庫、2006年

GIDE (André), *Corydon*, Gallimard, « Folio », 1991.

GIDE (André), *Si le grain ne meurt*, dans *Souvenirs et voyages*, Gallimard, « Bibliothèque de la Pléiade », 2001. ジッド『一粒の麦もし死なずば』、堀口大學訳、新潮文庫、1969年

GONCOURT (Edmond et Jules de), *Charles Demailly*, GF-Flammarion, 2007.

GONCOURT (Edmond et Jules de), *Germinie Lacerteux*, GF-Flammarion, 1990. ゴンクウル兄弟『ジェルミニィ・ラセルトゥウ』、大西克和訳、岩波文庫、1950年

GONCOURT (Edmond et Jules de), *La Lorette*, dans *Œuvres complètes*, Slatkine Reprints, t.28, 1986.

GONCOURT (Edmond et Jules de), *Manette Salomon*, Gallimard, « Folio », 1996.

GONCOURT (Edmond), *La Fille Élisa*, Zulma, 2004.

HOUSSAYE (Arsène), *Les Confessions. Souvenirs d'un demi-siècle 1830-1880*, (1885-1891), Slatkine Reprints, 6vol., 1971.

HUART (Louis), *Physiologie de la grisette*, Aubert, 1841, Slatkine Reprints, 1979.

HUGO (Victor), *Marion de Lorme*, dans *Théâtre I*, Gallimard, « Bibliothèque de la Pléiade », 1963.

HUGO (Victor), *Les Misérables*, Garnier, 1963. ユゴー『レ・ミゼラブル』、佐藤朔訳、新潮文庫、1996年、ほか。

HUYSMANS (Joris-Karl), *Marthe*, dans *Romans I*, Robert Laffont, 2005.

LACLOS (Choderlos de), *Les Liaisons dangereuses*, dans *Œuvres complètes*, Gallimard, « Bibliothèque de la Pléiade », 1979. ラクロ『危険な関係』、伊吹武彦訳、岩波文庫、1965年

LAFAYETTE (Madame de), *La Princesse de Clèves*, Gallimard, « Folio », 2000. ラファイエット夫人『クレーヴの奥方』、青柳瑞穂訳、新潮文庫、1956年、ほか。

MAUPASSANT (Guy de), *La Femme de Paul*, dans *Contes et nouvelles*, Gallimard, « Bibliothèque de la Pléiade », t.I, 1974.

MERCIER (Louis-Sébastien), *Tableau de Paris* (1781-88), Mercure de France, 1994.

MIRBEAU (Octave), *L'Amour de la femme vénale*, traduit du bulgare par Alexandre Lévy, préface d'Alain Corbin, Indigo & côté-femmes édition, 1994.

MURGER (Henry), *Scènes de la vie de bohème*, Gallimard, « Folio », 1988.

MUSSET (Alfred de), *Frédéric et Bernerette*, dans *Nouvelles*, GF-Flammarion, 2010. ミュッセ『フレデリックとベルヌレット』、小松清訳『二人の恋人』、岩波文庫、1956年所収。

MUSSET (Alfred de), *Mimi Pinson*, dans *Œuvres complètes*, Gallimard, « Bibliothèque de la Pléiade », 1960.

Paris ou le livre des Cent-et-Un, 15vol., Ladvocat, 1831-34.

PERRAULT (Charles), *Les Contes de Perrault*, Omnibus, 2007. ペロー『完訳ペロー童話集』、新倉朗子訳、岩波文庫、1982 年

PRÉVOST (Abbé), *Manon Lescaut*, Gallimard, « Folio », 2008. プレヴォー『マノン』、石井洋二郎・石井啓子訳、新書館、1998 年、ほか。

PROUST (Marcel), *À la recherche du temps perdu*, Gallimard, « Bibliothèque de la Pléiade », 4vol., 1987-1989. プルースト『失われた時を求めて』、鈴木道彦訳、集英社、1996—2001 年；吉川一義訳、岩波文庫、2010 年—（刊行中）。

RACINE (Jean), *Phèdre*, dans *Théâtre 2*, GF-Flammarion, 1965. ラシーヌ『フェードル』、渡辺守章訳、岩波文庫、1993 年

SADE (Donatien-Alphonse-François de), *Les Crimes de l'amour*, Gallimard, « Folio », 1987. サド『恋の罪』、植田祐次訳、岩波文庫、1996 年；私市保彦・橋本到訳、『サド全集』第 6 巻、2011 年

SAND (George), *Histoire de ma vie*, Gallimard, 2004. ジョルジュ・サンド『我が生涯の記』、加藤節子訳、水声社、2005 年

STENDHAL, *Le Rouge et le Noir*, Garnier, 1973. スタンダール『赤と黒』、桑原武夫・生島遼一訳、岩波文庫、1958 年、ほか。

STENDHAL, *Les Cenci*, dans *Chroniques italiennes*, Gallimard, « Folio », 1973. スタンダール『チェンチ一族』（『イタリア年代記』）、生島遼一訳、『ヴァニナ・ヴァニニ』、岩波文庫、1963 年所収。

SUE (Eugène), *Les Mystères de Paris*, Robert Laffont, 1989. シュー『パリの秘密』、江口清訳、集英社、1971 年

TEXIER (Edmond), « Les Grisettes et les lorettes », dans *Tableau de Paris*, 2vol., Librairie de l'Illustration, 1852-1853.

TOCQUEVILLE (Alexis de), *De la démocratie en Amérique*, Gallimard, « Folio/Histoire », 2vol., 1986. トクヴィル『アメリカのデモクラシー』、松本礼二訳、岩波文庫、2008 年

VIEL-CASTEL (Horace de), *Mémoires sur le règne de Napoléon III* (1882), Robert Laffont, 2005.

YOURCENAR (Marguerite), *Anna, soror...*, dans *Œuvres romanesques*, Gallimard, « Bibliothèque de la Pléiade », 1982. ユルスナール『姉アンナ』（『流れる水のように』所収）、岩崎力訳、白水社、2001 年

ZOLA (Émile), *L'Amour sous les toits*, dans *Contes et nouvelles*, Gallimard, « Bibliothèque de la Pléiade », 1976.

ZOLA (Émile), *La Confession de Claude*, dans *Œuvres complètes*, Tchou, Cercle du Livre Précieux, t.1, 1966.

ZOLA (Émile), *La Curée*, dans *Les Rougon-Macquart*, Gallimard, « Bibliothèque de la Pléiade », t.I, 1960. ゾラ『獲物の分け前』、中井敦子訳、ちくま文庫、2004 年

ZOLA (Émile), *Édouard Manet, étude biographique et critique*, dans *Écrits sur l'art*, Gallimard, « Tel », 1991. ゾラ『美術論集』、三浦篤・藤原貞朗訳、藤原書店、2010 年

ZOLA (Émile), *Nana*, dans *Les Rougon-Macquart*, Gallimard, « Bibliothèque de la Pléiade », t.II, 1961. ゾラ『ナナ』、川口篤・古賀照一訳、新潮文庫、2006 年

ZOLA (Émile), *L'Œuvre*, dans *Les Rougon-Macquart*, Gallimard, « Bibliothèque de la Pléiade », t.IV, 1966. ゾラ『制作』、清水正和訳、岩波文庫、1999 年
ZOLA (Émile), *Pot-Bouille*, dans *Les Rougon-Macquart*, Gallimard, « Bibliothèque de la Pléiade », t.III, 1964. ゾラ『ごった煮』、小田光雄訳、論創社、2004 年

II　研究文献

まずフランスの恋愛文学や愛の文化史に関する著作をあげ、次に各章ごとに参考文献を記す。

愛と文学一般

フィリップ・アリエスほか『愛と結婚とセクシュアリテの歴史』、福井憲彦・松本雅弘訳、新曜社、1993 年
上村くに子・西川祐子編『フランス文学／男と女と』、勁草書房、1991 年
上村くに子『恋愛達人の世界史』、中公新書ラクレ、2006 年
小倉孝誠『身体の文化史——病・官能・感覚』、中央公論新社、2006 年
小倉孝誠『愛の情景——出会いから別れまでを読み解く』、中央公論新社、2011 年
工藤庸子『フランス恋愛小説論』、岩波新書、1998 年
工藤庸子『恋愛小説のレトリック「ボヴァリー夫人」を読む』、東京大学出版会、1998 年
窪田般彌ほか編『フランス文学にみる愛のかたち』、白水社、1986 年
慶應義塾大学文学部『恋愛を考える』、慶應義塾大学出版会、2011 年
中条省平『恋愛書簡術』、中央公論新社、2011 年
月村辰雄『恋の文学誌』、筑摩書房、1992 年
ヴァルター・ベンヤミン『パサージュ論』全 5 巻、今村仁司ほか訳、岩波書店、1993—95 年
水野尚『恋愛の誕生——12 世紀フランス文学散歩』、京都大学学術出版会、2006 年
ル＝ゴフ、コルバンほか『世界で一番美しい愛の歴史』、小倉孝誠・後平隆・後平澪子訳、藤原書店、2004 年
ATTALI (Jacques) et BONVICINI (Stéphanie), *Amours. Histoires des relations entre les hommes et les femmes*, Fayard, 2007. ジャック・アタリ、ステファニー・ボンヴィシニ『図説　愛の歴史』、大塚宏子訳、原書房、2009 年
AVRIL (Nicole), *Dictionnaire de la passion amoureuse*, Plon, 2006.
BARTHES (Roland), *Fragments d'un discours amoureux*, Seuil, 1977. ロラン・バルト『恋愛のディスクール・断章』、三好郁朗訳、みすず書房、1980 年
BRIX (Michel), *Éros et littérature. Le Discours amoureux en France au XIXe siècle*, Peeters, 2001.
CORBIN (Alain), COURTINE (Jean-Jacques), VIGARELLO (Georges), (sous la direction de), *Histoire du corps*, 3vol., Seuil, 2005-2006. コルバンほか監修『身体の歴史』全 3 巻、藤原書店、2010 年（第 1 巻：鷲見洋一監訳、第 2 巻：小倉孝誠監訳、第 3 巻：岑村傑監訳）
DELON (Michel), *Le Savoir-vivre libertin*, Hachette, 2000. ミシェル・ドゥロン『享楽と放蕩の時代』、稲松三千野訳、原書房、2002 年
DOTTIN-ORSINI (Mireille), *Cette femme qu'ils disent fatale. Textes et images de la misogynie fin-de-*

siècle, Grasset, 1993.
HEINICH (Nathalie), *États de femme. L'identité féminine dans la fiction occidentale*, Gallimard, 1996. ナタリー・エニック『物語のなかの女たち——アイデンティティをめぐって』、内村瑠美子／山縣直子／鈴木峯子訳、青山社、2003 年
HOUBRE (Gabrielle), *La Discipline de l'amour. L'Éducation sentimentale des filles et des garçons à l'âge du romantisme*, Plon, 1997.
LEPAPE (Pierre), *Une histoire des romans d'amour*, Seuil, 2011.
MAIGRON (Louis), *Le Romantisme et les mœurs*, Champion, 1910.
ROY-REVERZY (Eléonore), *La Mort d'Éros. La mésalliance dans le roman du second XIXe siècle*, SEDES, 1997.
SOHN (Anne-Marie), *Du premier baiser à l'alcôve. La sexualité des Français au quotidien (1850-1950)*, Aubier, 1996.
VAILLANT (Alain), *L'Amour-fiction. Discours amoureux et poétique du roman à l'époque moderne*, Presses universitaires de Vincennes, 2002.

第 1 章
鹿島茂『職業別パリ風俗』、白水社、1999 年
CARON (Jean-Claude), *Générations romantiques. Les Étudiants de Paris et le Quartier latin (1814-1851)*, Armand Colin, 1991.
Elle coud, elle court, la grisette, Paris-musées, 2011.
FARGE (Arlette), (sous la direction de), *Madame ou Mademoiselle? Itinéraires de la solitude féminine 18e-20e siècle*, Montalba, 1984.
LESCART (Alain), *Splendeurs et misères de la grisette. Évolution d'une figure emblématique*, Champion, 2008.
NESCI (Catherine), *Le Flâneur et les flâneuses. Les femmes et la ville à l'époque romantique*, Grenoble, ELLUG, 2007.

第 2 章
・ボヘミアンについて
阿部良雄『シャルル・ボードレール　現代性の成立』、河出書房新社、1995 年
横張誠『芸術と策謀のパリ』、講談社選書メチエ、1999 年
ABÉLÈS (Luce), COGEVAL (Guy), *La vie de Bohème*, Les Dossiers du Musée d'Orsay, 1986.
GOULEMOT (Jean-Marie) et OSTER (Daniel), *Gens de lettres, écrivains et bohèmes. L'imaginaire littéraire 1630-1900*, Minerve, 1992.
LABRACHERIE (Pierre), *La Vie quotidienne de la bohème littéraire au XIXe siècle*, Hachette, 1967.
MARTIN-FUGIER (Anne), *Les Romantiques 1820-1848*, Hachette, 1998.
MOUSSA (Sarga), (sous la direction de), *Le Mythe des bohémiens dans la littérature et les arts en Europe*, L'Harmattan, 2008.
SEIGEL (Jerrold), *Paris bohème 1830-1930*, Gallimard, 1991.

・独身者の表象
BERTRAND (Jean-Pierre) et *alii*, *Le Roman célibataire, d'*À Rebours *à* Paludes, José Corti, 1996.

BOLOGNE (Jean-Claude), *Histoire du célibat et des célibataires*, Fayard, 2004.
BORIE (Jean), *Le Célibataire français*, Le Sagittaire, 1976.
BORIE (Jean), *Huysmans. Le Diable, le célibataire et Dieu*, Grasset, 1991.
KASHIWAGI (Takao), *La Trilogie des Célibataires d'Honoré de Balzac*, Nizet, 1983.

第 3 章

スーザン・ソンタグ『隠喩としての病い』、富山太佳夫訳、みすず書房、1982 年
ミシュリーヌ・ブーデ『よみがえる椿姫』、中山真彦訳、白水社、1995 年
村田京子『娼婦の肖像――ロマン主義的クルチザンヌの系譜』、新評論、2006 年
山田登世子『娼婦――誘惑のディスクール』、日本文芸社、1991 年
山田勝『ドゥミモンデーヌ――パリ・裏社交界の女たち』、早川書房、1994 年
CORBIN (Alain), *Les Filles de noce*, Aubier, 1978. アラン・コルバン『娼婦』、杉村和子監訳、藤原書店、1991 年
MARTIN-FUGIER (Anne), *La Vie élégante ou la formation du Tout-Paris, 1815-1848*, Fayard, 1990. アンヌ・マルタン＝フュジエ『優雅な生活』、前田祝一監訳、新評論、2001 年

第 4 章

ロール・アドレル『パリと娼婦たち　1830―1930』、高頭麻子訳、河出書房新社、1992 年
ピーター・ブルックス『肉体作品――近代の語りにおける欲望の対象』、高田茂樹訳、新曜社、2003 年
GASNAULT (François), *Guinguettes et lorettes. Bals publics et danse sociale à Paris entre 1830 et 1870*, Aubier, 1986.
BERTRAND-JENNINGS (Chantal), *L'Éros et la femme chez Zola*, Klincksieck, 1977.
BRIAIS (Bernard), *Grandes courtisanes du Second Empire*, Tallandier, 1981.
CORBIN (Alain), *Le Temps, le désir et l'horreur,* Aubier, 1991.　アラン・コルバン『時間・欲望・恐怖』、小倉孝誠・野村正人・小倉和子訳、藤原書店、1993 年
PARENT-DUCHÂTELET (Alexandre), *La Prostitution à Paris au XIXe siècle* (1836), texte présenté et annoté par Alain Corbin, Seuil, 1981. パラン＝デュシャトレ『十九世紀パリの売春』、小杉隆芳訳、法政大学出版局、1992 年
REVERZY (Eléonore), *Nana d'Émile Zola*, Gallimard, « Foliothèque », 2008.
Un joli monde. Romans de la prostitution, Édition établie et présentée par Mireille Dottin-Orsini et Daniel Grojnowski, Robert Laffont, 2008.

第 5 章

小倉孝誠『19 世紀フランス――愛・恐怖・群衆』、人文書院、1999 年
トニー・タナー『姦通の文学』、高橋和久・御輿哲也訳、朝日出版社、1986 年
ドニ・ド・ルージュモン『愛について』、鈴木健郎・川村克己訳、平凡社、1993 年
ADLER (Laure), *Secrets d'alcôve. Histoire du couple 1830-1930,* Hachette, 1983.
ARNOLD (Odile), *Le Corps et l'âme. La vie des religieuses au XIXe siècle*, Seuil, 1984.
CORBIN (Alain), *L'Harmonie des plaisirs*, Perrin, 2008. アラン・コルバン『快楽の歴史』、尾河直哉訳、藤原書店、2011 年

Dictionnaire encyclopédique des sciences médicales, t.41, « Mariage », Victor Masson, 1874.
GARNIER (Pierre), *Le Mariage dan ses devoirs, ses rapports et ses effets conjugaux au point de vue légal, hygiénique, physiologique et moral,* Garnier, 1879.
GLEYSES (Chantal), *La Femme coupable*, Paris, Imago, 1994.
HOUEL (Annik), *L'Adultère au féminin et son roman*, Paris, Armand Colin, 1999.
LÉVY (Marie-Françoise), *De mères en filles. L'Éducation des Françaises 1850-1880*, Calmann-Lévy, 1984.
MAINARDI (Patricia), *Husbands, Wives, and Lovers. Marriage and Its Discontents in Nineteenth-Century France,* New-Haven and London, Yale University Press, 2003.
MELCHIOR-BONNET (Sabine), TOCQUEVILLE (Aude de), *Histoire de l'adultère. La tentation extra-conjugale de l'Antiquité à nos jours*, La Martinière, 1999.
WALCH (Agnès), *Histoire de l'adultère XVIe-XIXe siècle*, Perrin, 2009.

第 6 章
・両性具有
CROUZET (Michel), « *Mademoiselle de Maupin* ou l'Eros romantique », *Romantisme*, N° 8, 1974.
GRAILLE (Patrick), *Les Hermaphrodites aux XVIIe et XVIIIe siècles*, Les Belles lettres, 2001. パトリック・グライユ『両性具有』、吉田春美訳、原書房、2003 年
MONNEYRON (Frédéric), *L'Androgyne romantique. Du mythe au mythe littéraire*, Ellug, 1994.
MONNEYRON (Frédéric), *L'Androgyne décadent. Mythe, figure, fantasme*, Ellug, 1996.

・同性愛
海野弘『ホモセクシャルの世界史』、文春文庫、2008 年
ロバート・オールドリッチ（編）『同性愛の歴史』、田中英史・田中孝夫訳、東洋書林、2009 年
風間孝・河口和也『同性愛と異性愛』、岩波新書、2010 年
イヴ・K・セジウィック『クローゼットの認識論――セクシュアリティの 20 世紀』、外岡尚美訳、青土社、1999 年
原田武『プルーストと同性愛の世界』、せりか書房、1996 年
リリアン・フェダマン『レスビアンの歴史』、富岡明美・原美奈子訳、筑摩書房、1996 年
芳川泰久『闘う小説家バルザック』、せりか書房、1999 年
ALBERT (Nicole G.), *Saphisme et Décadence dans Paris fin-de-siècel*, La Martinière, 2005.
BADINTER (Elizabeth), *XY. De l'identité masculine*, Odile Jacob, 1992.　エリザベート・バダンテール『XY　男とは何か』、上村くに子・饗庭千代子訳、筑摩書房、1997 年
BONNET (Marie-Jo), *Les Relations amoureuses entre les femmes, du XVIe au XXe siècle*, Odile Jacob, 1995.
BORRILLO (Daniel), COLAS (Dominique), *L'Homosexualité de Platon à Foucault. Anthologie critique*, Plon, 2005.
DUBUIS (Patrick), *Émergence de l'homosexualité dans la littérature française d'André Gide à Jean Genet*, L'Harmattan, 2011.
LARIVIÈRE (Michel), *Les Amours masculines. Anthologie de l'homosexualité dans la littérature*, Lieu

Commun, 1984.
TAMAGNE (Florence), *Histoire de l'homosexualité en Europe. Berlin, Londres, Paris 1919-1939*, Seuil, 2000.

・19–20 世紀の性科学
ハヴロック・エリス『性の心理』全 6 巻、佐藤晴夫訳、未知谷、1995 年、特に第 4 巻『性対象倒錯』
ジョージ・L・モッセ『男のイメージ――男性性の創造と近代社会』、細谷実・小玉亮子・海妻径子訳、作品社、2005 年
CHAPERON (Sylvie), *Les origines de la sexologie (1850-1900)*, Louis Audibert, 2007.
KRAFFT-EBING (Richard von), *Psychopathia sexualis*, traduit par Émile Laurent et Sigismond Csapo, Georges Carré, 1895. Kessinger Legacy Reprints, s.d.
TARDIEU (Ambroise), *Étude médico-légale sur les attentats aux mœurs*, Baillière, 1857. Réédition : Jérôme Millon, 1995.

第 7 章
澁澤龍彥「近親相姦、鏡のなかの千年王国」、『城と牢獄』、青土社、1980 年
原田武『インセスト幻想』、人文書院、2001 年
原田武『文学と禁断の愛――近親相姦の意味論』、青山社、2004 年
ジクムント・フロイト『トーテムとタブー』(1913)、『フロイト著作集』第 5 巻、西田越郎訳、人文書院、1977 年
オットー・ランク『文学作品と伝説における近親相姦モチーフ』(1912)、前野光弘訳、中央大学出版部、2006 年
ASTORG (Bertrand d'), *Variations sur l'interdit majeur. Littérature et inceste en Occident*, Gallimard, 1990.
BANNOUR (Wanda) et BERTHIER (Philippe), (sous la direction de), *Eros philadelphe. Frère et sœur, passion secrète*, Ed. du Félin, 1992.
BERNARD (Claudie), *Penser la famille au XIXe siècle*, Saint-Étienne, Publications de l'Université de Saint-Étienne, 2007.
BERNARD (Claudie), (textes réunis par), *Adelphiques. Sœurs et frères dans la littérature française du XIXe siècle*, Kimé, 2010.
DUGAST (Jacques), (textes réunis par), *Littérature et interdits*, P.U. de Rennes, 1998.
FAN (Rong), *Marguerite Duras : la relation frère- sœur*, L'Harmattan, 2007.
GODEAU (Florence) et TROUBETZKOY (Wladimir), (sous la direction de), *Fratries : frères et sœurs dans la littérature et les arts de l'Antiquité à nos jours*, Kimé, 2003.
HESSE-FINK (Evelyn), *Études sur le thème de l'inceste dans la littérature française*, Herbert Lang, 1971.
LETT (Didier), *Histoire des frères et sœurs*, Éditions de La Matinière, 2004.